U0128536

赵善嘉◎著

经典永恒

中国文学史长廊漫步

安徽师范大学出版社
ANHUI NORMAL UNIVERSITY PRESS

·芜湖·

图书在版编目（CIP）数据

经典永恒:中国文学史长廊漫步 / 赵善嘉著. —芜湖:安徽师范大学出版社,2023.9
ISBN 978-7-5676-6108-0

Ⅰ.①经… Ⅱ.①赵… Ⅲ.①中国文学—文学史 Ⅳ.①I209

中国国家版本馆CIP数据核字(2023)第099340号

经典永恒——中国文学史长廊漫步   赵善嘉◎著

JINGDIAN YONGHENG — ZHONGGUO WENXUESHI CHANGLANG MANBU

责任编辑:翟自成   责任校对:潘 安
装帧设计:王晴晴 冯君君   责任印制:桑国磊
出版发行:安徽师范大学出版社
        芜湖市北京中路2号安徽师范大学赭山校区   邮政编码:241000
网   址:http://www.ahnupress.com/
发 行 部:0553-3883578   5910327   5910310(传真)
印   刷:苏州市古得堡数码印刷有限公司
版   次:2023年9月第1版
印   次:2023年9月第1次印刷
规   格:700 mm × 1000 mm   1/16
印   张:15.5
字   数:227千字
书   号:ISBN 978-7-5676-6108-0
定   价:52.00元

凡发现图书有质量问题,请与我社联系(联系电话:0553-5910315)

自　序

人生到某个阶段总想有个总结。至今我写作虽多，却也很芜杂，所以想理一理头绪，归归类。收在这个集子中的文章，基本上是十年前我发在文学网站"榕树下"的，大都还保留着那个时期榕树下的痕迹。关于榕树下，大概不必多言，这个曾经叱咤网络文坛的巨人，我的进入已是在它夕阳西下之时。重新整理那个时期的文章，再次感受一下夕阳的余温。

笔者当时笔名东方叔，在榕树下开了一个"风从东方来"的专栏，而开栏的序言取题名《明月清风，伴君良宵》。序言末尾声明：我这个专栏不刮暴风，只送清风。当时引苏东坡《赤壁赋》中的"清风徐来，水波不兴"云云，只是想与文学同道者一起留恋那文学夜空的明月，因为传统文学已不复如早晨的太阳。

我是怀着文学梦长大的，然而这个梦在很长一段岁月中始终只是个梦。中文系本科四年，本可以展开这个梦境，却也只是浅尝辄止。等到我终于有了挥笔的闲暇，已是华发满头。这个集子中的文章，大都是我即将离开高校讲台时写的。取笔名"东方叔"，既是用了"东方朔"的谐音，也是相较于当时榕树下大多数的文学青年来说，我的年辈应该可以称叔了。

因为大多是专栏文章，所以篇幅都不是很长（由于当时榕树下发文篇幅的限制，较长的文章分上下两篇发出），而且以系列文居多。这次整理成集出版，每个系列作为一部分。从目录的篇名，大致可以知晓我当时这些文章基本是属于古典文学的范畴，这既是我的专业，也是我的爱好。然而怎样与当时的青年读者契合，是个颇费思量的课题。

其既不能写成专业性太强的学术论文般的文章，也不能写成光有感性的抒情文。因此，我尝试在浅显之中融合一点专业知识，揉入一些情感情愫。我不敢说写得很成功，但当时确有不少榕树下的青年读者欣赏，给我不少鼓励。

从篇目看，关于《红楼梦》与红学的文章偏多。确实，红学是我的一个偏好，而中国古典文学，《红楼梦》是一个顶峰，自不待赘言。红学包罗万象，我则侧重于文学方面。附录中的《〈红楼梦〉与中国文化》，既是我给我的学生开设的一堂选修课讲座的文稿，也是在榕树下给青年读者做过的一个讲座的文稿。从题目看，有点大而空泛，实际上我还是偏重文学的角度。

在当今互联网冲击万物的时代，与传统文学厮守似乎有点落伍，这也是我在榕树下曾经发过的几篇短文中的感叹。虽然自知自己并非振臂一呼、应者云集的英雄，但"呐喊几声，聊以慰藉那在寂寞里奔驰的猛士，使他不惮于前驱。至于我的喊声是勇猛或是悲哀，是可憎或是可笑，那倒是不暇顾及的"（鲁迅《呐喊》自序）。这本集子如能使读者于明月清风之夜的细声絮语中，听到一点文学的呼喊，笔者不胜慰藉。

赵善嘉

2020 年 7 月

目 录

八　红楼人物

附　录

一

文学随想

我为什么写作？

最近有一个困扰我很久的问题：我为什么写作？其实我想这里一定还有很多人自觉或不自觉地感受到这个困扰，因此这里的"我"，既是指我自己，也是指你和他。

我们都是为了文学的目的走到榕树下这块写作的天地中来的。目的是共同的，然而动机不尽相同。这就是我这个讲题提出的问题：我为什么写作？

也许有人觉得，为什么要讨论这么一个问题呢？写就写了，管它什么目的。确实，我们可以暂且丢开这个问题，只管拿起笔来。不过，如果你不是在内心认认真真地思考过这个问题的话，你的创作恐怕难以持久，你的写作也恐怕方向不明。这，便是我想讨论这个问题的缘由。

我为什么写作？拿我自己来说，走过一段曲折的路。少年时，我感觉到文学犹如一朵在天上绽放的花，想要摘下它。那时是为梦想而写作。等到走进社会，我才发现，现实并不都是鲜花，也有别的。文学从天上掉下来，但她还是一个林妹妹，我对她呵护有加，希望她强健起来。然而从天上掉到人间来，毕竟水土不服。我开始变得功利，我梦想功名。在网络文学的大潮中，我似乎看到一日千金、一夜成名在向我招手。我奋笔疾书，废寝忘食。等到我写成五六十万字的作品，终于挤进一些榜单的时候，回过头来看看自己那些文字，真是惨不忍睹。开头还洋洋洒洒，颇有鲁迅的风格。后面就疲于更新，滥竽充数了。我终于匆匆地让我的小说主人公死去，就此完本——搁笔。

我从此开始苦苦思索：我为什么写作？难道以前那些功利心、功名心都是要不得的吗？我似乎又心有不甘。不管怎样，后来我终于承认：文学需要思考。没有思考的文学是没有灵魂的。人活着总是在思考。有人将他的思考绘成了画卷，有人将他的思考谱成了乐曲，我则将我的思考变成了文字。但我能说我是为思考而写作吗？这是个似是而非的答案。因为功利心、功名心也都可以是思考的内容。思考也许只是文学的一种创作方式。

来到榕树下后，我开始树立起一种新的写作态度：寄情娱性。不是自己喜欢的题材不写，有感而发，有情即抒。写的时候慢慢来，写完后再拿出来。于是大家可以看到，我在榕树下发的东西少得可怜，每周一篇随笔；偶尔有篇小说或者评论。征文之类我基本不参加，而乐意做一些为大家服务的工作。我自己觉得心态淡定了很多。这是否就是我想要的文学人生呢？我还不敢断定，有时还很苦恼。所以今天借着这个讲座的机会，和大家一起讨论。

我在这里结识了不少文友，和他们一起聊天时我会问他们：你为什么写作？有人很直爽地回答我，也有人顾左右而言他。不管怎样，我了解到了一些答案，尽管这些答案并不一定是真实的，可是我宁愿相信它是真实的。正像我开始时说的，我们的写作动机不尽相同。有人直言为赚钱，有人更注重精神追求。精神追求也各不相同，有像我一样寄情娱性的，也有更深沉一些的，追求一种信念。这种信念可以各式各样，或者以文载道，或者普度众生，甚至看破红尘、独善其身。说实在的，这些写作动机在我看来都无可厚非，也难有高低雅俗之分。关键是：你确定你是为什么而写作。这个问题换句话来表达，就是：你想要什么？我觉得这是每一个写作者都不可回避的问题。

自然，答案并非是单一的，也可以是复合的。比如，有的人觉得自己既是为了赚钱，也是为了娱乐。但这复合的动机中，恐怕总有一种是占主导地位的。有时候它们混杂在一起，让我们觉得自己的写作动机难以名状。其实这还是没能深入反思的表现。不要怕触痛自己，你总可以认识自己的。

如果我们认识到了自己到底想要的是什么，那接下来就可以来分析自己了。如果想要以文卖钱的，最好不要太心急。如果希望以文载道的，文章总要振聋发聩才好。如你没有锐利的眼光、敏感的听觉，则文章难免人云亦云。当然更重要的是，你还得有"道"，否则何以"载道"呢？诸如此类，我想不用再列举。总之，通过分析自己，你可以给自己迄今为止的文学人生做一个小结。而且，接下来的写作你一定可以更踏实一些的。

人生百味读鲁迅

在我将近一个甲子的人生中，断断续续地读着鲁迅，断断续续而又绵绵不绝。

我在少年时代算不得一个顽童，家中既无百草园，更无三味书屋。我已不记得是小学还是初中读到鲁迅的这篇文章（《从百草园到三味书屋》），令少年的我神往的不是那"忽然从草间直窜向云霄里去"的叫天子，也不是"蟋蟀""覆盆子"和"木莲"，而是少年鲁迅所讨厌的那些"三言""五言"和"七言"，以及什么"仁远乎哉我欲仁斯仁至矣"之类，甚至还有《荡寇志》《西游记》。我懵懵懂懂地想象着这些书，不知道里面有着怎样的魔力，竟然使日后的鲁迅成为一个伟大的作家。

当我稍长一些，做着文学的梦，试图去找那些书来读的时候，已经难以找到什么《荡寇志》《西游记》了。鲁迅的著作自然是能读到的，然而它已经换了一副面目：不再有闰土的憨态，或者是社戏的热闹，也没有了乌篷船的泥土气息。我们读着这些书，想象着鲁迅当年"横眉冷对千夫指"的形象……

在抗争中，我们终于迎来了一个接续少年梦想的时代。那时的我已经过了生理上的青春期，然而我的文学"青春期"刚刚起步。我的第一篇小说习作是在大二时写的。同室伙伴读后都乐坏了，笑我是在"临帖"。是的，这是一篇仿写《狂人日记》而成的小说。只是当初怎么会想到去仿写《狂人日记》呢？大概是我的文学梦中始终有着鲁迅的影子吧。

还未到大学毕业，我的文学梦节外生枝，那是因为读了鲁迅的《魏晋风度及文章与药及酒之关系》吧。尽管这篇文章题目拗口，写得却是十分流畅、辛辣。由此我想到鲁迅何以对魏晋时代的概括能如此精辟，想起他曾专心研究过汉魏的碑刻、墓志，校过《嵇康集》……于是我的脑海里一个学者的鲁迅像逐渐地掩盖了文学家的鲁迅像。我的毕业论文写的是有关竹林七贤的评论，居然还得到了指导教师的好评。

打那以后，学者梦与作家梦经常冲突，难分胜负。鲁迅又似乎是那不偏不倚的天平，决不向哪一边倾斜。但不管怎样，鲁迅的影子始终伴随着我，无论是在故国，还是在他乡。

我踏上日本的土地时，已年届不惑。没有鲁迅当年的踌躇，却也遭遇过相似的尴尬。我选择中国文学的分野，跟着一位当年受到过增田涉赏识的日本教授做研究，闲时也去旁听他的研究生课程。记得那一次课是讲"中国现当代文学"，课间讨论时一个日本博士生竟大放厥词，说中国人的国民性如何低劣，使在座的中国留学生顿感窘迫。我心头回响着鲁迅当年在课堂上喊"打"的声音，但拙于日语表述，竟只能怒目相向。还是一个中国台湾的女留学生，用流利的日语回敬了几句，替大家出了一口气。事后我一直为自己当时没能出头而深感内疚，头脑中老是萦绕着鲁迅那张愤怒的脸。鲁迅令我自责，令我自强。我发愤学习日语，不几年竟然可以流利得连日本人也感到惊讶。更重要的是，那位日本教授的著作要出中译本，他欣然邀我译书。记得在翻译其中的有关鲁迅的论文时，我译得特别仔细。原文引用了不少《鲁迅日记》中的"书账"，我为此专门将鲁迅原著找来比照。我在异国他乡又一次地读了鲁迅，从书页间到心目中。

鲁迅的书伴随着我走到今日，经历了人生百味。倘要问我，鲁迅究竟影响我成为学者，还是成为作家？我至今都很困惑，因为我也许既不能算是学者，更不能算是作家。但有一点是肯定的：鲁迅影响了我的做人。作为偶像，他的形象虽曾被歪曲过，但无损于偶像的力量。鲁迅使我懂得：无论是学者还是作家，都必须首先是堂堂正正的大写的"人"，一个不必崇高却须坦率，不必伟大却拒绝猥琐，不必杰出却须甘愿平常的人。

身在曹营心在汉？

当今，网络文学盛行，传统文学式微。可是有一个奇怪的现象：在网络走红的作家，功成名就之后纷纷回归传统纯文学，痞子蔡、安妮宝贝等人就是其中的代表。虽非网络文学作家，但以类型小说蹿红的郭敬明，近传也要登入传统文学的殿堂——《收获》文学季刊。这使我想起了中国人的一句老话：身在曹营心在汉。

当年关羽不得已而降曹操，曾提出三个条件，其中一个是"降汉不降曹"。这就奇怪了，当时汉家天子为曹操把持，"降汉"何从谈起？关云长掩耳盗铃而已。不过也难怪，毕竟汉室是正统，名声要紧。所以一旦有刘皇叔的消息，也不顾"曹营"赠金封侯的优待而归去。

网络文学风起云涌，犹如曹孟德当年不可一世，趋附、归顺者不可谓不多。不过趋附、归顺之后能有关羽那样"赠金封侯"之厚遇的毕竟不多，而能有"赠金封侯"之厚遇，又能"身在曹营心在汉"的，恐怕更是寥寥无几了。虽说是寥寥无几，但因为名声大、影响广，倒足以让传统文学沾沾自喜。你看，你那里再好还是得回到老家来。老家虽老毕竟还是"正统"，是"主流"，虽不能给你赠金封侯，但能让你一洗"低俗""媚俗"的污垢，归来吧，迷途的羔羊！

不过且慢。有人说这些名家的回归传统文学，其实是另有隐情的。据说网络文学版权有时候保障不力，今天写出来的东西，明天就可能被人拿走，而且不付一分钱。如要控告，则如大海捞针，找谁去？当然，传统纸质文学也有被侵权的事发生，但相对容易抓住"罪证"。

呜呼！这似乎有些残酷，回归者原来心不纯。这让传统文学多少有些尴尬。其实依我看，在网络文学玩腻了到传统文学逛逛也未尝不可，正像在传统文学久了，也可到网络文学玩玩一样。

两面人

我们都知道，自《诗经》被奉为儒家经典以来，"诗"这种文学体裁就一直占据正统地位。孔子说："诗，可以兴，可以观，可以群，可以怨。迩之事父，远之事君，多识于鸟兽草木之名。"（《论语·阳货》）虽然孔子在这里还拖了一句"多识于鸟兽草木之名"，但历来只看重诗的"事父、事君"功能。于是就有曹丕的"盖文章，经国之大业，不朽之盛事"（《典论·论文》）的赞叹。不要将这里的"文章"狭义地理解为散文，也包含诗歌在内的。在我们的古人看来，写诗是一件多么神圣伟大的事啊。既然是神圣伟大的事，当然不可掉以轻心，宜焚香沐浴，正襟危坐，然后静心思虑，研墨展笔，将忧国忧民之情、救世救人之志全部寄托在诗歌之中。

然而文人毕竟都有七情六欲，古人亦曰"食色，性也"（《孟子·告子上》），因此不免有风花雪月之想，而技痒者又不免将这些风花雪月之想写入诗歌。但这在古代社会毕竟不是主流，不时还会遭到"围剿"、痛击，被斥之为"艳诗"，甚至贬之为"淫诗"。

唐宋之交，词开始盛行。到了宋代，词的风头盖过了诗。这种新兴的文学体裁为文人所爱，它长短错落，易于表达抑扬顿挫的感情，故又叫它"长短句"；但它却又地位很低，被看作文人写诗之余娱情遣兴的玩意儿，所以又被称为"诗余"。于是文人们就变成了"两面人"。一方面要齐家治国平天下，诗不能不写；另一方面又难免有风花雪月、儿女情长之事，词也不能割舍。宋诗大体不佳，干巴巴尽说义理，是因为文人们将感情大都流露到词中去了。他们一方面要一本正经地写诗，另一方面又在放浪形骸地作词。你读他的诗文，他是一副忠臣义士、伟丈夫的面孔；你读他的词，却只见一个多愁善感、伤春悲秋的风流男。这种"两面人"的角色是很苦恼的，典型的人物要推欧阳修。

欧阳修的文章平易流畅，委曲婉转，自有他的特色。但他强调"然大抵道胜者，文不难而自至也"（《答吴充秀才书》），道学家的色彩很浓。这在文章中也就罢了，可是他偏偏还"以文为诗"，将写作文章的态度带到写诗中来，他的诗作也就大都味同嚼蜡了。可是欧阳修写起词来却宛如换了一个人似的，情深深，意切切。请看他的一首《踏莎行·候馆梅残》：

> 候馆梅残，溪桥柳细，草薰风暖摇征辔。离愁渐远渐无穷，迢迢不断如春水。
>
> 寸寸柔肠，盈盈粉泪，楼高莫近危栏倚。平芜尽处是春山，行人更在春山外。

读来可谓柔肠寸断。欧阳修甚至还有大胆描写女性意态风姿的所谓"艳词"。读他的词怎能想象这是一个在当时文坛中叱咤风云的作者所为。

中国古代文人的"两面性"，是中国古代社会中人性扭曲的一种奇特表现。在"主流""正统"的背后或许压抑了太多的自我，而这些被压抑的自我，在"末流""歪道"中肆意地泛滥也就不足为奇了。

传统是条河

上一篇说到词兴起，风头盖过了诗。元代之后曲又兴起，为戏剧的发展打下了基础。中国文学史上文学样式不断推陈出新，正所谓"各领风骚数百年"。说这些话题不是要翻文学史的旧账，着眼点是在今天的文坛。

毋庸置疑，互联网给我们今天的文化生活带来的变化，可以用"翻天覆地"四个字来形容。我们的很多传统文化习惯被颠覆了。捧着书本坐在床上看的人越来越少，趴在电脑桌前浏览大千世界的人越来越多；写作越来越依赖于电脑的键盘，以致汉字常用字写错读错的也越来越多。书本的厚重、文字的传神正越来越失去其文化意义，几张光盘便可以收纳一整套《四库全书》。那种有形的纸质、无形的墨香所具有的传统魅力正逐渐消失；接到朋友、亲人寄来的贺卡，那上面是印刷机打下的齐整的问候致意的词句，但你也许只感到那铅字的冷漠，全然没有往日那种书写文字的温馨。

网络文化所到之处，传统的事物几乎无不望风披靡。有人扬言，网络文学将是今后文学的方向，传统纸质文学终将被取代。有人忧心忡忡，有人随大势而去，也有人欲力挽狂澜于既倒。事情果真这么糟吗？我们还是回顾一下文学史：诗衰微过，但并没有消亡。五四以后"新体诗"（白话诗）还大盛过。诗，至今仍活跃在我们的文化生活中，只是我们不知不觉罢了。今天到处唱的流行歌曲，其实就是带有音乐的诗歌。没有词作者写就的这些"诗"，哪来的歌词呢？当年在华语乐坛红极一时的《兰花草》，其歌词就取自五四时期胡适写的一首白话新诗《希望》。再来听听这首歌吧，也许你会对传统有所怀念：

我从山中来，带着兰花草。种在小园中，希望花开早。一日看三回，看得花时过。兰花却依然，苞也无一个。转眼秋天到，移兰入暖房。朝朝频顾惜，夜夜不相忘。期待春花开，能将夙愿偿。满庭花簇簇，添得许多香。

时代在不断创新，但传统不会轻易消亡。因为传统不只是过去的，也包含现在的。传统好比一条历史的长河，它从远古流来，它流经的每一个时间与空间都不断有新的支流汇聚而来。传统有着最古老的文明源泉，又不断地汇聚着各个时代的文化要素。

网络文化对传统文学的冲击是剧烈的，但它并不能彻底摧垮传统文学，因为传统文学绵延数千年的文学新陈代谢的能力，使它足以经受得住时代暴风雨的洗练。它会吸纳网络文化的营养，顽强地在新时代的土壤中扎稳根基。

古今杨贵妃

杨贵妃此人，大家都是熟悉的。一般人就将这名字当作美女的代称。不过要是当初杨贵妃真有一张玉照留下，今人一定会大跌眼镜。这……这杨贵妃怎么会如此肥腴？"回眸一笑百媚生，六宫粉黛无颜色"的杨贵妃会是这等模样？残酷的是，模样如何且不说，肥腴是确实的。一则有"环肥燕瘦"的古说可以作证；二则看看唐代留下的宫廷画，一个个仕女大都丰乳肥臀；三则再去看看敦煌的壁画，那些《美女飞天图》中的美女也都是体态丰腴。不过这实在有违今天的美女标准，于是有些影视编导就硬让杨贵妃"吃减肥药"，活生生地变成一个"骨感美人"了……

这使我想起，经典的演绎也是一个时代与一个时代不一样。杨贵妃与唐明皇的故事唐朝就有演绎，当然不是演戏，而是写诗，这就是众所周知的《长恨歌》。白居易不会不知道杨贵妃的"绯闻"，可是他偏偏只写"绵绵无绝期"的爱恨。到了元代，杨贵妃与唐明皇的故事开始搬上舞台，白朴的杂剧《唐明皇秋夜梧桐雨》是其中的代表作。白朴与白居易有点不同，既写地老天荒的爱情，又写杨贵妃与安禄山的暧昧，结果有些吃力不讨好。到了清代，洪昇的《长生殿》传奇再次演绎这个爱情故事，获得极大成功，以至有"家家收拾起，户户不提防"的传说。"不提防"就是《长生殿》中《弹词》一折中的唱词。当时街头巷尾都在传唱《长生殿》的曲词，有点像今天走红的流行歌曲。洪昇的成功确实有些意外。本来他将杨贵妃、唐明皇的爱情与政治纠葛在了一起，不免有矛盾之处，可是却在清初的民间社会中唤起了一阵"国破家亡"的兴衰感，可谓"歪打正着"。

确实，经典怎样演绎，说到底与一个时代的社会心理、大众的欣赏口味有着密切关系。难怪我们的影视编导们两眼紧盯着收视率。因此，我们如只把板子打在影视编导们的屁股上还是不够的，更应该想一想：当下的我们到底怎么了？

我们今天如何说话

我这里不是要来教大家怎么开口说话，这里指的是文学语言。今天，我们该用什么样的语言写作？

本来，文学创作的语言可以有各种各样的风格，何必多此一举要来探讨用什么语言写作。其实我的这个想法还是和前面几篇文章中提到的观点相关：网络文学在创造了五花八门的小说之外，也颠覆了传统的文学语言。古人写作的态度非常严谨，在遣词造句上往往绞尽脑汁，以至有"僧推月下门"和"僧敲月下门"的所谓"推敲"的佳话。当然他们也知道"惟陈言之务去"（韩愈《答李翊书》），追求推陈出新。比如杜甫写诗，便是"语不惊人死不休"（杜甫《江上值水如海势聊短述》）。但这个"惊人"是让人"惊艳"，而不是让人"惊骇"。你读他的"感时花溅泪，恨别鸟惊心"（《春望》）这两句诗，不能不感叹他这种"离奇"的语言搭配所带来的动人意境。

但我们今天的网络文学，已经不是"语不惊人死不休"，而是"语不雷人誓不休"。"惊人"与"雷人"虽是一字之差，但美学意义上的境界相差十万八千里。"惊人"虽让你惊，但还带给你美；"雷人"除了给你惊骇之外，我实在找不出其他的什么来。当然，并不是说网络文学全有这样的倾向，但至少有些网络文学这样的倾向已经十分严重。最近我在网上读了一部描写当今大学校园生活的小说。客观地说，作者还是有些才气，也有自己的风格。但很可惜的是，其中充斥着不少"雷人"的语句，读来实在有些煞风景。

可以说，在这部作品中，几乎每一个章节都有一些"原生态"的语句。作者大概觉得，这样的"写实"很能真实反映当今的大学生生活。我不知时下的大学生是否认同这种风格？如果文学就是照搬生活的"原生态"，那么食堂里的泔脚岂不是都可以作为素材了吗？

文学的端午（诗一首）

文学的端午，
让我们共同裹一只粽子，
里面放进你我的
小说、散文，还有诗。
用来祭奠我们的先驱，
长眠在汨罗江里的屈子。

文学的端午，
让我们划起一条龙舟，
用你我的笔杆，
作那龙舟的船桨。
让它在传统的长河里，
自由自在地徜徉。

文学的端午，
让我们燃上一枝艾蓬。
将你我的炽热情感，
化作缕缕的馨香。
缭绕在楚国的天空，
再一次将《九歌》唱响！

二

古诗杂谈

美人与香草

中国的古诗，追根溯源一般从《诗经》说起。《诗经》经过孔子的整理，现在留存的三百多篇里，歌咏美人的篇目不少，比如《关雎》就是其中之一。后来儒家解释《诗经》里的这类情诗，往往着眼于诗的言外之意，即所谓的"风"——讽喻。《毛诗序》说："是以《关雎》，乐得淑女以配君子，忧在进贤，不淫其色，哀窈窕，思贤才，而无伤善之心焉。是《关雎》之义也。"这话的大体意思是说，《关雎》这首诗其实是国君思贤才的一种比喻，并无好色之淫心。这种解释被认为是从孔子的"诗教"思想引发出来的。孔子曾说："《诗》三百，一言以蔽之，曰思无邪。"（《论语·为政》）既然说是"思无邪"，那么男女爱慕的情诗自然要被提升到"忧国思才"的高度去理解了。

屈原《楚辞》中的不少篇章，都充满着忧国忧君忧民的强烈感情。他把国君比作一位夫君，把自己比作一个妇人。比如《离骚》中的这几句：

> 指九天以为正兮，夫惟灵修之故也。……初既与余成言兮，后悔遁而有他。余既不难夫离别兮，伤灵修之数化。

这几句如果翻译成白话，大致意思是：我是忠贞不二的，九天可以为证。一切都是为了你（夫君）的缘故。你当初已与我有约，后来竟改变初衷，有了另外的打算。我不是怕离你而去，而是为你的反复无常而悲哀。

屈原不仅把自己比作一个妇人，而且把自己比作一个美女。这个美女"朝饮木兰之坠露兮，夕餐秋菊之落英"，身上结满了香草，"揽木根以结茝兮，贯薜荔之落蕊。矫菌桂以纫蕙兮，索胡绳之纚纚"。这些比喻是想说自己既有非同凡俗的情操，又有出类拔萃的才华。正如《关雎》中的"淑女"一样，理应是国君"追求"的对象。

屈原《离骚》可以看作是儒家文艺观影响下的一次创作实践。这种创作实践后来成为中国古代文人表白政治胸襟和情操的一种手段。而中国古诗词"为芳草以怨王孙，借美人以喻君子"（李商隐《谢河南公和诗启》）的所谓"美人与香草"的创作手法也成为一种传统，读古诗如果不注意到这种现象是难以全面理解古诗的。比如曹植的《七哀诗》：

愿为西南风，长逝入君怀。君怀良不开，贱妾当何依？

初看似乎在写一个思念夫君的女子，情意缠绵。但其实是以夫妇喻君臣，抒发自己希望亲近国君，却不得其道而入的苦闷情怀。

再比如以豪放著称的辛弃疾，也有这种缠绵悱恻的"美人香草"式的词。他的名作《摸鱼儿·更能消几番风雨》便是：

更能消几番风雨，匆匆春又归去。惜春长怕花开早，何况落红无数。春且住！见说道，天涯芳草无归路。怨春不语。算只有殷勤，画檐蛛网，尽日惹飞絮。

长门事，准拟佳期又误。蛾眉曾有人妒。千金纵买相如赋，脉脉此情谁诉？君莫舞！君不见，玉环飞燕皆尘土。闲愁最苦。休去倚危栏，斜阳正在，烟柳断肠处。

辛弃疾这首词看似在写宫怨，却寄托了自己遭到倾轧排挤，报国无门的一腔忧愤。其中"长门事"云云，是把自己比喻成了汉武帝时的陈皇后，一再被君王误了佳期。而"蛾眉曾有人妒"，更是仿屈原《离骚》"众女嫉余之蛾眉兮，谣诼谓余以善淫"之意，诉说自己遭谗言而受排挤。

　　自然，古代诗人也有普通人的感情，也有男女之恋、食色之心。他们在一些诗篇中也会表露自己的这些感情。只是有些比较隐晦，有些比较直白。比如屈原的《九歌》借神祇来歌咏男欢女爱，表面上似乎不涉及个人恋情，其实却是个人恋情的一种委婉的表达。曹植的《洛神赋》即是仿此。后人一般认为此赋是曹植表露自己对兄嫂甄妃的恋情，因此又名《感甄赋》。爱情的对象被美化成了女神。至于以后各代的诗人，直白的情诗也有不少。像陆游的《钗头凤·红酥手》，千古传诵。要是将它当作"美人香草"式的政治情操来理解，那就要闹笑话了。

句式的长短及其他

纵观中国的古诗，有一个很有趣的现象，那就是诗句的句式经历了一个由短到长，而又由长趋于长短不拘的过程。

先谈由短到长。我国最早的诗歌有三言甚至二言的。《吴越春秋》记载的《弹歌》就是一首二言诗：

> 断竹，续竹；飞土，逐肉。

这首诗据说是黄帝时代的歌谣，歌咏狩猎生活。翻译成白话，意思是：去砍伐野竹，连接起来制成弓；打出泥弹，追捕猎物。

三言诗据说起源于葛天氏时代。《吕氏春秋》中有这样的记载：

> 昔葛天氏之乐，三人操牛尾，投足以歌八阙：一曰《载民》，二曰《玄鸟》，三曰《遂草木》，四曰《奋五谷》，五曰《敬天常》，六曰《建帝功》，七曰《依地德》，八曰《总禽兽之极》。

虽然只是记录了歌的曲名而没有歌词内容，但专家们根据其中三字式的曲名推断，歌词应该是三言的诗歌。比如《敬天常》《建帝功》《依地德》，都是动词1+名词2的三言句式。

二言的诗太短促，表现力有限，没有被继承下来。三言诗虽只是多了一个字，命运却大不相同。至迟在春秋战国时期，三言诗已趋于成熟；汉代是三言诗发展的重要时期，运用频繁。《礼记·大学》中所载的《盘铭》：

苟日新，日日新，又日新。

可以看作是三言的诗句。相传东汉苏伯玉妻作的《盘中诗》：

> 山树高，鸟鸣悲。泉水深，鲤鱼肥。空仓鹊，常苦饥。吏人妇，会夫希。

更是一首完整的三言诗了。此后历代都有三言诗。即使是五言、七言诗歌鼎盛的唐朝，也不乏三言体的诗歌，柳宗元、李贺等诗人都写过三言诗。当然，三言毕竟不是诗歌的主流，而《诗经》的出现，则标志着中国古诗进入了以四言为主的时代。

四言诗的出现也较早，西周时代臻于大成。上古的歌谣以及《周易》的系辞中已有所见。前者如相传为伊耆氏时代的歌谣《蜡辞》：

> 土反其宅，水归其壑，昆虫毋作，草木归其泽。

虽非严格的四言，但可看作是四言诗的滥觞。后者如《周易·系辞传》：

> 二人同心，其利断金。同心之言，其臭如兰。

《诗经》虽然间杂三、五、七、八等言的诗句，但基本是以四言为主，可以看作是四言诗的集大成之作。《诗经》谅读者已很熟悉，不再赘述。

四言诗兴盛了较长一段时间，一直到东汉才逐渐衰落。这里穿插一个掌故：伪苏李诗。南朝萧统编了一部诗文集叫作《文选》，里面收录了托名为苏武、李陵的诗歌多首，均是很成熟的五言诗。但苏武、李陵是西汉时代人，怎么可能写出如此诗体来呢？南朝时已有人怀疑，后来所谓的"苏李诗"被定为伪作。而作伪的一个很重要的证据就是诗的句式。《文心雕龙》的作者刘勰曾指出,西汉时代"辞人遣翰,莫见五言,所以李陵、班婕妤见疑于后代"。这是说西汉的文人写诗不见有写五言诗的,所以李陵等人的诗会被后人怀疑。这个掌故可以说明四言诗当时风行的程度,东汉之前一般文人都还不会写五言诗。

当然,一般文人不会写不等于五言诗还没有出现。其实,五言句式的诗歌很早就在民间流传,《诗经》中已有一些完整的五言诗形式,如《北山》。发展到西汉,五言的歌谣越来越多,且被大量地采入宫廷,成为乐府歌辞,由此逐渐引起文人们的兴趣。我们现在能见到的较早的文人五言诗出现在东汉,代表作是《古诗十九首》。

七言诗的出现其实并不比五言诗晚,汉代的乐府民歌中,已经常出现完整的七言诗句。文人作七言诗,一般以东汉张衡的《四愁诗》为最早。汉末三国曹丕的《燕歌行》标志着文人七言诗的创立。但七言诗的发展有一个曲折的过程,虽然汉魏时已有人作七言诗,但此后一两百年间却一直未能登大雅之堂。到南朝鲍照大力创作,才为七言诗的推广打开了道路;初唐四杰更把它推向成熟。有唐一代,成为七言诗的鼎盛时期。

我们再来说由长而趋于长短不拘。上面说了由短到长,那么古诗句式到底发展到几言呢?有没有八言、九言诗呢?虽然西晋时佛经中有八言偈颂,北周庾信以八言制作乐府《角调曲》,那时的道教文献中也有协韵讽诵的八言歌章。然而纵观中国的古诗,却罕见有全章的八言诗作,更不用说九言的了。个中原因:一是太长的句式难以记诵,所谓"七言以去,伤于大缓"(空海《文镜秘府论·定位》),古人已经感受到了;二是八字句往往可以被分为两个四字句,而九字句可分解为四、五或三、六的句式,不如索性长短不拘,不是更好?所以中国的古诗,以句字递增的齐言诗体的发展,到七言为止,此后便开始走上长短不拘的所谓"长短句"的发展之路,这便是我们所说的"词"和"曲"。

中国古诗句式的发展道路,让我有这样两点启示:一是,古诗由短到长，应该与社会生活复杂化的加剧，以及人的情感多样性的丰富有关。上古的生活单调，歌谣一般只是一些狩猎或者农作的描摹，二言或三言尽可囊括。二是，古诗由短到长而终于趋向长短不拘，也应该与中国文人的精神生活有关。不甘于让整齐划一来束缚思想，追求表现形式的更加自由，这是长短句之所以兴盛的一个原因。

宫体、艳诗与花间派

中国的古诗，描写风花雪月的，一直没什么地位，而且备受批评与责难，这个缘由可以追溯到孔子对《诗经》时代一些诗歌的评价。

《诗经》采自民间，有所谓"十五国风"，即十五个不同地区的民间歌谣。孔子整理《诗经》时，对郑国的歌谣最看不顺眼，他曾说"放郑声，远佞人。郑声淫，佞人殆"（《论语·卫灵公》）。孔子的弟子受到影响，广为宣传老师的主张。魏国的国君魏文侯问子夏：我听一本正经的古乐要打瞌睡，听郑卫之音却不知倦，这是为什么？子夏告诉他：郑音好滥淫志，卫音趋数烦志，皆"害于德"（《礼记·乐记》）。意思是说，郑国的歌谣"糜烂"，让人失却志向；卫国的歌谣节奏快捷，让人心烦意乱，都是于道德修养有害的。后来"郑卫之音"成为儒家批评所谓"淫靡"诗歌的代名词。卫国有"桑间濮上"之地，是男女幽会之所，也被儒家指责为淫声泛滥之源，"桑间濮上"后来也专指男女艳情了。

自汉武帝时起，儒家思想定于一尊，文人作诗一般不敢越雷池半步。先秦至汉，虽然有不少写男女爱情的诗，但能留存至今让我们看到的，大都还是表现得很克制，一般不外乎游子思妇，情感也以忧伤为主。汉代乐府中有《艳歌行》，不要以为内容有什么暧昧，也是一样的伤别离。当然也有一些赞美女子的诗句，大都是赞其德；也有一些赞其貌的，却都是笼统地写，比如署名为李延年的《歌一首》：

北方有佳人，绝世而独立。一顾倾人城，再顾倾人国。宁不知倾城与倾国，佳人难再得。

请问"倾国倾城"是何等容貌？实在不得而知。倒是托名宋玉作的《登徒子好色赋》中对女子的姿色稍有描绘：

> 东家之子，增之一分则太长，减之一分则太短，着粉则太白，施朱则太赤。眉如翠羽，肌如白雪，腰如束素，齿如含贝。嫣然一笑，惑阳城，迷下蔡。

虽然这篇赋不是专门来写女子姿色的，而是宣传士大夫对于两性关系"发乎情，止乎礼"的态度，但它毕竟对一个女子的姿色作了一些具体描绘。

南北朝时期，南方相对安定繁华，逐渐出现一些"艳诗"。专家们认为"艳诗"主要受到南朝民歌的影响。当时民间的歌谣写男女之欢泼辣大胆，比如《子夜四时歌》：

> 开窗秋月光，灭烛解罗裳。含笑帏幌里，举体兰蕙香。

描写确实是比先前文人的遮遮掩掩要直白得多。于是从鲍照开始，尝试学习；至齐代谢朓、沈约等人，更是趋之若鹜。如谢朓《赠王主簿诗二首》其一"轻歌急绮带，含笑解罗襦"，明显借鉴了民歌的诗句。这些艳诗成为梁代宫体诗的先驱。

梁太子萧纲少好文章，他的启蒙老师徐摛擅长写艳诗，对他影响很大。萧纲身边形成了一个以他为中心的文学集团，成员大都是东宫幕僚。他们写作的一部分诗歌专事描摹女子容貌、举止、情态，以及生活场景，风格艳丽，描写细巧，被称为"宫体诗"。萧纲的代表作《咏内人昼眠》常被文学史著作引用：

> 北窗聊就枕，南檐日未斜。攀钩落绮障，插捩举琵琶。梦笑开娇靥，眠鬟压落花。簟文生玉腕，香汗浸红纱。夫婿恒相伴，莫误

是倡家。

今天读这样的诗，不会感到有什么"邪淫"之处，但在古代，算是很出格的了。因此从唐代开始，对此类"宫体"艳诗严厉批判。然而"潘多拉的魔盒"既已打开，"魔鬼"藏在文人心头总要作祟。唐末以温庭筠为代表的"花间派"词作，可以看作是"宫体"艳诗的余韵。温庭筠的一首《菩萨蛮·小山重叠金明灭》向来被视为此类词的代表作：

小山重叠金明灭，鬓云欲度香腮雪。懒起画蛾眉，弄妆梳洗迟。

照花前后镜，花面交相映。新帖绣罗襦，双双金鹧鸪。

与上面那首《咏内人昼眠》比较，这一首明显活泼得多，把一个女子慵懒惺忪的娇态刻画入微，尤其是"鬓云欲度香腮雪"一句，黑白映衬，巧想天外。

自然，花间词派遭受的非难不比宫体诗少。宋明理学昌盛之后，文人几乎噤若寒蝉，但是这类风花雪月的艳诗并不见得就此绝迹。宋元明清，代有人写，而且艳丽程度有增无减。

我由此想到，孔子既说过"饮食男女，人之大欲存焉"（《礼记·礼运》），又说过"放郑声，远佞人。郑声淫，佞人殆"之类的话，中国古代的诗人真是陷入了两难的境地。男女之爱，岂止是离别思念？有很多情感与欲望尽在不言中了。但总会有人冒大不韪，而偏偏宫体诗与花间词派又都是中国封建王朝偏安一隅时的产物，容易让人与"亡国之音""靡靡之乐"相联系。因此，诗人们背上"苟且偷生""沉湎声色"之类的罪名，也就不足为奇了。

诗人的交游与酬答

中国古代的诗人之间也有"礼尚往来"的交际，不过这种"礼"大都是精神产品——诗歌，称之为"酬答"或"酬唱"。古代诗人之间诗来歌往，形成中国诗歌史上很有特色的交游文学，这是国外文坛少有的现象。

诗歌酬答可以有多种形式，"唱和"是常用的一种。"唱和"，顾名思义是一唱一和。有人先唱，赠与友朋，友朋作诗附和，这种形式盛于唐代。也有拿前人的诗来附和的，称作"拟古"或"和古"，盛行于宋代。诗人友朋间的唱和，和者可以根据对方所赠诗的原韵作诗回答，也可以只根据原作的意思另自用韵。相较而言，前者的情况要复杂一点，大致有依韵、用韵、次韵三种，而以次韵为最难。这些知识，翻翻书或上上网都可以查到，不多说。

诗歌唱和盛行于唐代与唐代以诗赋取士有关。唐代的科举考试主要就是考文人学士写诗作赋的水平，以此来录取官员。试想学子们对诗赋怎能不日夜用心？即便是聚会或游宴之时也要诗歌酬唱，或联络感情，或展示才学，于是诗歌唱和之风渐盛。

说到唐代诗人的唱和，不能不说白居易与元稹这一对亲密的诗友。元、白本为同一年科举及第，古代称为"同年"。自此相识后建立友情。不幸两人做官后却分别被贬，元稹被贬通州，白居易被贬江州。两地虽路途遥远，却难隔两人友情。他们频繁地相互寄诗，酬唱不绝，被称为"通江唱和"，是文学史上的一个美谈。诗人之间的真诚友情，经由仕途风波的磨炼而愈益醇厚，竟至于魂牵梦萦。白居易寄元稹诗（《梦微之》）云：

晨起临风一惆怅，通川溢水断相闻。不知忆我因何事，昨夜三回梦见君。

元稹和诗（《酬乐天频梦微之》）写道：

山水万重书断绝，念君怜我梦相闻。我今因病魂颠倒，唯梦闲人不梦君。

说是"唯梦闲人不梦君"，其实是"恨不夜夜梦见君"。用此反语更见好友思念情切。

此外，白居易与刘禹锡的唱和也很频繁，有《刘白唱和集》行世。其中刘禹锡的名作《酬乐天扬州初逢席上见赠》，想必读者耳熟能详：

巴山楚水凄凉地，二十三年弃置身。怀旧空吟闻笛赋，到乡翻似烂柯人。沉舟侧畔千帆过，病树前头万木春。今日听君歌一曲，暂凭杯酒长精神。

这首诗是刘禹锡唱和白居易的赠诗，因"沉舟侧畔千帆过，病树前头万木春"两句而太过有名，竟至于白居易的赠诗默默无闻。这里将白诗（《醉赠刘二十八使君》）抄在下面对比一下：

为我引杯添酒饮，与君把箸击盘歌。诗称国手徒为尔，命压人头不奈何。举眼风光长寂寞，满朝官职独蹉跎。亦知合被才名折，二十三年折太多。

确实，白诗较为平实。但结句"二十三年折太多"，为朋友刘禹锡长期被置于巴山楚水凄凉地的遭遇鸣不平，感慨之情溢于言表。所以刘的和诗一开头就接过这"二十三年"来说事。和诗另自用韵，不依赠诗原韵。

两人的唱和不限于诗，也有词。《忆江南》是较有名的一例：

> 江南好，风景旧曾谙。日出江花红胜火，春来江水绿如蓝。能不忆江南？（白居易）

> 春去也，多谢洛城人。弱柳从风疑举袂，丛兰裛露似沾巾。独坐亦含嚬。（刘禹锡）

这是白居易和刘禹锡的词，被视为唱和词的滥觞。这里倒是白词千古传诵，刘词稍逊风骚了。

唱和之风延至宋代有些变味，逐渐不再是诗人之间真诚友情的联络，或是各自才情的展露，而成为一种虚应繁华、娱乐君臣的工具了。宋初的文人大都沉醉于豪华奢侈、轻歌曼舞的生活之中。为了粉饰太平，宋王朝有意提倡诗赋，君臣同乐，彼此唱和，歌功颂德。"西昆体"便是在这种风气下形成的诗派。西昆体虽然形式上模拟李商隐，但内容浅陋，题材贫乏。《西昆酬唱集》刊行后虽传唱一时，但终究在文学史上价值不大。

由中国古代诗人的交游酬唱，我想到了文学的功能。文学在传递思想、抒发感情和娱乐性情之外，衍生出交游、竞才之类的社会功能来，恐怕也是中国古代文学的一种特色。这些特色，有些被今天继承下来，比如赛诗、征文之类便是，这属于竞才，而交游功能似乎已经消失，古代诗人们的这些交游篇章也就成为绝唱了。

三

诗人之恋

曹　植

　　从这一篇起我们谈谈古代诗人们的恋情。因词又被称为"诗余"，故词人这里也被纳入诗人的范畴，诗人之恋即诗人、词人之恋。此外，赋与诗虽体裁有别，但如古人所云"诗赋欲丽"（曹丕语），此两者的关系是很紧密的，所以这里在引用诗人的作品时，也会引用其所作之赋。诗人是情种的很多，不能一一谈到，只挑选一些较有名的，顺序按朝代先后排列，每篇介绍一位。

　　首先介绍曹植。曹植少年才子，容貌俊美，十几岁时即能"诵读诗、论及辞赋数十万言"（《三国志·陈思王曹植传》）。不过自古红颜多薄命，不想这位美男也命运不济。政治上受到兄长曹丕的排挤不说，就连爱情也因之受困。

　　曹植作为王族，有三妻四妾也不是什么奇怪的事。然而作为一个诗人，他的爱情却是十分偏执与专注。由于早年生活优裕，他身边并不缺美女。他的《名都篇》，就是他当年生活的写照：

　　　　名都多妖女，京洛出少年。宝剑直千金，被服丽且鲜。斗鸡东郊道，走马长楸间。驰骋未能半，双兔过我前。揽弓捷鸣镝，长驱上南山。左挽因右发，一纵两禽连。余巧未及展，仰手接飞鸢。观者咸称善，众工归我妍。归来宴平乐，美酒斗十千。脍鲤臇胎鰕，炮鳖炙熊蹯。鸣俦啸匹侣，列坐竟长筵。连翩击鞠壤，巧捷惟万端。白日西南驰，光景不可攀。云散还城邑，清晨复来还。

　　你看，"归来宴平乐，美酒斗十千"，李白当年曾艳羡曹植，写下

"金樽清酒斗十千，玉盘珍羞直万钱"（《行路难》）的诗句。

然而曹植的婚姻很不幸。他的第一任妻子崔氏，系名门之后，因衣绣违制，被曹操赐死。第二任妻子谢氏，曾被封为王妃，即史书中所称的"陈妃"，她是曹植后期生活的伴侣。但曹植的后期生活并不幸福，这从他的一些诗赋中可以看出。他曾仿屈原的诗赋作《九愁赋》，诉说自己的愁肠；又有《叙愁赋》，借悲叹妹妹的命运抒发自己的心境；又有《愁思赋》，敏感于四时节气的更替和人生的无常。愁、愁、愁，那么多的愁，"恰似一江春水向东流"（李煜《虞美人·春花秋月何时了》）。

曹植的"愁"，虽然有很多是出于政治上的受排挤和不得志，但也有一定程度上的恋情之愁。我们来看他的一首《静思赋》：

夫何美女之娴妖，红颜晔而流光。卓特出而无匹，呈才好其莫当。性通畅以聪惠，行嫌密而妍详。荫高岑以翳日，临绿水之清流。秋风起于中林，离鸟鸣而相求。愁惨惨以增伤悲，予安能乎淹留。

这首赋和他的一些仿乐府诗之作有些不同，他的很多仿乐府诗之作将自己比作美女来抒发政治上的怀才不遇之情。但这一首的末两句，明显可以看出作者与"美女"是两个主体。前面描写了美女的婀娜多姿，又说秋风起，连鸟都在哀鸣求离偶，最后说自己却不能与美女为伴，徒增伤悲。这个美女会是曹植朝思暮想的恋人吗？曹植的恋人又是谁呢？当然不会是他的妻子。他那个时代，王族的婚姻大都是政治的联盟，和爱情是联系不到一起的。

曹植的恋情曾引起古人众说纷纭，起因是他写的一首名作《洛神赋》。《洛神赋》原来题作《感甄赋》，后来曹植的侄子曹叡继承皇位后，将它改名《洛神赋》。当然，此时曹植已经作古。曹叡为什么要改其题名呢？冠冕堂皇的解释是：曹叡的母亲姓甄，改题名是为了避讳。但流传较多的说法是：曹植此赋是写自己暗恋兄嫂即曹叡之母甄氏，曹叡感觉难堪，故而改名。也有人将这种传说斥为"无稽之谈"，说曹植写《感甄赋》是因当年曹丕将"鄄城"分封给他，而古代"鄄"与"甄"通，曹植为表感谢而作此赋，与甄氏无涉。更有人说，甄氏大曹植九岁，曹植怎么可能会暗恋她呢？

不管曹植这首赋是为了感激受封鄄城而作，还是暗恋兄嫂甄氏而作，《洛神赋》字里行间涌动着的异性幻想、爱情神往是遮掩不住的。你看他这样描绘洛神：

> 其形也，翩若惊鸿，婉若游龙。荣曜秋菊，华茂春松。仿佛兮若轻云之蔽月，飘飘兮若流风之回雪。远而望之，皎若太阳升朝霞；迫而察之，灼若芙蕖出渌波。秾纤得衷，修短合度。肩若削成，腰如约素。延颈秀项，皓质呈露。芳泽无加，铅华弗御。云髻峨峨，修眉联娟。丹唇外朗，皓齿内鲜……

可以说，中国此后的古代诗人大都是从曹植这首赋中找到了形容女性的词汇。倘若没有一种爱情的神往在诱惑诗人，或者说诗人没有一种爱之入骨的狂热情愫，他怎么可能发挥出如此刻画入微的想象来呢？

当然，如此美妙的女神，倘是可望而不可即，又会是多么遗憾！曹植于是朦朦胧胧、飘飘忽忽地写自己与女神的交接：

> 于是洛灵感焉，徙倚彷徨。神光离合，乍阴乍阳。竦轻躯以鹤立，若将飞而未翔。践椒涂之郁烈，步蘅薄而流芳。超长吟以永慕兮，声哀厉而弥长。尔乃众灵杂沓，命俦啸侣。或戏清流，或翔神渚，或采明珠，或拾翠羽。从南湘之二妃，携汉滨之游女。叹匏瓜之无匹兮，咏牵牛之独处……

这种人神之交，写得若即若离，绮丽缥缈，热烈纯真而不低俗。这恐怕只有诗人心中蕴藏着一个神圣的相思对象，才会有如此奇妙的讴歌。

陶渊明

陶渊明是一位隐逸诗人。长期以来，陶渊明留给世人的印象，似乎不是"采菊东篱下，悠然见南山"那样的闲适，就是"此中有真意，欲辨已忘言"（《饮酒二十首》其五）那样的空灵，很难与恋情联系起来。鲁迅曾经指出陶渊明还有"金刚怒目"的一面，让人耳目一新。这说明陶渊明还可能有着未被世人认识的一些"隐情"，他的恋情是否就是这样一种隐情呢？

40　　陶渊明三十岁始婚，在古人中属于晚婚型的了。不幸的是，他的妻子很快去世，留下一个嗷嗷待哺的男婴。于是他不久便又再婚，续娶翟氏。史书说他与翟氏"志趣亦同，能安苦节，夫耕于前，妻锄于后"（《南史·陶潜传》），看来是一对患难夫妻。他的诗中写到妻子的不多，但依然可以看得出，他与翟氏相处还是较有情意的。他们偶尔也一行天伦之乐，比如他曾咏唱：

　　今我不为乐，知有来岁不？命室携童弱，良日登远游。（《酬刘柴桑》）

夫妻双双，携子远游，感情上应该没有危机。不过对于早逝的妻子，陶渊明难道没有一点思念吗？他的诗，在充满田园和乡土气息之外，很少有男女之恋的感情流露。不过，尽管很少，也不是没有这种感情波澜的痕迹。试看他的下面两首诗：

　　仲春遘时雨，始雷发东隅。众蛰各潜骇，草木从横舒。翩翩新

来燕，双双入我庐。先巢故尚在，相将还旧居。自从分别来，门庭日荒芜。我心固匪石，君情定何如？（《拟古九首》其三）

日暮天无云，春风扇微和。佳人美清夜，达曙酣且歌。歌竟长叹息，持此感人多。皎皎云间月，灼灼叶中华。岂无一时好，不久当如何？（《拟古九首》其七）

前一首看似像人与燕的对话。旧巢尚在，门庭日芜，表达一种处境的悲凉。新来燕触动的恐怕不仅是眼前的境况，一定还有那从前的回忆。因此，最后两句说我心匪（非）石，君情如何，看作是与思念中的亲人的对话更好一些。古诗中这种语境的对话，一般发生在男女之间。

后一首写一个美人对月当歌。良辰美景，花好月圆，可是作者感叹此情此景难以长久。他是想到了自己早逝的妻子呢，还是想到了一个相思中的情人呢？我们无法断定。但是，凄清的情思是确实的。这首诗因此而被古人收入以情歌为主的《玉台新咏》诗集中。

当然，这两首诗的思念之情表达得较为委婉，倒是他的一首题为《停云》的诗，思念之情相当强烈。试录于下（除序之外）：

霭霭停云，蒙蒙时雨。八表同昏，平路伊阻。静寄东轩，春醪独抚。良朋悠邈，搔首延伫。

停云霭霭，时雨蒙蒙。八表同昏，平陆成江。有酒有酒，闲饮东窗。愿言怀人，舟车靡从。

东园之树，枝条载荣。竞用新好，以怡余情。人亦有言，日月于征。安得促席，说彼平生。

翩翩飞鸟，息我庭柯。敛翮闲止，好声相和。岂无他人，念子实多。愿言不获，抱恨如何！

这首诗的序一开始就说："停云，思亲友也。"既有思亲，也有思友。诗的前几段显然是思友的。比如"良朋悠邈，搔首延伫""安得促席，说彼平生"等。但最后一段思绪转到亲人身上。这一段我们试着意译如下：

> 飞鸟儿翩翩，停我庭树间。羽翼多娴静，鸣声也动听。我并非无伴，却日夜思你。心愿不能遂，抱恨又无奈。

与上面所引的《拟古九首》其三一样，用飞鸟作比兴。然而这一首的思绪却显然强烈不少。诗人用"抱恨"一词，与他一贯的悠悠情趣、淡淡思绪有很大差异。倘若不是思念逝去的亲人，恐怕不会有如此的情感波动。

尽管如此，我们从以上的诗中读到的，还仅仅只是陶渊明恋情的一些痕迹，而且还带有揣测的成分，毕竟诗人没有明说。但陶渊明的《闲情赋》，是实实在在而且相当直露地写男女恋情，以致引起争议，甚至有人怀疑是否陶渊明所写。由于《闲情赋》篇幅较长，不能全引，下面只作简要介绍。

在这首赋开首的序中，作者声明是受了张衡作《定情赋》、蔡邕作《静情赋》的影响而写此赋，宗旨在于"讽谏"。但纵观全赋，其趣味似乎并不在此。赋一开始就引出一个"瑰逸令姿""旷世秀群"的美女来，写她的"纤指"，写她的"美目"，刻画她的神态举止。这些还都没有超出前人的境界。可是接下来的语句，其大胆和出奇的程度，令人吃惊。请看：

> 愿在裳而为带，束窈窕之纤身；嗟温凉之异气，或脱故而服新！
>
> 愿在发而为泽，刷玄鬓于颓肩；悲佳人之屡沐，从白水以枯煎！
>
> 愿在眉而为黛，随瞻视以闲扬；悲脂粉之尚鲜，或取毁于华妆！

愿在莞而为席，安弱体于三秋；悲文茵之代御，方经年而见求！

愿在丝而为履，附素足以周旋；悲行止之有节，空委弃于床前！

愿在昼而为影，常依形而西东；悲高树之多荫，慨有时而不同！

愿在夜而为烛，照玉容于两楹；悲扶桑之舒光，奄灭景而藏明！

愿在竹而为扇，含凄飙于柔握；悲白露之晨零，顾襟袖以缅邈！

愿在木而为桐，作膝上之鸣琴；悲乐极以哀来，终推我而辍音！

我们试着翻译几段：

我愿作她衣裳的束带，紧裹在她窈窕的纤身上；可叹气候温凉多变，美人会经常地换衣！

我愿作她秀发上的香泽，经常垂在肩上与她的肌肤碰擦；可叹美人屡屡洗发，我会被水付之东流！

我愿作她画眉的色黛，随着她的美目优雅地流盼；可叹脂粉色泽尚鲜，美人卸妆又翻新样！

我愿作她睡眠的枕席，安置她娇弱的玉体于三秋时节；可叹又被换季的枕褥取代，得隔一年方再一亲芳泽！

我愿化为丝缕作她的鞋袜，裹在她的素足上轻迈莲步；可叹美人行止有节，我会被丢弃在床前！

…………

这种恋情的热烈程度可以说是前无古人的，而出现在陶渊明身上，确实让人有些意外。古人尤其不解。如梁代萧统非常推崇陶渊明，为

三　诗人之恋

他编诗文集，但对这一首赋也摇头说："白璧微瑕，惟在《闲情》一赋。"（《陶渊明集·序》）他们认为陶渊明就该是"隐逸"的，超凡脱俗的，似乎不该写这么浓艳的情诗。后来有人为陶渊明写年谱，把这首赋归在他未婚时的青年时期作品中，认为那时他血气方刚，才可能写下这样的辞赋。其实陶渊明在归园田居之后，既然可以偶有"金刚怒目"式的发作，又为什么不可以在长久的压抑之中一泻恋情呢？至于这个恋情的对象，如果不是早逝的妻子，那便有可能是他暗恋中的某个偶像。

李　白

　　李白风流倜傥，诗作豪放浪漫，自不必多说。那么他的婚恋生活是否也像他的诗歌一样充满着浪漫呢？这大概是不少人有兴趣关注的。从正史看，我们不会捕捉到这样的痕迹；而野史则又扑朔迷离，言辞闪烁。我们不妨来个折中，取于正、野之间。

　　李白的首次婚姻约在二十七岁之时。据他三十岁时自述：

　　　　云楚有七泽，遂来观焉。而许相公家见招，妻以孙女，便憩于此，至移三霜焉。（《上安州裴长史书》）

　　许相公何许人？乃唐高宗时的宰相许圉师。许氏夫人是名门旧贵之后，李白却并没有沾什么光。李白说自己"虽长不满七尺，而心雄万夫"（《与韩荆州书》），他是要靠自己去闯天下的。许氏夫人早逝，为李白留下了一子一女。可惜李白对于这首任妻子，基本没有片言只语说及，我们只能从他爱怜儿女的诗句中去体味他对妻子的情意。比如：

　　　　我固侯门士，谬登圣主筵。一辞金华殿，蹭蹬长江边。二子鲁门东，别来已经年。因君此中去，不觉泪如泉。（《送杨燕之东鲁》）

　　送别要去东鲁的友人，想起那儿有自己的两个孩子，泪涌如泉。虽未言及妻子，思念之情应在言外。又比如：

……楼东一株桃，枝叶拂青烟。此树我所种，别来向三年。桃今与楼齐，我行尚未旋。娇女字平阳，折花倚桃边。折花不见我，泪下如流泉。小儿名伯禽，与姊亦齐肩。双行桃树下，抚背复谁怜……（《寄东鲁二稚子》）

说是"抚背复谁怜"，想是妻子许氏此时已经去世，所以儿女孤苦伶仃。怀念儿女，其实也是怀念妻子。

据李白的友人魏颢为李白诗集《李翰林集》作的序中说，许氏之后，李白又有过三次婚姻，第二任妻子刘氏，据称不能恪守妇道。根据郭沫若的研究，李白曾骂刘氏"彼妇人之猖狂，不如鹊之强强；彼妇人之淫昏，不如鹑之奔奔"（《雪谗诗赠友人》）。但有人说李白这些诗句是骂杨贵妃的。不管怎样，李白和刘氏很快离异。第三任妻子，一个山东的无名氏女子。这位女子是否可以算是李白的妻子很成问题。这位既不知其姓氏又不详其事迹的女子，据郭沫若说很可能是被魏颢误解了，她大概只是被李白请来照看孩子的。不过我想，这位女子也有可能是介于情人与保姆之间。李白的最后一任妻子是宗氏。李白在她身上倾注了极大的爱，我们稍后再来详说。

李白的诗歌，大都不是写女子就是写酒，他的情感生活于是给人以很大的想象空间。李白与杨贵妃的私情传说便由此而起。虽然大抵不外乎荒诞，但也有必要一说。

史书说李白受道士吴筠推荐，深得唐玄宗赏识。唐玄宗酷好乐曲，自己度曲，命李白作词。李白往往乘着酒兴，挥笔成章，玄宗大为赞许。李白的《清平调》三首就是这样的作品。《清平调》写成后，"太真持颇梨七宝杯，酌西凉州蒲萄酒，笑领歌词，意甚厚"（曹寅、彭定求编修《全唐诗》）。可靠的史料仅此而已。但这并不妨碍古人发挥想象。既然这些宫廷乐曲有李白参与创作，那么在这乐曲声中翩翩起舞的杨贵妃，怎能不和李白有些纠葛呢？她既然"笑领歌词，意甚厚"，想象者想当然地将她的"情意"给了李白。于是敷衍出杨贵妃与李白一起喝酒，还眉目传情。

其实稍有古代常识者都懂得，一个区区文人，怎敢和皇帝的宠妃一起喝酒？！即使杨太真敢，他李太白敢吗？说李白心中艳羡杨贵妃那倒是有可能的，他那《清平调》三首可能也是赞美杨贵妃的。请看：

云想衣裳花想容，春风拂槛露华浓。若非群玉山头见，会向瑶台月下逢。

一枝红艳露凝香，云雨巫山枉断肠。借问汉宫谁得似？可怜飞燕倚新妆。

名花倾国两相欢，长得君王带笑看。解释春风无限恨，沉香亭北倚阑干。

这样艳丽的诗句，怎能不令杨贵妃倾倒？不过，她的"情意"是给了李隆基（唐玄宗），而不是李太白。

一个风流倜傥的大诗人，对一个"倾国倾城"的美女产生一点艳羡的念头不足为怪。而李白对于他最后一任妻子宗氏，其实还是非常用情的。宗氏也是名门之后，不过与许氏不同的是，宗氏家族颇多坎坷。她祖上曾被武则天重用，三次拜相。后来失势遭杀，连累家族后代。李白曾在诗中言及，说是：

一回日月顾，三入凤凰池。失势青门傍，种瓜复几时？（《窜夜郎于乌江留别宗十六璟》）

患难见真情。李白在"安史之乱"中站错了队，跟了永王李璘。后来李璘被杀，李白被充军，长流夜郎。宗氏夫人为他奔走解难。李白的诗记述了这样的情景：

闻难知恸哭，行啼入府中。多君同蔡琰，流泪请曹公。知登吴

三　诗人之恋

章岭，昔与死无分。崎岖行石道，外折入青云。相见若悲叹，哀声那可闻！（《在浔阳非所寄内》）

李白此时关在浔阳监狱，宗氏不畏艰险，翻山越岭前去营救。李白感慨万千，将宗氏此举比作当年的蔡文姬（蔡琰）救夫，想象自己夫妇相见，悲哀之情何以堪！

李白与宗氏夫人的感情，还有一层信仰的支撑。李白好神仙之道，与道士交往密切。宗氏志趣相同，双双修道学仙。李白曾有《题嵩山逸人元丹丘山居》诗为记，其末四句云：

> 拙妻好乘鸾，娇女爱飞鹤。提携访神仙，从此炼金药。

不仅爱妻，连娇女也一同振翅欲飞。不过李白遭遇政治挫折后，对道教的热情大为减退，但宗氏仍乐此不疲。她要去跟一位女道士修行，李白为她送别的诗中说她：

> 素手掬青霭，罗衣曳紫烟。一往屏风叠，乘鸾着玉鞭。（《送内寻庐山女道士李腾空二首》其二）

想象妻子飞升于云雾之中，李白似乎有点无可奈何。郭沫若说，李白最后从道教中觉醒，向道士吴筠告别。他的一首告别诗可以看作是他信仰的挽歌，这里只引最后几句：

> 挹君去，长相思。云游雨散从此辞。欲知怅别心易苦，向暮春风杨柳丝。（《下途归石门旧居》）

写这首诗时李白已快走到人生的终点。生命将暮了，他在向信仰告别，也在向爱妻告别。

白居易

　　白居易，以他通俗闲适的诗歌流芳于世。很难想象，这么一种风格的诗人会经历过什么激情澎湃的婚恋生活。尽管他的《长恨歌》缠绵悱恻，尽管他的《琵琶行》激越悲凉，但普通人只是将它们当作诗人编造的故事。至于这些故事背后隐藏着的诗人的情感密码，一般人是无法破解也无须破解的。

　　相比于李白二十七岁成婚，白居易整整晚了十年。这里可能的原因是，他本人并不怎么急于进入婚恋生活。为什么不急于进入婚恋生活呢？在他二十九岁进士登第之前，可以解释为热衷于功名而无暇顾及；此后，则与元稹、李绅等人一起悠游于长安，正所谓"春风得意马蹄疾，一日看尽长安花"（孟郊《登科后》）的风流之时，自然"乐不思蜀"。

　　我们无须苛求白居易，也不必为他文过饰非，这是当时士子的流风使然。不过，白居易也渐渐地萌生了结婚的念头。研究者从他的几首诗猜测，白居易应该有过一次初恋。那时他十九岁，与一个十五岁的邻家女相恋。他的《邻女》一诗很可能就是当时恋情的告白：

　　　　娉婷十五胜天仙，白日姮娥旱地莲。何处闲教鹦鹉语，碧纱窗下绣床前。

　　此外，从一首题为《寄湘灵》的诗来看，白居易的这位初恋情人可能芳名湘灵：

泪眼凌寒冻不流，每经高处即回头。遥知别后西楼上，应凭栏杆独自愁。

看来初恋并不顺利，两人各自东西。个中原因不得而知，有人猜测是门第的不合。不管怎样，白居易日后回忆这段恋情，心中无比惆怅：

不得哭，潜别离。不得语，暗相思。两心之外无人知。深笼夜锁独栖鸟，利剑春断连理枝。河水虽浊有清日，乌头虽黑有白时。唯有潜离与暗别，彼此甘心无后期。（《潜别离》）

正因"彼此甘心无后期"，这段初恋想必已是了结，只在记忆之中留着痛。而现在功成名就，出入声色之余，不免感到寂寞。三十六岁时白居易有一首《戏题新栽蔷薇》诗透露着此时心境：

移根易地莫憔悴，野外庭前一种春。少府无妻春寂寞，花开将尔当夫人。

蔷薇花开惹动了白居易结婚的欲望。也是有缘，白居易在这一年与同僚杨虞卿的从弟杨汝士相识，相交甚密。由此而得以与杨汝士之妹亲近，遂于第二年三十七岁时与杨氏喜结良缘。

虽然白居易早年风流，但对婚事却是认真的。这从他新婚时写给妻子的一首诗可以看出：

生为同室亲，死为同穴尘。他人尚相勉，而况我与君。黔娄固穷士，妻贤忘其贫。冀缺一农夫，妻敬俨如宾。陶潜不营生，翟氏自爨薪。梁鸿不肯仕，孟光甘布裙。君虽不读书，此事耳亦闻。至此千载后，传是何如人？人生未死间，不能忘其身。所须者衣食，不过饱与温。蔬食足充饥，何必膏粱珍。缯絮足御寒，何必锦绣文。君家有贻训，清白遗子孙。我亦贞苦士，与君新结婚。庶保贫

与素，偕老同欣欣。（《赠内》）

不要以为这只是一个新婚宴尔的男人的甜言蜜语。从日后的经历来看，白居易与杨氏夫人确实能相敬如宾，相守白头。他有多首《赠内》《寄内》之类的诗，可以看出他对妻子的珍视。

不过，白居易毕竟是一个多愁善感的诗人。初恋的伤痛有时会不经意地浮上心头，常常会令他触景伤情而唏嘘不已。《长恨歌》的"在天愿作比翼鸟，在地愿为连理枝"，可以看作是他对初恋这段感情的挽歌，因为他给昔日情人湘灵的《长相思》诗中早已有"愿作深山木，枝枝连理生"那样的句子。而《琵琶行》长诗的背后，其实也是有着这样一种情感密码隐藏在内的。为什么"江州司马青衫湿"？不仅因为与琵琶女"同是天涯沦落人"，更可能的原因是，这样一个"十三学得琵琶成"的女子，让他想起"娉婷十五胜天仙"的湘灵。琵琶女是"老大嫁作商人妇"，而自己的昔日恋人今又如何？

自然，伤痛不会时时伴随着他。白居易痴迷于道教，也写过不少的艳情诗。在那个时代，一个好男人的标准，并不排斥对于妻子之外的女性的染指。否则我们就难以理解，为什么白居易既可以缠绵地写下"白发长兴叹，青娥亦伴愁"（《赠内子》）那样与妻子白发相守的诗句，又可以从容地吟唱"樱桃樊素口，杨柳小蛮腰"（孟棨《本事诗·事感》）那样与侍妾嬉戏的诗歌。诗人白居易也是男人白居易，这没有什么奇怪，尤其是在他那个时代。不过，只有当男人白居易同时又是诗人白居易之时，他的才情才得以升华，从只是缠绵于情欲而走向更高的境界，而我们才得以有《长恨歌》和《琵琶行》的感动。

李商隐

李商隐的诗名，今天虽不能和李杜（李白、杜甫）并列，但在他身后很长一段时间曾经影响很大。尤其是宋初，以精致含蓄见长的"西昆体"诗歌，便是追随李商隐的结果，致使"时人争效之，诗体一变"（欧阳修《六一诗话》）。但宋人学李商隐，只是做表面文章，李商隐所经历的那种政治与爱情纠葛的情感苦痛，他们是学不像的。

在李商隐研究中，有人把李商隐二十七岁（一说二十六岁）成婚前的爱情经历称为"前期爱情"，这里姑且借用。这段时期，李商隐可考的爱情经历大约有两桩。一些捕风捉影之说，这里不取。第一桩也可以说是初恋。只是李商隐此前是否有过恋爱，我们不得而知。这段情事之所以比较可靠，是因为李商隐的《柳枝五首》诗中有过记载。这五首诗不长，序却用了不少的文字，可见这段恋情在诗人记忆中举足轻重。这里引录如下：

柳枝，洛中里娘也。父饶好贾，风波死湖上。其母不念他儿子，独命柳枝。生十七年，涂妆绾髻，未尝竟，已复起去。吹叶嚼蕊，调丝擪管，作天海风涛之曲，幽忆怨断之音。居其旁，与其家摉故往来者，闻十年尚相与，疑其醉眠梦物断不娉。余从昆让山，比柳枝居为近。他日春曾阴，让山下马柳枝南柳下，咏余《燕台》诗，柳枝惊问："谁人有此？谁人为是？"让山谓曰："此吾里中少年叔耳。"柳枝手断长带，结让山为赠叔乞诗。明日，余比马出其巷，柳枝丫鬟毕妆，抱立扇下，风鄣一袖，指曰："若叔是句？后三日，邻当去溅裙水上，以博山香待，与郎俱过。"余诺之。会所

52

友有偕当诣京师者，戏盗余卧装以先，不果留。雪中让山至，且曰："东诸侯娶去矣。"明年，让山复东，相背于戏上，因寓诗以墨其故处云。

这段序一如李商隐的其他诗文，不少地方含蓄曲折，晦涩难明。但大致的事实仍可以分辨：柳枝是一位富商的女儿，深受母亲宠爱。时年十七。生性活泼不拘细节，常常梳妆到半途就去玩花弄琴。李商隐之兄李让山与柳枝家为邻。一日李让山在柳枝家的柳树下朗诵李商隐的《燕台》诗，柳枝听闻后惊问："谁写的这首诗？"知道后立即截断自己的衣带，赠与让山索要李商隐的诗。第二天李商隐如约而至。柳枝打扮齐整，亭亭玉立，与李商隐约定三日后再相会。不料后来李商隐的朋友给他来个了恶作剧，把他的衣服盗走，使李商隐不能前去赴约而失信。此后柳枝被一个关东的地方长官娶去，两人再无音信相通。

这是一个多么浪漫凄艳的故事。李商隐尽管写得很淡定，似乎是经年旧事，伤痕已愈。但他对柳枝仪态的那种出神入化的描摹，要不是当年曾经刻骨铭心，恐怕难以如此。我们再读他下面的五首诗，仍然可以感受到他那种不堪回首的惆怅：

花房与蜜脾，蜂雄挟蝶雌。同时不同类，那复更相思。

本是丁香树，春条结始生。玉作弹棋局，中心亦不平。

嘉瓜引蔓长，碧玉冰寒浆。东陵虽五色，不忍值牙香。

柳枝井上蟠，莲叶浦中干。锦鳞与绣羽，水陆有伤残。

画屏绣步障，物物自成双。如何湖上望，只是见鸳鸯。

最能见其心情者，莫过于"如何湖上望，只是见鸳鸯"两句。其意味，想读者自能领会，笔者不再赘述。

前期爱情还有一桩则没有如此详细的信息。这是前人从李商隐的一首诗《银河吹笙》中揣摩到的隐情。先将《银河吹笙》诗引录如下：

> 怅望银河吹玉笙，楼寒院冷接平明。重衾幽梦他年断，别树羁雌昨夜惊。月榭故香因雨发，风帘残烛隔霜清。不须浪作缑山意，湘瑟秦箫自有情。

清人冯浩解这首诗曰："上四句言重衾幽梦，徒隔他年，羁绪离情，难禁昨夜，是以未及平明而起，望银河吹笙遣闷也。总因不肯直叙，易令人迷。缑山专言仙境，湘瑟秦箫则兼有夫妻之缘者，与银河应。此必咏女冠，非悼亡矣。"（《玉谿生诗集笺注》）冯浩说李商隐前半写得很暧昧，令人猜疑；后半写缑山，是专指道家仙境的，而湘瑟秦箫云云，又有夫妻之谓。所以他猜测李商隐这首诗应当是为女道士（女冠）而作。言下之意，李商隐与女冠有过恋情，因种种原因而未能成为夫妻，所以诗中隐晦悱恻，欲言又止。冯浩的猜测还是说出了一些道理，因此得到一些李商隐研究者的赞同。唐代道教极盛，文人沉湎其中进而与女道士相恋者并不鲜见。上一篇说到的白居易，即有如此经历。

李商隐成婚之后，即所谓"后期爱情"的情感经历则跌宕起伏，缠绵悱恻。这与他的政治遭遇紧密相关。

开成三年（838），李商隐被泾原节度使王茂元招为女婿。这是一桩大喜事，李商隐盼望已久。不仅因王茂元是达官，更因其女儿有美名。前一年，李商隐的同年登科进士韩瞻与王茂元的另一个女儿成婚，令李商隐艳羡不已，写了一首诗祝贺：

> 籍籍征西万户侯，新缘贵婿起朱楼。一名我漫居先甲，千骑君翻在上头。云路招邀回彩凤，天河迢递笑牵牛。南朝禁脔无人近，瘦尽琼枝咏四愁。（《韩同年新居饯韩西迎家室戏赠》）

诗人将韩瞻迎娶新人称为"回彩凤",可见他对王茂元女儿的向往。但是李商隐没有想到,他做乘龙快婿之日也是他政治遭难之时。中晚唐是朋党之争的时代。李商隐虽然一向超脱,却仍难免身陷其中。李商隐恩师令狐楚家族是牛党(牛僧孺党),而王茂元家族却是李党(李德裕党)。牛李两党是死对头,李商隐自然招致了"叛徒"的骂名。原本应得的官位,莫名其妙地被撤销,这让他困惑不已。爱妻王氏却能为他抱不平,令他感动。李商隐写了一首《无题》诗记其事,说妻子"锦长书郑重,眉细恨分明",但又劝爱妻"莫近弹棋局,中心最不平"。劝爱妻其实也是劝自己。他深感这政治中心危机四伏,犹如一盘神秘莫测的棋局。

李商隐竭力要在两党之争中寻求平衡,保持独立,可是谈何容易。他辗转仕途,蹉跎十年,却仍是一个小小的县尉,不得升迁。其中的痛苦悲愤只有与爱妻偶一相聚时才能一诉衷肠。所谓"身无彩凤双飞翼,心有灵犀一点通",正是夫妇两人心心相印的写照。然而官场仕途的奔波生活,难免与爱妻聚少离多。"相见时难别亦难,东风无力百花残",这是李商隐无可奈何的嗟叹。尽管这样,爱妻毕竟是一种精神的支撑,让他纵在天涯海角,还留恋那"昨夜星辰昨夜风,画楼西畔桂堂东"的昔日情景。

然而天不假年,爱妻竟因病撒手而去。这一年是大中五年(851),李商隐政治上又一次失意。家事、政事双重打击,李商隐痛定思痛之后写下了许多悼亡诗。这些诗既诉说自己郁郁不得志的遭遇,又缅怀相濡以沫的恋情,哀怨婉转,凄艳动人。没过几年,他也追随爱妻而去。

"蓬山此去无多路,青鸟殷勤为探看"(以上四处诗句见李商隐两首《无题》诗),他们应该会在蓬山下相遇。

秦 观

宋代的情诗，若以缠绵婉约论，秦观和柳永是当之无愧的代表。当年苏轼戏称"山抹微云秦学士，露花倒影柳屯田"，大概也是这个意思。秦观那首《满庭芳·山抹微云》因有"香囊暗解，罗带轻分"那样的香艳词句，从此赢得"青楼薄幸名"，以一个"情种"诗人名世。然而这位"情种诗人"实在不同于柳永。他虽也曾偎红倚翠，却不甘于被人只看作是一个风流情种，"少年无限风流，有谁念我，此际情难表"（《念奴娇·画桥东过》）。这是他的苦恼。

"少年无限风流"，这确是事实。宋人笔记《绿窗新话》中有一则记载，说秦观曾在扬州受到过刘太尉的招待。刘太尉有一个美貌的歌姬，善演奏箜篌。歌姬倾慕秦观，秦观也借观箜篌之名一睹芳容。刘太尉半途进室内方便去了，恰巧一阵风将灯烛吹灭。歌姬趁机过来亲近秦观，秦观得以与之仓促一欢。此事似乎说得蹊跷，但后人印证秦观的《御街行·银烛生花如红豆》词，以为可信。《御街行·银烛生花如红豆》词云：

> 银烛生花如红豆，这好事，而今有。夜阑人静曲屏深，借宝瑟，轻轻招手。一阵白苹风，故灭烛，教相就。
>
> 花带雨，冰肌香透。恨啼鸟，辘轳声晓。岸柳微风吹残酒。断肠时，至今依旧。镜中消瘦，那人知后，怕你来僝僽。

"一阵白苹风，故灭烛，教相就。"说的就是那次艳遇。然而名花已有主，怅恨难已，后来他有一首《八六子·倚危亭》词据说是诉说此情的：

> ……素弦声断，翠绡香减，那堪片片飞花弄晚，蒙蒙残雨笼晴。正销凝，黄鹂又啼数声。

这段少年风流时期，在他二十岁前后。令人难解的是，秦观成婚很早。他十九岁那年就步入了婚姻的殿堂。我们猜测他早婚的原因，很可能是因为十五岁就丧父，由伯父抚养，因而想早早独立吧。坊间流传的苏小妹三难秦少游的故事其实是子虚乌有，只是民间的一厢情愿罢了。秦观的婚姻对象，据他自述是宁乡主簿徐成甫之女徐文美。一个小官吏的女儿，似乎并没有什么特别，在秦观的诗文中几乎未被提及。

秦观那么多情诗，都写给了谁呢？那个时代的男子，能够与女子邂逅的场所大多是青楼酒肆。秦观是一个多情种，又是风流才子，不免有用情过深的时候。这就使他的情感，犹如钱锺书所说，是一种"公然走私的爱情"（《宋诗选注·序》）。把自己的爱情走私到青楼女子身上，这听来像是游戏，然而却又是认真的。"两情若是久长时，又岂在朝朝暮暮。"（《鹊桥仙·纤云弄巧》）这似乎应该是恩爱夫妻间的山盟海誓，又有谁会想到它是因风尘女子而发的爱情呓语呢？

不过这些风尘女子之中也有极富侠义之气的。洪迈《夷坚志》曾记载秦观遭贬至长沙，与一女相交甚厚。临别，此女欲以终身相托，秦观怕仕途不便而不敢造次。然而不久秦观因病去世。棺柩途经长沙，此女丧服伺行数百里，最后拊棺痛哭，哀伤而绝（一说自缢而死）。就是这样一个义妓，秦观生前曾作一首《青门饮·风起云间》词相赠：

> 风起云间，雁横天末，严城画角，梅花三奏。塞草西风，冻云笼月，窗外晓寒轻透。人去香犹在，孤衾长闲余绣。恨与宵长，一夜熏炉，添尽香兽。
>
> 前事空劳回首，虽梦断春归，相思依旧。湘瑟声沉，庾梅信

断，谁念画眉人瘦？一句难忘处，怎忍辜，耳边轻咒。任人攀折，可怜又学，章台杨柳。

最后几句尤见其内心的痛苦挣扎：明知娼妓如杨柳，人人可折，如何又充满哀怨呢？

要说秦观还有一场不走私的爱情的话，那么就是他与侍妾朝华的情事了。据说朝华十三岁时被秦家买来做丫鬟，在做家务之余还侍候秦观笔墨。不想这丫鬟也浸染了书卷气，仰慕秦少游的才情，非秦少游不嫁。在友人撮合下，秦观终于纳朝华为妾，在大喜的日子还专门为其写了首诗（《四绝》其二）：

天风吹月入栏干，乌鹊无声子夜阑。织女明星来枕上，了知身不在人间。

其欢悦之情跃然纸上。然而秦观仕途多蹇。他政治上因追随恩师苏轼而饱受党争之害，一贬再贬。他怕朝华经受不住流离颠沛之苦，数次欲遣朝华回家，劝其改嫁，朝华坚决不从。秦观只得请她的父亲将她暂时领回，并作《遣朝华》诗痛别曰：

月雾茫茫晓柝悲，玉人挥手断肠时。不须重向灯前泣，百岁终当一别离。

然而朝华不久又复自寻而来。秦观无奈只能再次遣送，又作《再遣朝华》诗告别：

玉人前去却重来，此度分携更不回。肠断龟山离别处，夕阳孤塔自崔嵬。

说是"此度分携更不回"，没想到竟然应验。作诗不久，秦观在横州又被贬雷州，途中遇宋徽宗即位，被恩放还，不想他竟无福消受。病体恹恹之中，喝一口水竟然会窒息而逝。朝华此后削发为尼，在玉皇山慈云庵了却余生。

这场爱情差可当得秦观一首《临江仙·千里潇湘挼蓝浦》词的意境，录在这里作为尾声：

> 千里潇湘挼蓝浦，兰桡昔日曾经。月高风定露华清。微波澄不动，冷浸一天星。
>
> 独倚危樯情悄悄，遥闻妃瑟泠泠。新声含尽古今情。曲终人不见，江上数峰青。

李清照

　　中国古代的女诗人，能像李清照那样留下才名的不多。而宋词号称数百家，李清照则完全可以一个巾帼独树一帜。唯其为一个女子英才，她的词风格外令人关注，而她的情感生活也因之闪烁着神秘的闺阁之光。

　　英才出自名门。李清照之父李格非有文名，是苏轼的学生，与廖正一、李禧、董荣一起被称为"苏门后四学士"。李清照既有家学渊源，又加早慧，十六七岁已写得一手好诗词。

　　李清照是一个情感丰富的女性，可惜她留下的诗词，大都难以确定写作年代。我们只能循声探迹，猜测哪些作品应是她少女时代的歌吟。《如梦令·昨夜雨疏风骤》，有学者认为是李清照花季之作：

　　　　昨夜雨疏风骤，浓睡不消残酒。试问卷帘人，却道海棠依旧。知否，知否，应是绿肥红瘦。

　　但是一个十六七岁的少女，如何已与酒为伴，于情于理似有不妥。倒是"绿肥红瘦"一语，令后人叹为观止，想象为一个女孩对自然界色彩的机敏新奇，也还勉强。不过，李清照的一首《点绛唇·蹴罢秋千》似乎更像是少时之作：

　　　　蹴罢秋千，起来慵整纤纤手。露浓花瘦，薄汗轻衣透。见客入来，袜刬金钗溜。和羞走。倚门回首，却把青梅嗅。

　　写一个未出阁的女孩慵懒娇羞的神态，惟妙惟肖。最妙的是"和羞走。倚门回首"两句，透露初开情窦。

李清照的第一次婚姻是极其美满的，且被好事者渲染得有些神奇。元代文人伊士珍在《琅嬛记》中记载了这么一段轶事：赵明诚幼年做梦，梦到一本书上如此写：

> 言与司合，安上已脱，芝芙草拔。

赵明诚醒来后告诉其父赵挺之，赵挺之说，这是离合词，"词女之夫"的意思。后来赵明诚果然娶了个词女为妻。民间的渲染既是祝福，也是艳羡，因为李清照与赵明诚的婚姻正可当得"夫唱妇随"一词。

李清照十八岁（一说十九岁）与二十一岁的赵明诚结合。此时李格非任礼部员外郎，赵挺之任吏部侍郎，可谓门当户对。赵明诚这时还是一个太学生，尚未做官。能得一个才女为妻，他喜不自胜。李清照也为自己嫁了个如意郎君而觉得幸福无比。她的词作，愁怨凄苦的多，难得有几首开朗的，想必其中一定有这新婚时期的吟唱。你看这首《减字木兰花·卖花担上》：

> 卖花担上，买得一枝春欲放。泪染轻匀，犹带彤霞晓露痕。
> 怕郎猜道，奴面不如花面好。云鬓斜簪，徒要教郎比并看。

新婚少妇，情意脉脉。再看这首《丑奴儿·晚来一阵风兼雨》：

> 晚来一阵风兼雨，洗尽炎光。理罢笙簧，却对菱花淡淡妆。
> 绛绡缕薄冰肌莹，雪腻酥香。笑语檀郎，今夜纱厨枕簟凉。

春风得意，沉醉蜜月。当然，这样的甜蜜生活是有着共同的兴趣爱好、共同的生活信念作支撑的。夫妇两人日夜切磋学问，搜集古董。常人以为枯燥单调的学究生活，他俩却乐此不疲。经常饭余烹茶，夫妻比赛才学，赢者喝茶，往往是李清照取胜。一次，赵明诚暗中不服气，将李清照的诗句和自己的诗句混杂在一起让友人评论，不料友人审读再三，说出其中最佳的三句，竟都是李清照所作。

然而好景不长。只一年，李格非因与苏轼的关系，被列入元祐党人名单中，不得在京师做官。颇有讽刺意味的是，赵挺之这年却升任尚书左丞。因为父亲的关系，李清照在赵家的地位岌岌可危。有专家考察说李清照曾被迫归娘家生活，毕竟只是一家之言。但夫妇两人的甜蜜生活因之蒙上阴影是有迹可循的。李清照为救父亲，两次上诗公公赵挺之，希望他伸出援手。从李清照的那句"炙手可热心可寒"（《逸句》）来看，赵挺之似乎并不想因为亲家的关系受累。尽管他这些年不断升官，正所谓"炙手可热"。

遣返娘家之说虽不可靠，但夫妇两人日夜厮守的日子已不长久。第二年，赵明诚出仕，夫妻终于迎来一别。《一剪梅·红藕香残玉簟秋》《醉花阴·薄雾浓云愁永昼》等词有人认为应是这个时期的作品。李清照自此，"一种相思，两处闲愁"，想昔日良辰美景不再，"守着窗儿，独自怎生得黑！"后人评此"黑"字说，真不许第二人用此字。意思是唯李清照之才，李清照之情，才可让这"黑"字如此传神传情。

随着赵明诚的官职变迁，两人分分合合，又聚又离。这样的日子没有持续几年。大观元年（1107），赵挺之去世，政敌蔡京趁机发难，赵明诚家族从此遭遇厄运。赵明诚先是入狱，后是丁父忧，乡居十余年，未能复官。不过这倒成全了李清照，得以与赵明诚双双过着患难夫妻淡泊而又充实的生活。

然而赵明诚毕竟还是要做官的。漫长的乡居之后，终于又踏上仕途。先是守莱州，继而转淄州，之后又是江宁。李清照跟着夫君，数年间辗转颠簸，平静的生活被打破。此时正值北宋末年，金兵步步逼近，赵宋节节败退。赵明诚的官也由北做到南。南奔途中，李清照忧愤之心从她留下不多的诗句中可以照见。她悲吟"南来尚怯吴江冷，北狩应悲易水寒"（胡仔《苕溪渔隐丛话》）；她恨不能"生当作人杰，死亦为鬼雄"（《夏日绝句》）。可她只是一个小官员的妻子，无可奈何。即便那样，她还是表现得极其勇敢。从淄州撤退时，赵明诚奔母丧去了江宁。李清照押着夫妇俩呕心沥血得来的金石器物、书法绘画，渡淮水，济长江，长途跋涉，终于与赵明诚在江宁重聚。

本来想着安定的生活可以在江宁重新开始，殊不知恩爱夫妻的相聚时日已经不多。赵明诚任江宁知府才半年，即被罢了官。正欲安顿家室于赣水之上，却又接到了湖州知府的任命。赵明诚马上奔赴建康去谢恩。是时正值炎夏，又加长途劳顿，赵明诚竟至于一病不起。待到李清照得知，急赴建康，已经无法救治。赵明诚时年四十九岁，与李清照伉俪二十八年。李清照悲伤哀痛之情可以想见，可惜她作的祭文只留下断章残句。不过，她的词作寄寓了她全部的心情，这里一定有着不少怀念赵明诚的成分。

三年之后，李清照有了第二次婚姻。这是李清照与赵明诚的拥护者们最难以接受的事实。尤其是这第二次婚姻的对象，竟然是一个猥琐的官吏张汝舟。这与赵明诚的反差太大了！但是事实并不以人们的好恶为转移，严肃的研究家们认可了这段经历。李清照的情感需要寄托，尽管她已是一个接近老境的女子。可当她意识到再婚的丈夫竟然是一个贪官时，她毅然告发，并很快与之分手。

李清照的晚年很孤独。她总是"寻寻觅觅"，寻找青春时期的甜蜜；她又"凄凄惨惨戚戚"，感时伤春，哀叹老之已至。她的一首《临江仙·庭院深深深几许》是她步入老境时的心情写照：

欧阳公作《蝶恋花》，有"深深深几许"之句。余酷爱之，用其语作"庭院深深"数阕。其声即旧《临江仙》也。

庭院深深深几许，云窗雾阁常扃。柳梢梅萼渐分明。春归秣陵树，人客建康城。

感月吟风多少事，如今老去无成。谁怜憔悴更凋零。试灯无意思，踏雪没心情。

最后两句，催人泪下。我想，如果要选一个曾经感动过古代中国的女诗人、女词人，李清照是当之无愧的。

陆　游

　　我在写李清照时，目光已经投向了陆游。南宋诗坛这一双巾帼和须
眉，都曾留下了动人的恋情故事。只是李清照长于词，而陆游以诗名。
也许是因为先入之见，世人总觉得，陆游的长啸短叹似乎盖过了他的
浅斟低唱。其实英雄也有气短之时，诗人又何尝不儿女情长？

　　陆游，字务观。这名和字据说都有深意。一说取自《列子·仲
尼》："务外游不如务内观。外游者求备于物，内观者取足于身。"二说
是慕秦观而取，秦观字少游。陆游的母亲生产时据说梦见了秦少游。
这虽然有些怪异，我倒宁愿相信这一说。因为陆游自己也在《题陈伯
予主簿所藏秦少游像》诗中说：

64

　　　晚生常恨不从公，忽拜英姿绘画中。妄欲步趋端有意，我名公
　　字正相同。

　　既然仰慕情圣秦少游，陆游自然也有风流的秉性。否则一曲《钗头
凤·红酥手》，怎么会风靡千古？一段少年情事又如何令人扼腕？

　　陆游与唐琬，虽非青梅竹马，却是婚前相识。绍兴十三年（1143），
陆游科场失利。万般沮丧之中，远房堂舅邀他去杭州过年。陆游本想
借此一游冲散心中的积怨，不想却在舅父家中邂逅了他生命中的至
爱——表妹唐琬。我们难以得知这场恋情如何热烈，只从陆游与唐琬
就在这一年成婚来看，其发展是极其迅速的。虽然这里有双方父母的
意思，但那新春的鞭炮和元宵的灯火，想来也是助成好事的媒介。我
们可以想象，陆游正在失意之中，"蓦然回首，那人却在，灯火阑珊

处"（辛弃疾《青玉案·元夕》）。他也许一下子将唐琬看作是从天而降的爱神，情不自禁地张开双手去拥抱他的幸福。

唐琬应是有才兼有貌。有才，正可与夫婿惺惺相惜；有貌，又让新婚郎君爱不释手。不能说是"春从春游夜专夜"（白居易《长恨歌》），但两人耳鬓厮磨、形影不离是确实的。陆游这一年二十岁，唐琬应该比他小一两岁。青春作伴，良宵苦短。陆游后来回忆说，新婚时期他曾写过一首《菊枕诗》。可惜现在在他庞大的诗作中已经找不到这首诗。我们只能猜测，那应该是他在枕边的爱情耳语。

自古红颜多薄命，唐琬也难逃这厄运。虽说陆、唐分手的原因很复杂，陆母的严厉、功名的压力、子嗣的忧虑，这些都可以成为分手的理由，但没有一个理由是源自陆游自身的意愿，否则就不会有分手之后还在外边另筑爱巢的佳话了。陆游耍了一点小聪明，我们可以理解，他实在割舍不断这爱的情丝。但老夫人毕竟是过来人，很快察觉儿子的异常，这爱的别传也就难以再写下去了。陆游难违母命，但心中的怅恨，从他日后的一首诗中透露出来。这首诗题曰《夏夜舟中，闻水鸟声甚哀，若曰姑恶感而作诗》。夏夜船中听到水鸟的叫声十分哀切，似乎在诉说："姑恶！""姑恶！"古代妇女把婆婆叫作"姑"，陆游显然在为唐琬鸣不平。

唐琬的再嫁，沈园的重逢，然后又有"红酥手，黄滕酒"（《钗头凤·红酥手》）的断肠之作，这些都是人尽皆知的故事，这里不表。

与唐琬正式分手不久，陆游很快续娶了王氏。从时间来看，此时陆游一定还在哀伤之中。这婚事的急促，明显地体现着双亲的意志。王氏不负公婆之望，不久便为陆家生了个儿子，而且接二连三。可是王氏在陆游心中的地位，一直不能取代唐琬，陆游的诗中几乎没有提及王氏。与此相对的，唐琬是陆游心中永远的痛，陆游在诗中反复地歌吟，到老都难以释怀。

沈园重逢后五年，唐琬怏怏而逝。这一年陆游三十六岁，卸主簿任回到山阴。他已久违诗酒数年，回山阴后又逐渐沉迷其中。前些年就开始生有华发，唐琬的噩耗一定更令他两鬓飞白。虽然在唐琬逝去之后，我们读到陆游最早的怀念之作是在他六十三岁时写的，但他这一两年又怎么能平静呢？

不知为何这样凑巧，三十六岁，颠倒一下是六十三岁。这一年陆游刚任严州知州不久，他心爱的小女儿闰娘夭折。陆游心痛不已，"洒泪棺衾间"（陆游《山阴陆氏女墓铭》）。他大概由是而想到了唐琬。一直深藏心底的怀念，终于在他的歌吟中吐露出来（《余年二十时尝作〈菊枕诗〉，颇传于人，今秋偶复采菊缝枕囊，悽然有感二首》）：

采得黄花作枕囊，曲屏深幌闷幽香。唤回四十三年梦，灯暗无人说断肠。

少日曾题菊枕诗，蠹编残稿锁蛛丝。人间万事消磨尽，只有清香似旧时。

四十三年之前，正是与唐琬新婚宴尔蜜月之时，现在回首，情何以堪？唯存一梦，化作缕缕清香，祭奠那挚爱。

庆元五年（1199），陆游七十五岁。北伐无望，仕途奔波一生，放翁垂垂老矣。这一年他以中大夫致仕。他已好久没进城，不知为何，暮春时分他去了一次沈园，写下《沈园二首》：

城上斜阳画角哀，沈园非复旧池台。伤心桥下春波绿，曾是惊鸿照影来。

梦断香消四十年，沈园柳老不吹绵。此身行作稽山土，犹吊遗踪一泫然。

确实，在陆游的生命中，唐琬曾如惊鸿一瞥，令他如痴似狂。而今香消玉殒四十年，自己也行将入土，但是顽强的欲念仍然支撑着他，要来凭吊这爱的伤心地。

此后，陆游渐渐地怕去沈园。八十一岁时，他作《十二月二日夜梦游沈氏园亭》诗称："路近城南已怕行，沈家园里更伤情。"但到八十四岁时又似乎淡定了不少。这年春天他又去了一次沈园，写了一首《春游》诗：

沈家园里花如锦，半是当年识放翁。也信美人终作土，不堪幽梦太匆匆。

看那最后一句，透着淡定之中的隐痛。是啊，幽梦何去之匆匆？与唐琬欢度不过两三年的时光，在放翁八十余年的生涯中实在太过于匆匆了。不过，他终于要解脱了。一两年后，陆游也追随这幽梦去会他的至爱去了。

纳兰性德

大学者王国维曾对纳兰性德青睐有加，说纳兰性德能以自然之舌言情，"北宋以来，一人而已"（《人间词话》）。

纳兰性德，字容若，先祖为蒙古人，后入满洲正黄旗。纳兰性德自幼浸淫汉文化，聪颖好学。每有情思，往往发之于歌吟。诗集《饮水词》情深意长，至于流传民间。当时已有"家家争唱《饮水词》，纳兰心事几人知"的说法。可见纳兰性德的情事，数百年来一直若明若暗，传说纷纭而又扑朔迷离。

首先说纳兰性德的初恋。传说纳兰性德早年与一女子相爱，后来此女子被征召入宫，纳兰性德怅恨不已。此说最早出自一部清人笔记，后来又有人找到几首纳兰性德的宫怨诗，以为此事大抵属实。其实这部笔记去纳兰性德年代久远，而宫怨之类题材，古代诗人写作者甚多，不足为凭。至于好事者敷衍出纳兰性德与康熙帝为情敌，乔装喇嘛入宫，更是子虚乌有，纯属臆想。

不过纳兰性德确曾有过一场缠绵悱恻的初恋。这个初恋对象是谁呢？从史料记载中找不到答案。研究者只能从纳兰性德的词中寻找蛛丝马迹。首先，这个女子与纳兰性德应有经常相处的机会，且关系非常近。请看这首《减字木兰花·相逢不语》：

相逢不语，一朵芙蓉著秋雨。小晕红潮，斜溜鬟心只凤翘。

待将低唤，直为凝情恐人见。欲诉幽怀，转过回阑叩玉钗。

相逢似是曾相识。再看这首《如梦令·正是辘轳金井》：

正是辘轳金井，满砌落花红冷。蓦地一相逢，心事眼波难定。谁省，谁省，从此簟纹灯影。

相见之下耳热心跳。从地点来看，似乎是私家庭院。纳兰性德的这类词中多处提到了"回廊""回阑"，这似乎是他们幽会的场所。在这种场合欲语又止、眉目传情的会是什么人呢？这有两种可能：一是中表或姨表，即如《红楼梦》中的林黛玉、薛宝钗之类；二是丫鬟，即如《红楼梦》中的晴雯、袭人之类。后者的可能性大一些。因为纳兰性德的一首词写到他与女子曾"碧桃影里誓三生"（《红窗月·燕归花谢》），这种"私定终身后花园"的行为，据一些研究者认为，不大可能发生在礼教森严的清初贵族家庭的表兄妹之间。一如贾宝玉与林黛玉，即使两情相悦，也还得遵循父母之命、媒妁之言。

不管是表亲之恋也好，主奴之恋也罢，这场恋情最后不了了之。女子后来悲情出家，做了尼姑或者道姑，纳兰性德割舍不了，经常借酒浇愁，魂牵梦萦：

小院新凉，晚来顿觉罗衫薄。不成孤酌，形影空酬酢。
萧寺怜君，别绪应萧索。西风恶，夕阳吹角，一阵槐花落。
（《点绛唇·小院新凉》）

五字诗中目乍成，尽教残福折书生。手挼裙带那时情。
别后心期和梦杳，年来憔悴与愁并。夕阳依旧小窗明。（《浣溪沙·五字诗中目乍成》）

这样的情感空虚期不知过了多长时间，大概总要到他成婚之时。纳兰性德何时成婚，史无明记。从他二十三岁时写的"悼亡"词中所云"几年恩爱"推算，应是在二十岁左右。他的第一任妻子卢氏，是两广总督、兵部尚书卢兴祖之女，家世显赫，地位优越。而纳兰性德之父纳兰明珠，贵为太子太师，两家可谓门当户对。虽然不是婚前相识，两人却能一见钟情，相爱甚笃。纳兰性德有一首《浣溪沙·十八年来堕世间》记录了他对新婚妻子的赏识：

十八年来堕世间，吹花嚼蕊弄冰弦。多情情寄阿谁边。

紫玉钗斜灯影背，红绵粉冷枕函偏。相看好处却无言。

十八岁的娇妻，袅袅婷婷，真令新郎相看不厌。正欲朝朝暮暮，春宵蜜月，可惜纳兰性德担任康熙帝侍卫之职，不时地随驾出游天南地北，冷了婚床，苦了新娘。这一时期，对妻子的思恋痛苦让滞留异乡的纳兰性德写了不少的相思词，其中情真意切莫过于这首《长相思·山一程》：

山一程，水一程，身向榆关那畔行，夜深千帐灯。

风一更，雪一更，聒碎乡心梦不成，故园无此声。

词中虽无一字写到妻子，却是字字关心，句句触情。

即便是这么聚聚散散的日子，也没能持续多久。三年之后，卢氏一病不起，以二十一岁之芬芳年华弃纳兰性德而去。纳兰性德悲痛之深，从他写下几十首悼亡词可以想见。他几乎无时无刻不在思念，其中凄凄惨惨戚戚之情，以一首《临江仙·飞絮飞花何处是》最为入骨：

飞絮飞花何处是，层冰积雪摧残。疏疏一树五更寒。爱他明月好，憔悴也相关。

最是繁丝摇落后，转教人忆春山。湔裙梦断续应难。西风多少恨，吹不散眉弯。

末两句真可谓一咏三叹矣。虽然不久纳兰性德续娶，与一名姓官的女子成亲，心头之痛稍有缓解，但对卢氏的思念却总是挥之不去，牵萦终生。

也许，官氏毕竟不能取代卢氏，对卢氏的思念让纳兰性德在他短促的生命的最后几年，又经历了一场恋情：与江南才女沈苑。这是一场有点蹊跷的恋情：既公开又隐蔽。说是公开，因为这是友人顾贞观的牵线，亲朋之间也都知晓。说是隐蔽，因为沈苑并未被迎进纳兰府邸，而是两人在外同居，爱巢可能筑在江南。纳兰性德一个满人，怎么会与江南扯上了关系？据研究者分析，这很可能是与纳兰性德随康熙帝南巡到过江南有关。看他写过一连串的《梦江南》词，可知他对江南美的入迷：

> 江南好，真个到梁溪。一幅云林高士画，数行泉石故人题。还似梦游非。

> 江南好，佳丽数维扬。自是琼花偏得月，那应金粉不兼香。谁与话清凉。

让纳兰性德入迷的不仅是江南的景致，还有那"维扬佳丽"。沈苑，江南乌程人，文采风流，才名在外，纳兰性德仰慕不已，才托好友江南名士顾贞观撮合。沈苑才貌双全，纳兰性德俊朗潇洒，两人很快坠入情网，纳兰性德有词作记此甜蜜日月：

> 惜春春去惊新燠，粉融轻汗红绵扑。妆罢只思眠，江南四月天。
> 绿阴帘半揭，此景清幽绝。行度竹林风，单衫杏子红。（《菩萨蛮·惜春春去惊新燠》）

沈苑也许填补了卢氏留下的情感真空，然而这场欢爱同样很短命。分手的原因，专家们归结为当时满汉通婚的禁忌。沈苑虽未被明媒正娶，但从当时的地位看，也属于侧室，纳兰性德为康熙帝近侍，自然不能不有所顾忌。而且贵为太子太师的家庭也让纳兰性德有一定的压力。虽然纳兰性德抗争过，曾经想"索性不回家"，和沈苑在外朝朝暮暮。但他最后还是屈服，与沈苑痛别。

长期的多愁善感，恐怕早在健康上种下隐患，而对于自己软弱的悔恨，可能给了纳兰性德最后一击。一个年轻的生命终于倒下，这一年他才三十一岁。这里，我且用纳兰性德悼念妻子的几句词（《山花子·林下荒苔道韫家》）来送给他，作为对他的纪念：

　　半世浮萍随逝水，一宵冷雨葬名花。魂是柳绵吹欲碎，绕天涯。

风花雪月中的女诗人

薛　涛

　　中国古代很早就有歌伎、舞伎，伎本来是"技"的意思，身份虽贱，却也有一技之长。现在日本尚有"歌舞伎"。后来"歌伎""舞伎"写成了"歌妓""舞妓"。这些女性中有不少人不止是以玉貌，更是以才华让须眉们惊艳。

　　首先来说薛涛。唐代女诗人中被现今的文学史提及的一般是上官婉儿、薛涛和鱼玄机三人，其中要数薛涛诗名最高。薛涛年幼就通音律，传说其父薛郧在她八九岁时想要考她的作诗本事，指着庭院中一棵古树吟出两句诗："庭除一古桐，耸干入云中"，要薛涛接写两句。薛涛不假思索，马上应声道："枝迎南北鸟，叶送往来风。"（薛涛《洪度集》）薛郧欣喜之余不禁忧虑爱女的前途，日后果然忧虑应验。这种传说其实多半是后人的附会。这两句诗可能只是小女孩天真的风情描绘，谁又会想到日后她真的经历了一场"送往迎来"的风月生涯呢？

　　薛郧据说是隋朝名臣薛道衡之后，原籍长安，宦游四川，举家迁蜀，安置于成都。薛涛自小聪慧，敏于诗书，加之蜀地山水自古便是诗人的摇篮，远有司马相如、卓文君，近有陈子昂、李太白。这样的环境，造就一个天才少女诗人便不奇怪，薛涛十来岁已是诗名在外。虽然她现存的诗难以考订写作年代，但下面这一首我猜想应该是她少女时期的吟唱：

　　　　绿英满香砌，两两鸳鸯小。但娱春日长，不管秋风早。（《鸳鸯草》）

小小鸳鸯，春日贪玩，纯洁无邪，一似还懵懂不解风情的小女孩。

再看她一首《试新服裁制初成三首》其一：

> 紫阳宫里赐红绡，仙雾朦胧隔海遥。霜兔毚寒冰茧净，嫦娥笑指织星桥。

新服初成，试穿之余展示了一个女孩奇想天外的诗才。

不过这样无忧无虑的日子并不长久。薛郧一病不起，撇下寡妻弱女。薛涛的生活一落千丈。母女相依为命艰难度日之时，剑南西川节度使韦皋镇蜀，闻薛涛诗名，召入府中。怜才固然，惜色也不足怪。薛涛此时年已及笄（女子十五岁），袅袅婷婷，可怜又可爱。韦皋命其入乐籍，即是官妓。薛涛无可奈何，她此时别无选择。青春得意因诗名，流落风尘亦因诗名。但一时达官贵人，骚客名士，慕薛涛风雅，多与之交往，且时有诗歌酬唱。这真是幸耶不幸？

不管怎样，薛涛很快适应了这种风花雪月的生活。韦皋的宠爱，加之众星捧月般的追拥，一个刚入繁华地的少女不自觉地飘飘然是不奇怪的。这样的生活不出四五年，薛涛终于因事获怨，被韦皋罚配松州（今四川松潘县）。究竟是什么事情得罪了韦皋呢？现存史料言焉不详。根据一些研究者追踪到的蛛丝马迹，大概是薛涛得意忘形间私自替韦皋收受了一些财物。韦皋雷霆震怒之下，昔日的掌中珠顷刻弃之如尘埃。薛涛尝到了一日之间从天堂掉入地狱的滋味。这一年她二十岁。

松州荒僻寒冷，在赴松州途中，薛涛凄惨地吟下两首诗（《罚赴边上韦相公二首》）呈韦皋诉苦：

> 萤在荒芜月在天，萤飞岂到月轮边。重光万里应相照，目断云霄信不传。

> 按辔岭头寒复寒，微风细雨彻心肝。但得放儿归舍去，山水屏风永不看。

可谓悔恨交加，声泪俱下。薛涛还有《十离诗》，把自己的遭遇比作犬离主、马离厩，摇尾乞怜，以求宽赦。后来的一些薛涛拥护者怀疑《十离诗》是否真是薛涛所作。他们大概难以接受一个高雅风流的女子变得如此低声下气，竟然自比犬马。但他们忘了，薛涛正是从这次遭遇中觉悟到了自己的地位其实与犬马无异。

大概韦皋终于动了恻隐之心，薛涛得以回到成都。此时，她已经无心于昔日的名利场，脱离乐籍回归一个普通平民的生活。由于诗名早已远播，虽然不在乐籍，仍然不乏达官名士造访。元稹、白居易、杜牧、刘禹锡等中唐著名诗人都曾是她的座上客。薛涛乐籍虽脱，风韵犹存，尤其是诗才令不少人倾倒。王建称她力盖须眉，"扫眉才子知多少，管领春风总不如"（《寄蜀中薛涛校书》）。白居易则比她为仙姑，"峨眉山势接云霓，欲逐刘郎此路迷"（《赠薛涛》）。元稹更是倾慕之意溢于言表，这里试录一首他的《寄赠薛涛》：

> 锦江滑腻蛾眉秀，幻出文君与薛涛。言语巧偷鹦鹉舌，文章分得凤凰毛。纷纷词客多停笔，个个公卿欲梦刀。别后相思隔烟水，菖蒲花发五云高。

元稹与薛涛的一段情事，这里不能不表。薛涛虽已从良，但大概见惯了公卿才子，孤高难许，一直未有如意郎君。元稹风流倜傥，此时刚丧偶不久。尽管他在悼亡诗中发下"曾经沧海难为水，除却巫山不是云"（《离思五首》其四）的誓言，一见薛涛之后，却又"相思"难忍。换了别的女子，如是读过元稹的《莺莺传》，对他的情浓意蜜一笑置之可也。但是偏偏聪明如薛涛，却有些情意痴迷。不久元稹贬官，薛涛闻讯后立即寄诗（《赠远二首》）关切：

> 芙蓉新落蜀山秋，锦字开缄到是愁。闺阁不知戎马事，月高还上望夫楼。

扰弱新蒲叶又齐，春深花落塞前溪。知君未转秦关骑，月照千门掩袖啼。

这里说"扰弱新蒲叶又齐"，是照应元稹赠诗中的"菖蒲花发五云高"，可见薛涛一直把元稹的情意认真对待，甚至以夫妇口吻相称。然而落花有意，流水无情。薛涛大元稹近十岁，姐弟恋虽未尝不可，不过元稹倾慕的是才情，至于爱情，他是意志不坚的。

薛涛此后的生活，表面上是诗歌酬唱，宾客依旧，内心却是落拓寂寞，难掩孤独。"侬心犹道青春在，羞看飞蓬石镜中"（《段相国游武担寺病不能从题寄》），内心犹欲追青春，可怎抵得镜中憔悴？"西风忽报雁双双，人世心形两自降"（《江边》），触景伤情，昔日情事不堪回首。也许薛涛把心事都赋予一纸，她亲手裁制的深红小笺，乘载着她的浅浅吟唱，深深惆怅。世人后来称之为"薛涛笺"。

薛涛晚年生活在成都锦江之滨，直到六十三岁去世，一直是孤身。她的坟也寂寞地躺在那里。历代有不少吟咏，这里引一首清人郑成基的《咏薛涛坟》，作为对她的祭奠：

迷漫远树野云昏，曲径荒凉过小村。昔日桃花剩无影，到今斑竹有啼痕。红笺千古留香井，碧草三春绕墓门。流水斜阳空怅望，美人何处可招魂。

严　蕊

上一篇写唐代的薛涛，这一篇写宋代的严蕊。与薛涛相比，严蕊显然不那么出名。然而在官妓生涯中，同样曲尽艰辛。严蕊留下的诗作虽然没有几首，却能青史留名，也是一个奇迹。

大概由于身份的关系，和薛涛一样，严蕊的身世资料很少。宋人笔记中有寥寥几笔，说："天台营妓严蕊，字幼芳，善琴弈歌舞、丝竹书画，色艺冠一时。间作诗词，有新语，颇通古今。"（周密《齐东野语》）从这里我们大略知道，严蕊是浙江天台（台州）的营妓（官妓），是一个很有天分的女孩。琴棋书画、歌舞丝竹，这些都是当时官妓必备的技艺，但能既有色又有艺，确实不易。而且还"色艺冠一时"，想当时也是一颗"明星"。当然，单有色艺还不足以风靡一时。更重要的是，严蕊还有诗才。她的诗词"有新语，颇通古今"，可见不是一般的有才。可惜严蕊的诗作至今传下来的只有三首。虽然少，却每一首都是精品，而且每一首都有故事。

先说一首《鹊桥仙·碧梧初出》。那天正是七夕，严蕊照例要在官宴上陪侍。座中一位有钱的豪士谢元卿，素慕严蕊之名，当下邀她以自己的谢姓为韵作词一首。本以为严蕊总要好好思索一番的，不料酒刚巡一圈，严蕊已经写成一首《鹊桥仙·碧梧初出》：

> 碧梧初出，桂花才吐，池上水花微谢。穿针人在合欢楼，正月露、玉盘高泻。
>
> 蛛忙鹊懒，耕慵织倦，空做古今佳话。人间刚道隔年期，在天上、方才隔夜。

这首词一反前人七夕话题不离恩爱离别，以一种戏谑的口吻调侃织女牵牛，正所谓"有新语"。谢元卿当即为之心醉，据说留在严蕊那儿缠绵了半年，把所带的钱财尽情消遣完了，然后才不舍地离去。

再说一首《如梦令·道是梨花不是》。台州知州唐仲友受命上任，闻知严蕊芳名，让她伺候饮酒。严蕊的乐籍在台州，唐仲友正是她的主子。当时正值春暖花开，唐仲友指着窗外的红白桃花要严蕊作词。略一思索，严蕊即作出一首《如梦令·道是梨花不是》：

> 道是梨花不是，道是杏花不是。白白与红红，别是东风情味。曾记，曾记，人在武陵微醉。

句意新奇，与李清照那首"知否，知否，应是绿肥红瘦"有异曲同工之妙。无怪乎唐仲友见了大喜，当即赏严蕊细绢两匹。

第三首《卜算子·不是爱风尘》，故事离奇曲折，渗透着严蕊的痛苦辛酸。而且这一首小词还聚讼千年，引出不少笔墨官司。

故事还得从那个唐仲友说起。唐仲友是个风流知州，见严蕊色、艺、才俱佳，自然喜爱，但宋时官妓只陪侍官员酒宴，不得侍候枕席。唐仲友有意收严蕊做妾，但怕严蕊脱籍后不肯从他，所以只是口头答应为严蕊脱籍。不想严蕊信以为真，竟自行离开了妓院，回到家乡黄岩居住，一心只等唐知州来接她。谁料唐仲友此时东窗事发，被巡视浙江的朱熹检举贪赃枉法，夺了官职，严蕊也因被奏私自脱籍及与唐仲友有奸情而牵连入狱。一月之中，严蕊被两次杖责，可怜细皮嫩肉，如何挡得如此酷刑？民间流传说严蕊死不招供，不肯说出与唐仲友的奸情；而在朱熹的奏折中却称，严蕊被捕后即供出与唐仲友关系愈滥（超越规制）的事实。现在的学者倾向于朱熹奏折是信说。我想，一个弱女子打死不招供大概也只是民间的一厢情愿，但朱熹得到的供状亦不能排除逼供得来的可能。

还是回到那首《卜算子·不是爱风尘》上来吧。先把这首词录在下面：

不是爱风尘，似被前缘误。花落花开自有时，总赖东君主。
　　去也终须去，住也如何住？若得山花插满头，莫问奴归处。

　　以一个风尘女子的口吻述说自己的从良意愿，历来的宋词选本都把这首词归到严蕊名下。宋人笔记说是岳飞后裔岳霖接替朱熹巡视浙江，见系于狱中的严蕊可怜，有意放她，命她作词自陈，严蕊略不构思，即口占《卜算子·不是爱风尘》一首云云。（周密《齐东野语》、洪迈《夷坚志》）近现代学者自王国维起，根据朱熹的奏折，把此词断为唐仲友的亲戚高宣教撰。因为朱熹的奏折中称唐仲友曾把严蕊遣送到亲戚处，而其亲戚高宣教在一次酒宴上戏以严蕊口吻作了这首《卜算子·不是爱风尘》。

　　学者们自然以朱熹的奏折为可靠，因为这是写给皇帝的；宋人笔记小说大都采自民间道听途说，不可信。我想，学者们怎么不仔细追究一下，高宣教的家庭酒会的细节朱熹怎么会知道？不也是打听来的吗？其实都是一样的不可靠，所以我宁愿相信这首词是严蕊所作。严蕊本就会作词，而且这首词哀怨无奈中透出些许不羁，一如严蕊的词风。

　　真是"去也终须去，住也如何住"，严蕊的风尘生活应该结束，事实上也结束了。但等待严蕊的会是怎样一种新的生活呢？严蕊的后半生，根据一些记载，说是从良之后被一个宗室子弟看中，纳为爱妾。这位宗室子弟的正配夫人死了，也不再娶，与严蕊缱绻以度余年云云。从官妓到爱妾，地位似乎不一样了，但却不能是正室。她的风尘经历在她身上打下的烙印，在她那个时代是谁也无法改变的。

　　"若得山花插满头，莫问奴归处。"逃离了屈辱与痛苦，却希望世人把她遗忘，一个多么悲哀的女子！

马守真

前两篇介绍了唐、宋的艺妓。明代以来，虽说理学高倡，然而狎妓之风较唐、宋更盛。推波助澜，艺妓也一代胜似一代。所谓"秦淮八艳"，香韵流播，至今仍为文人美谈。虽不必一一介绍，但是其中一位马守真者，不能不先一表。

马守真，字湘兰，人称"四娘"。在秦淮众艳之中，姿容沉鱼落雁者大有人在，而马守真之艳名远播，并非是以色胜，而是以才著。她工书善画，尤其擅长画兰，其字号"湘兰"即源于此。她的画作，时人竞相购藏，至今仍为传世精品。当然，这些并非我们所要着眼的。

82

马守真的身世，由于史料的局限，我们所知甚少。她书画的光辉掩盖了她出身的寒微，而她在诗文中的坦陈，才让我们庶几窥视到她青楼生涯的喜怒哀乐。尽管有人对她的律诗颇有微词，以为流于俗。然而生活在强颜欢笑之中，不俗也难。

马守真生活的年代，大抵在明代嘉靖、万历间。她的姿容情性，明末清初的钱谦益有一段描述，可谓惟妙惟肖：

> 姿首如常人，而神情开涤，濯濯如春柳早莺，吐辞流盼，巧伺人意，见之者无不人人自失也。（《列朝诗集小传》）

一个姿色并不出众的艺妓，却能让人见之怅然若失，其迷人的个性跃然纸上。然而"濯濯如春柳早莺"的马守真，却并非始终是"神情开涤"，她对这"巧伺人意"的生活，也有着孤独与苦闷的流露。她的一些诗是她这种心情的记载：

一叶幽兰一箭花，孤单谁惜在天涯？自从写入银笺里，不怕风寒雨又斜。（《兰花》）

马守真喜欢画兰，其实也是在刻画自己的心境。

永日看鹦鹉，金笼寄此生。翠翎工刷羽，朱味善含声。陇树魂应断，吴音教乍成。雪衣吾惜汝，长此伴闺情。（《鹦鹉》）

看似写鹦鹉，实则写自己。"金笼寄此生"，是马守真对纸醉金迷的生活的一种悔醒，然而她又无可奈何，唯希望这只孤独的鸟来陪伴自己孤独的岁月。

一个门庭若市的艺妓怅感到孤独与苦闷并非偶然。这晚明末世，人人奔利欲之途而迷返。青楼虽然车马喧阗，又有几个情郎是真心实意的呢？马守真渐渐也开始麻木。可贵的是她并不恋财，性喜轻侠，时时挥金以赠少年。

然而偏有贪得无厌之徒，既贪色又贪财，巧取豪夺之余还不满足，硬是把马守真逼到绝境。虽然以前也时常遇到这种麻烦，但都被她对付过去，然而眼下的这场官司令她一筹莫展。她已千金散尽，仍无法满足无底的欲壑，正在家中以泪洗面之时，她命中的白马王子出现了。

此人名叫王稚登，字伯谷，乃吴中才子，雅好书画，风流倜傥，且颇有家财。王稚登与马守真何时结识，详情已不可考。从常理推断，两人此前应该已有交往。此次马守真罹难，王稚登慨然伸出援手，了结了这场诉讼，令她感激不已。平素切磋书艺画艺之间，王稚登想必已给马守真留下难以忘怀的印象。马守真是秦淮名妓，不缺少捧她宠她的人，但她也许早已心仪王稚登。这次事件之后，马守真毅然以身相许，一来报恩，二来遂愿。但是王稚登却婉言谢绝，理由似乎很是冠冕堂皇：我现在娶你，岂不成了乘人之危的小人？

理由虽然无可辩驳，希望却似无还有。于是两人之间开始了一场爱情的长征。这一年，马守真二十六岁，王稚登四十岁。

马守真常年在秦淮河边，王稚登则远居姑苏城中。两地相思，鸿雁尺素频频传；一往情深，诗词曲文时时吟。毋庸讳言，这场爱情长征的主角是马守真。且看她热得发烫的情书：

> 良宵夜月，不审何日方得倾倒，令人念甚念甚。即欲买舸过君斋中，把酒论心，欢娱灯下……（《准游吴中帖》）

> 昨与足下握手论心，至于梦寐中聚感，且不能连袂倾倒，托诸肝膈而已。连日伏枕，惟君是念，想能心亮也……（《握手论心帖》）

书信之余，诗词曲也拿来寄相思（《赋得自君之出矣二首》）：

> 自君之出矣，怕听侍儿歌。歌入离人耳，青衫泪点多。

> 自君之出矣，不共举琼卮。酒是消愁物，能消几个时？

最后两句写情思入骨三分。再看一首《怆别》：

> 病骨淹长昼，王生曾见怜。时时对兰竹，夜夜集诗篇。寒雨三江信，秋风一夜眠。深闺无个事，终日望归船。

直道"王生"，思慕之情已无遮掩。时间流逝，马守真的情思有增无减，那么王生又复如何呢？王稚登，他婉谢马守真之后始终态度暧昧。他对马守真之才情是很倾慕的，这从他为马守真的诗集《湘兰集》所作的序中可以看出：

> 有美一人，风流绝代……六代精英，钟其慧性；三山灵秀，凝

为丽情······

他不惜用最美的措辞来赞美马守真。然而在行动上，他却畏首畏尾。经常答应来见马守真，临时又变卦，令马守真"不意又作空想，奈何奈何"（《昨事恼怀帖》）。诚然，在那个时代，要让王稚登全然不顾名教是不现实的。他踟蹰不前，徘徊再三，一直游走于爱情与友谊之间。他早已娶妻生子，但即使置马守真为爱妾，他也有顾忌。王稚登的暧昧，令他自己痛苦，更令马守真悲哀。她的一首《蝶恋花·阵阵东风花作雨》，是她常年悲凉心境的写照：

> 阵阵东风花作雨。人在高楼，绿水斜阳暮。芳草垂杨新燕羽，湘烟剪破来时路。
> 肠断萧郎纸上句。深院啼莺，撩乱春情绪。一点幽怀谁共语，红绒绣上罗裙去。

万历三十二年（1604），王稚登七十寿辰，邀马守真到姑苏一聚。马守真尽管已步入老境，仍然兴冲冲，意满满，率领着一群花枝招展的女弟子来为昔日的情郎祝寿。这是她期盼了将近三十年的约会，终于一遂心愿。宴饮累月，歌舞达旦，狂欢之余，她已更无奢求。爱情长征谢幕了。马守真就在这一年离开了这个世界，时年五十七岁。

秦淮河畔板桥西的孔雀庵，传说是马守真的故居。芳草碧流，垂杨红楼。清代文人汪中经过此地，留下传世名作《经旧苑吊马守真文》。这里摘出其中数句与两百多年前的汪中一起哀叹：

> 嗟乎！天生此才，在于女子，百年千里，犹不可期，奈何钟美如斯，而摧辱之至于斯极哉！

四　风花雪月中的女诗人

董小宛

上一篇说马守真，虽是在明末，却尚未有兵荒马乱。董小宛的时代，比马守真稍后，已是马蹄声声、阴霾重重，令一个风尘女子更加崎岖坎坷、扑朔迷离。

据比较可靠的史料，董小宛名白，字小宛，又字青莲，金陵人。据说她的母亲仰慕李白，寄希望于女儿的诗才，所以如此取名字。董小宛"天资巧慧"，稍长便精通诗书，擅长曲艺。可惜家道中衰，她的父亲做生意失败，十五岁的董小宛为还父债而入了乐籍。

86

风尘女子的家境不幸大都有些类似，然而入籍后的遭遇却各有不同。董小宛来到秦淮河畔，她的天生丽质、卓越才艺立刻受到达官贵人、骚人墨客的青睐。明清之际昆曲流行，官妓们侍宴都要一展歌喉。董小宛自小习艺，演技出众。据晚明文人张岱记载：崇祯十年（1637），隆平侯张拱薇召秦淮歌妓顾横波、董小宛、李湘真、杨能等陪侍客人，歌妓们"以串戏为韵事，性命以之"，演绎了一部《西楼记》。（《陶庵梦忆》）"性命以之"，写尽了董小宛们的辛酸。须知当时东北有皇太极，西北有李闯王，已是风声鹤唳、四面楚歌，这边厢却还灯红酒绿、歌舞升平。董小宛是个有骨气的女子，内心充满着对这种生活的不满，却又无可奈何。她有一首《绿窗偶成》的诗，可以看作是这个时期的心情写照：

病眼看花愁思深，幽窗独坐弄瑶琴。黄鹂亦似知人意，柳外时时送好音。

春愁之外又透着些许春思。只是身落风尘，不敢心存奢望。当然，官妓也不是不可从良，只是这须有不菲的资财或者有实力的后台。像董小宛这样色艺俱佳者，更是非有合适的郎君而不轻易许人。不过，随着秦淮佳丽陆续有人脱离乐籍嫁入名门，如李香君适侯方域，柳如是从钱谦益，顾横波嫁龚鼎孳，董小宛的去从自然日渐令人瞩目，她自己也不能不一再留意身边的过客。

终于，似乎有一个白马王子出现。此人是明末复社的骨干冒襄，字辟疆。冒辟疆雅好昆曲，素闻董小宛之名，在好友方以智、侯方域的引荐之下，崇祯十二年（1639）八月专程来访董小宛，不料董小宛正好去了姑苏。九月再访，董小宛刚游太湖回，两人匆匆一见而别。董小宛如惊鸿一瞥，冒辟疆似游龙一现。这一年，董小宛十六岁，冒辟疆二十九岁。此后近三年，彼此竟未再一遇。

倘不是董小宛的执着，此段情缘也就错过了。冒辟疆热衷功名，三年中辗转奔走于科场，董小宛的倩影只是留在心间，无暇作深入之想。间或也时而探访，总是错过时机。然而董小宛这边，却是一见之下，倾心之余，很有委身之遐想。说是遐想，是因为她毕竟还不知冒辟疆的态度如何。不过她却鬼使神差地心中只有他。这样，她的烦恼自然不少。为逃避那些歌台舞榭的应酬，董小宛独上黄山，观苍松、瞻云海、濯清泉，一洗人间风尘，并写下一首《一柄象牙彩蝶》：

独坐枫林下，云峰映落晖。松径丹霞染，幽壑白云归。

很有一种飘逸不群的气势。无怪乎当时的诗坛巨子吴伟业对她的黄山归来啧啧称奇，写诗称赞道："钿毂春郊斗画裙，卷帘都道不如君。白门移得丝丝柳，黄海归来步步云。"（《题冒辟疆名姬董白小像八首》其三。黄海此处指黄山）

董小宛这种个性的升华，应该说是与遇见冒辟疆，认同他的复社政治态度有关。她在黄山用清溪白云洗涤铅华，似乎是对明末阉党的示威，是与心上人的一种精神契约。

四　风花雪月中的女诗人

然而毕竟还是要回到灯红酒绿的秦淮河畔。尽管董小宛的心早已不在这里，但是她的身还得羁绊在这里。

这三年之中发生了两件大事，令董小宛身心交瘁：一是坊间盛传秦淮姊妹陈圆圆被豪门强买去，皇亲国戚正四处搜访美人，这令董小宛日夜胆战心惊；二是母亲的离世让她极度伤感，奔丧回家后大病一场。这时已是崇祯十五年（1642）的仲春。也是冒、董两人有缘再会，冒辟疆再度路过苏州来访，董小宛强支起病身接待。三年的等待使她不再犹豫，爱情的力量似乎让她一夜康复。别离时董小宛竟然一路送冒辟疆从姑苏半塘至镇江金山，历经二十七日不忍离去，并作出"委此身如江水东下，断不复返吴门"（冒辟疆《影梅庵忆语》）的爱情誓愿。冒辟疆左右为难，最后许下待科考之后从长计议的诺言，董小宛才依依不舍，掩面痛哭失声而别。

冒辟疆的诺言并非一定是缓兵之计，要接受董小宛，即使他做好了思想准备，还有很多实际的问题要解决。但他此后的态度实在有些拖延。董小宛接二连三地催促，先是请父亲上门探音信，后又亲自到金陵找他。冒辟疆或是以科考功名未定推脱，或是以父亲安危未卜踌躇。尽管友朋竭力促其成，但对董小宛的脱籍资金问题依然无能为力。后来还是钱谦益解囊相助，才终于让冒辟疆摆脱了窘境，使董小宛如愿以偿。

虽然，董小宛名分为妾，冒辟疆另有正室。他和她那个时代，这似乎天经地义。所以我们读到董小宛初婚不久写的诗，并无怨言，反见喜悦：

> 一从复社喜知名，梦绕肠回欲识荆。花前醉晤盟连理，劫后余生了凤因。（《洞房花烛夜和冒辟疆》）

才子佳人终成眷属，只是此时烽烟四起，战火相伴新婚日月。刚开始两人还有心思一起写写诗，编编书。看这两首咏菊诗：

玉手移栽霜露经，一丛浅淡一丛深。数此却无卿傲世，看来惟有我知音。（冒辟疆《咏菊》）

小锄秋圃试移来，篱畔庭菊手自栽。前日应是经雨活，今朝竟喜带霜开。（董小宛《和冒辟疆咏菊》）

夫唱妇随，不亦乐乎！冒辟疆一直有志于整理古诗，董小宛便协助他编四唐诗。友人说他俩是"闭门夫婿兼师友，深翠堂中仔细商"（纪映钟《读辟疆〈梅庵忆语〉为赋五诗》其二），真实地描摹出一幅恩爱情景。然而甜蜜岁月好景不长。本不遥远的战火，终于燃到长江两岸。崇祯十七年（1644）三月，冒辟疆举家出逃，董小宛一路相从，"婴忧浙水滨，遭患长江路。输力竭忠贞，殒身委朝露"（颜光祚《董如君诗》），一路上尝尽艰辛。未几，冒辟疆又大病数月，寒热相攻，疟疾反复发作，全赖董小宛悉心照料，董小宛"仅卷一破席，横陈榻旁，寒则拥抱，热则披拂，痛则抚摩。或枕其身，或卫其足，或欠伸起伏，为之左右翼"（冒辟疆《影梅庵忆语》）。此后数年，冒辟疆几次病重，得以痊愈，董小宛之力也。这是他在回忆录中一再提及的。

在兵荒马乱、惊魂不定的岁月中，董小宛竭尽了一个女子的德才，也给自己虚弱的身体落下了隐患。顺治七年（1650），董小宛肺疾病发，辗转反侧，拖延至第二年的正月，终告不治，年仅二十八岁。冒辟疆的痛苦悲伤可以想见。他深知，他的第二次生命是董小宛给的："余五年危疾者三，而所逢者皆死疾，惟余以不死待之，微姬力，恐未必能坚以不死也……子之救我，剜心割肺。"（冒辟疆《亡妾董小宛哀辞》）

这里不能不提一下的，就是董小宛的传说。明末清初，战乱不断，很多人物被炮火掩盖了真相。其实董小宛一生的轨迹是很清晰的，冒辟疆的《影梅庵忆语》交代得很明白。之所以还有那些董小宛、顺治帝的浪漫故事，只是民间好事者的搅局，一笑置之可也。

颇有女诗人气质的董小宛，留下的诗却很少。她本该才华风发之年，却流于兵荒马乱；稍稍安定，又为夫婿整理唐诗，鞠躬尽瘁。冒辟疆在耄耋之年仍念念不忘董小宛，写下过一首小诗（见冒襄《巢民集》）寄托他魂牵梦萦的哀思：

冰丝新扬藕罗裳，一曲开筵又举觞。曾唱阳关洒西泪，并州东返当还乡。

柳如是（上）

上一篇写董小宛，已是明清易代，烽烟战火弥漫；这篇介绍同时代的柳如是，来看看马蹄声中的风花雪月场，竟有如此一个奇女子。董小宛是借着子虚乌有的传奇故事而家喻户晓，其真实事迹反而显得平淡无奇；柳如是传奇般的人生，却大都有史料可考。陈寅恪先生曾穷其半生精力，去芜存菁，写下学术巨著《柳如是别传》，还原了一个真实的柳如是给后世。

柳如是，曾姓杨，名爱，字影怜；本姓柳，名是，字如是。嘉兴人。她的幼年时代家境一定很是困穷，所以我们所知道的最早的柳如是，不幸在十四五岁时就被买入致仕首辅周道登家中为丫鬟。因柳如是姿色出众，不久便被周道登收为宠妾。周道登家中妻妾成群，而柳如是一时最为主人所宠爱，常被周道登抱置于膝间教其读书吟诗。柳如是的诗文修养，大抵由此入门。可惜好景不长，众妻妾妒忌柳如是获独宠，诬她与家中男仆私通，周道登一气之下，将柳如是逐出家门，卖入青楼。

从身份地位来说，青楼女子与婢妾没什么大的差异，一样是社会底层的受侮辱和受损害者；但从个人命运来说，被卖入青楼反倒成全了日后的柳如是。她由此而接触到当世名士，人生跌宕起伏，色彩斑斓。这一年她才十五岁，花季岁月刚刚开始，却已经要用世故的眼光，与形形色色的男人打交道了。根据研究者们的推测，柳如是凭借"相府（首辅）下堂妾"的身份，在青楼一时招蜂惹蝶是可以想象的，她由此而逐渐积聚了赎身的资本；尽管赎身并非脱籍，但毕竟赢得了社交的自由。

从十五岁入青楼到二十四岁嫁给钱谦益，这期间柳如是的交往经历非常丰富。而交往的资本，除了天生丽质外，就是她不同于寻常女子的文采风流。柳如是在这段时期所交往的名士中，当首推陈子龙。

陈子龙，松江人，明末几社骨干，抗清名士。柳如是与陈子龙，双方可谓一见钟情。陈子龙赞柳如是"丽不蹈淫，傲不绝愉"（《采莲赋》）。柳如是也极仰慕陈子龙的才气与品格，相见不久即与之同居。崇祯六年（1633），陈子龙北上会试，两人小别，情意缠绵，互赠诗歌留别。柳如是作《送别》五律两首，其一云：

念子久无际，兼时离思侵。不自识愁量，何期得澹心。要语临歧发，行波托体沉。从今互为意，结想自然深。

语句淡淡之中蕴含深意，不落俗套。翌年，会试落榜，陈子龙沮丧之余，一头钻进古乐府中，作了乐府古诗百余首，柳如是为之酬咏唱和，以慰其心情。更别出心裁，作《男洛神赋》，将男性阳刚之美集于陈子龙一人之身，可谓她的爱情赞美诗。

然而，柳、陈两人之情，虽有好的开端，却难好的收尾。这在陈子龙固然已预感到，而在柳如是，其实也是有预感的。陈子龙早娶妻室，且有严母，家事一概唯母命是从。与柳如是的同居，是借所谓在外读书，瞒天过海而已，岂能长久。柳如是有一首词，悲叹两人的好景恐难以持久：

梦中本是伤心路。芙蓉泪，樱桃语。满帘花片，都受人心误。遮莫今宵风雨话，要他来，来得么。

安排无限销魂事。砑红笺，青绫被。留他无计，去便随他去。算来还有许多时，人近也，愁回处。（《江城子·忆梦》）

果然不久，陈子龙的妻子张氏察觉风声，上门兴师问罪，柳、陈两人不得不劳燕分飞。虽然暗中仍有来往，但总是大不如前。柳如是心气很高，侧室、侍妾之类的身份她是不会考虑的，而陈子龙家有悍妻，明媒正娶柳如是无异于一山置二虎，根本不可能。再炽热的情感也要逐渐冷却，何况柳如是名声在外，追逐者不乏其人。当时的嘉定名流程嘉燧、唐时升、李流芳、娄坚等与柳如是均有交往，赏其色艺，慕其风采，尽管都已上了年纪，仍是可令柳如是浮想联翩，有心旷神怡之感。然而其间有谢三宾者，仗着家有万贯，要量珠以聘柳如是，格调低下，为柳如是所不齿。老者风流，少年更是痴狂。据说当时松江名流宋征舆慕柳如是艳名，渴望一见。柳如是约定某日相会于河边的画舫。这段时间，柳如是以画舫为家，常年居于水上。宋征舆一早前往，柳如是在船上尚未起身，传言宋征舆道："郎果有情者，当跃入水俟之。"（钱肇鳌《质直谈耳·柳如是轶事》）这本是戏言，不想宋征舆竟然当真，一跃入水，后被救起。

尽管时常歌台舞榭、茶座酒宴，身边蝶乱蜂狂，柳如是周旋逶迤之余，不免空虚。她在一封写给友人的信（《致汪然明》）中，借哀悼才女杨云友的离世，同时也为自己感叹："泣蕙草之飘零，怜佳人之迟暮。"

崇祯十三年（1640），柳如是终于迎来了她生涯的转折点。这一年，她与当世名士钱谦益在杭州半野堂初次见面。钱谦益，明末东林党骨干，文坛领袖，且富有家财。此前，柳如是曾当着众人面流露自己对钱谦益的倾慕之情："吾非才学如钱学士牧斋者不嫁。"钱谦益闻之大喜，说："今天下有怜才如此女子者乎？吾非能诗如柳如是者不娶。"（沈虬《河东君记》）为了拜见神交已久的心中偶像，柳如是在友人的引荐下男装以往。这似乎是一种谨慎，但更多的应该是她的男儿志向。

这一年柳如是二十三岁，钱谦益五十九岁，几如父女一般的年龄差距，并没有阻隔两人彼此间的吸引。既是一个愿娶，一个愿嫁，岂不是水到渠成之事？但事实并非如此简单。一个最大的障碍是：钱谦益早已正妻在堂，子孙绕膝，而柳如是非为正室不嫁，所以家庭这一关，考量着钱谦益的魄力。幸而钱谦益非陈子龙，他是长者，在家族之中一言九鼎。他爱慕柳如是，并非只是贪她的色，也是爱她的才，他决心明媒正娶柳如是，置礼教伦理而不顾。这是柳如是的幸运，但反观以后两人生活过得风生水起，焉知不是钱谦益的幸运呢？

柳如是（下）

　　钱、柳的结合，除了要冲破家庭障碍这一关，还需要面对社会舆论。柳如是终于花落钱家，令以前与她有过诸多交往的名流耆宿心中不舒坦，而钱谦益不顾礼教伦理也让舆情骚动，横目以对。当新婚宴尔的钱谦益与柳如是兴冲冲地乘着画舫经过松江一带时，竟遭到夹岸吐骂，砖瓦如雨袭来。柳如是胆战心惊，钱谦益却坦然面对。柳如是怕的是钱谦益动摇。钱谦益不为所动的态度让她安心，并且也在一定程度上使她此后对钱谦益期望过高。

　　确实，在娶柳如是这件事上，钱谦益是铁了心的。在正式迎娶之前，钱谦益特意新筑了一座精美典雅的小楼，取名"我闻室"，盖据《金刚经》的"如是我闻"之句，暗合柳如是芳名。小楼新成，金屋藏娇。柳如是面对钱谦益的一片深情，感慨万千，写成一首《春日我闻室作呈牧翁》诗赠与他：

　　　　裁红晕碧泪漫漫，南国春来正薄寒。此去柳花如梦里，向来烟月是愁端。画堂消息何人晓，翠帐容颜独自看。珍贵君家兰桂室，东风取次一凭栏。

　　本是新婚的欣喜，何来愁泪之漫漫？柳如是是多情之人，此时此刻一定想起了分手多时的陈子龙，所以有"向来烟月是愁端"之叹。对于柳如是的不忘旧情，钱谦益宽容大度，无意嗔怪，反而作诗抚慰。两人卿卿我我，岁月倒也甜蜜。尽管有几十岁的年龄差距，也在彼此"白个头发乌个肉""乌个头发白个肉"之类的调侃中显得无足轻重了。

然而世间可以不顾，江山却在震撼。钱、柳新婚之年（1644），京都崩陷。不到一年，北来的铁蹄兵临城下，南明朝廷也岌岌可危。本来，在宦官势力中周旋的钱谦益也算在南明朝廷中混到个礼部尚书的不大不小的官职，他和柳如是在南京过了一段有些排场的生活。然而强虏逼境，南都风雨飘摇，早无抵挡之志。顺治二年（1645）五月，弘光帝携马士英、阮大铖等心腹仓皇出逃，弃文武百官和满城百姓而不顾。清军围城，降则生，忠则死，两条路摆在钱谦益面前。柳如是劝钱谦益去后园池中双双自尽，以尽臣子之忠。谁料钱谦益脚刚入水又马上抽起，说是池水太凉；柳如是却奋身不顾，正欲跃水，被钱谦益一把拉住。虽然两人未能自杀，活了下来，但柳如是的刚烈性格于此展露无遗。后世对钱谦益颇多笑骂之词，比如袁枚便说他"红粉情多青史轻"（《题柳如是画像》）。钱谦益之怕死自有可责之处，但他的贪生又在某种程度上是为了柳如是，他是不能舍弃自己至爱的红粉佳人，于是笑骂由人笑骂，恶名我自担之。

生的结局是降。不几天，以钱谦益为首，文武百官列队迎清军入南京城。自此，钱谦益开始了一个"贰臣"的痛苦生涯。既要敷衍清廷，又念念不忘明室。情感的扭曲，内心的矛盾，柳如是体恤最深。她原谅丈夫的软弱，却不愿跟着他俯首帖耳。钱谦益降清后赴北京受赏，柳如是不愿同行。但是当钱谦益暗中支持抗清势力时，她奋力相助，甚至不惜捐出自己的金银首饰。她有一首《赠友人》的古风长诗，是写给当时的抗清名士孙克咸的，诗末感慨：

> 揽君萧壮徒扼腕，城头击鼓乌夜呼。伟人豪士不易得，伟人豪士不易得，得之何患非吾徒。

男儿气概，何等壮烈！明末义士黄毓祺起兵舟山海上，柳如是兴奋不已，着一身当年抗金女英雄梁红玉式的戎装，与钱谦益一起乘船犒劳水军。遥想柳如是的飒爽英姿，该鼓舞当年多少士气！

然而抗清势力毕竟弱小，不久便传来陈子龙以身殉国、李存我杀敌遇害的噩耗，此两人都与柳如是有过深交，尤其是陈子龙。柳如是的悲伤可以想见。当年她写过一首《于忠肃祠》的诗凭吊岳飞，诗中"意气吞龙荒，事业高云阁"两句，不啻是对岳飞的赞扬，也是对陈子龙一般国士的期许。昔日的情人杀身成仁，自己却还得忍辱偷生。柳如是此时此刻情何以堪？她有一首《金明池·咏寒柳》的词，可以说是此时心情的写照：

> 有怅寒潮，无情残照，正是萧萧南浦。更吹起，霜条孤影，还记得，旧时飞絮。况晚来，烟浪斜阳，见行客，特地瘦腰如舞。总一种凄凉，十分憔悴，尚有燕台佳句。
>
> 春日酿成秋日雨，念畴昔风流，暗伤如许。纵饶有，绕堤画舸，冷落尽，水云犹故。忆从前，一点东风，几隔着重帘，眉儿愁苦。待约个梅魂，黄昏月淡，与伊深怜低语。

昔日风流不再，今日暗伤几许？结末，"忆从前"几句，哀怨婉转，令人有肝肠寸断之感。

然而更大的不幸降临了。顺治五年（1648）戊子，黄毓祺兵败被俘，钱谦益暗中助明抗清事发，被羁于狱中，命悬一线。钱氏一门无不惊慌失措，柳如是也万般揪心。钱谦益不是陈子龙，她是意识到了。但钱谦益毕竟是深爱自己的夫君，而且也是为抗清复明之大义而被牵连，理当奋身相救。于是她不顾自己一个弱女子，且还患病在身。根据钱谦益事后的回顾，说当时柳如是"蹶然而起，冒死从行，誓上书代死，否则从死，慷慨首涂，无刺刺可怜之语，余亦赖以自壮焉"（《和苏东坡西台诗韵序》）。真可谓女中丈夫矣。后来钱谦益被赦免，虽是朝中有人疏通斡旋，也应与柳如是拼死相救有关。

虽经这一劫，钱谦益仍留心于复明势力的动静。当他得知爱徒郑成功举水师北上抗清的消息，欢欣鼓舞。郑成功挥师经崇明海上，钱谦益与其会面，共商军事。柳如是也忙前忙后，犒劳军队。钱谦益曾作诗描绘此时的柳如是：

珠衣宝髻燕湖滨，翟茀貂蝉一样新。南国元戎皆使相，上厅行首作夫人。红灯玉殿催旌节，画鼓金山压战尘。粉黛至今惊罍帐，可知豪杰不谋身。（《西湖杂感二十首》其十七）

这里，他把柳如是想象成了梁红玉，可惜他不是韩世忠。而继弘光帝之后的永历帝也不是宋高宗，虽然有郑成功的最后一搏，总难挽回南明的颓败之势。郑成功兵败退走台湾之后，钱谦益心灰意懒归旧居，而柳如是却仍留在濒海的红豆山庄，翘首企盼郑成功卷土重来。她把自己的居所命名为"望海楼"，并曾写下《题望海楼》一联：

日毂行天沦左界，地机激水卷东溟。

不忍明室沉沦，企望抗清势力东山再起，豪迈之心隐约可见。但局势的发展非如伊所望，也已众所周知。虽然柳如是壮心不已，但钱谦益在失望中逐渐老去，终于康熙三年（1664）谢世，享年八十三岁。本来，柳如是此时年四十七，来日方长。然而钱谦益一撒手，钱氏家族如天崩地裂。霎时，争权夺利，内斗家哄纷起。柳如是被逼债三千，限日交付。真是国仇未报，家难又起。柳如是祸不单行。钱谦益的离去，已是五内俱焚，族人的逼迫，更是雪上加霜。这一年的六月二十八日，病中的柳如是穿戴齐整，独自上楼以自缢告别了这个世界，追随夫君去了。

明末的艺妓大都才艺双全，而像柳如是这般，在才艺之外更兼义胆者不多见。即便是才艺，柳如是的诗才也可称是妓中佼佼者。当日陈子龙曾为她编撰诗集，取名《戊寅草》，收了她二十岁之前的诗歌百余首。陈子龙对柳如是的诗歌极其推崇，说：

柳子遂一起青琐之中，不谋而与我辈之诗竟深有合者，是岂非难哉！是岂非难哉！（《戊寅草序》）

四　风花雪月中的女诗人

一个青楼女子，其诗歌竟然与大丈夫辈深合，不仅陈子龙惊叹，宋征舆也赞其诗曰："感慨激昂，绝不类闺房语。"（《秋塘曲序》）

　　柳如是墓在江苏常熟钱谦益墓的西边。清乾嘉时常熟县令陈文述曾修葺过，并作《蘼芜冢辞》凭吊柳如是。现摘其数句以结束此篇，并祭奠柳如是：

　　　蘼芜冢，乃在尚湖之渚，虞山之麓。一抔香草冷春山，绝代佳人此埋玉。春山埋玉今几年？昔人旧冢犁为田。冢中蘼芜化为土，冢上蘼芜吹成烟……尚书自乐君自悲，悲歌地老天荒时……尚书埋骨知何处？我来独访蘼芜墓……尚湖之滨虞山麓，年年春雨蘼芜绿。

五

魏晋风流人物谈

阮　籍

一

　　魏晋这个时代有它独特的地位，这是中国的文人士大夫开始成熟的时代。鲁迅曾经用"通脱"两个字来概括这个时代的文人与文章的特点。他说，通脱的意思就是"随便"。（见《魏晋风度及文章与药及酒之关系》）两汉崇尚清流，士大夫非常在意礼教名节，到了汉末，这种风气几近僵化和固执，不仅束缚仕风，更束缚思想。曹操倡议崇尚通脱，于是建安七子中的孔融首先"随便"起来，处处不按常规行事，让曹操头痛而不得不杀了他。曹操倡议"通脱"，但又不想让文人太随便。然而此风既开，就不是那么容易收敛的。尤其是魏晋易代之际，司马氏集团政治高压之下，文人或借通脱作秀以求名，或以通脱伪装而避祸，当然，也有以通脱为武器而抗争。我之所以说这个时代是中国的文人士大夫开始成熟的时代，就是因为从这个时代起，中国的文人士大夫开始学习怎么与统治者周旋。而且这种周旋，不是个案或偶发，而是带有普遍性和集团性。这集团性的象征便是为后世称道的"竹林七贤"，为首者即阮籍与嵇康。

　　关于竹林七贤这个实体的存在与否，学界是有过争论的。陈寅恪先生就曾经认为，七贤之说是一种附会，是东晋人据佛学释迦牟尼修行之地"竹林精舍"，再结合《论语》所谓"作者七人"而杜撰出来的，但驳论也不少。我觉得"七"之数确有凑合之疑，如"建安七子"，为何不是六子或者八子呢？但"七"之数可疑，不等于就可以否定这个时期文人的抱团行为。趣味相投，交游频繁，日久而形成一种有特色的聚会是完全可能的，尽管参与者不一定恰好是七人。嵇康临刑，太学生三千人跪求刀下留人，那个时代，文人集体性的抗争行为已经初步形成。最早记载七贤事迹的是东晋孙盛的《魏氏春秋》，但此书早就佚失，我们现在读到的是南朝刘宋的裴松之在《三国志·魏书》的王粲传注中对此书的引录：

> （嵇）康寓居河内之山阳县，与之游者，未尝见其喜愠之色。与陈留阮籍、河内山涛、河南向秀、籍兄子咸、琅邪王戎、沛人刘伶相与友善，游于竹林，号为七贤。

稍后一些，南朝宋刘义庆的《世说新语》以及刘孝标的注，提供了更多的七贤事迹。结合正史以及七贤的作品，他们大致的人格风貌、思想倾向，以及生平事迹，还是有一个粗线条的轮廓的。

二

阮籍的事迹，《晋书·阮籍传》载之颇详，它起首就将一个奇人的性格、志趣、容貌做了一个速写：

> 籍容貌瑰杰，志气宏放，傲然独得，任性不羁，而喜怒不形于色。或闭户视书，累月不出；或登临山水，经日忘归。博览群籍，尤好《庄》《老》。嗜酒能啸，善弹琴。当其得意，忽忘形骸。时人多谓之痴，惟族兄文业每叹服之，以为胜己，由是咸共称异。

魏晋时代，文人讲究养生，自然很注重外表，相传何晏整日抹粉，顾影自怜。不过阮籍被称为"容貌瑰杰"，那才是男性之美。但阮籍性格怪异，时人很不理解。有研究者概括了阮籍事迹的怪异特点，分为三个方面：长啸、酣酒、青白眼。下面逐一来谈。

先说"长啸"。啸，用现代语汇解释就是吹口哨。啸，古已有之，《诗经》《楚辞》中便有关于啸的记载。只是啸从一种民间风尚走向文人嗜好，那是东汉以后的事。到了魏晋，啸简直成为一种时尚。因为那时的文人士大夫往往标榜放浪形骸，吹口哨确实是很潇洒的举止。当然，啸能成为阮籍事迹中的一大怪异，与阮籍的啸技是分不开的。单从《晋书·阮籍传》的"嗜酒能啸"这么简单的描述，我们还难以明白他的啸技高超到什么程度，我们必须借助一些其他的记载：

（籍）性乐酒，善啸，声闻百步，箕踞啸歌，酣放自若。（《太平御览》引《竹林七贤论》）

（籍）啸闻数百步。（《世说新语·栖逸》）

长啸若怀人，越礼自惊众。（颜延之《阮步兵》诗）

看来阮籍的啸技确是非凡。一是气长，所谓"长啸"，而且这种气长并非一般，已经达到"惊众"的程度；二是声远，远到百步甚至数百步之外都能听闻。阮籍对于自己的啸技是非常自负的，以至于经常当众卖弄。有研究者对魏晋文人的嗜啸作过探究，认为主要是基于养生的需要。长啸运气，是很好的养生方法。魏晋玄学盛行，老庄当道，这一说法应该是有说服力的。但是阮籍的啸，除了养生，我觉得还有更深层次的意义。

阮籍曾登苏门山遇隐士孙登，与孙登"商略终古及栖神道气之术"（《晋书·阮籍传》），孙登沉默不语。阮籍感觉无趣，便长啸而归。谁料下至半山，忽然传来啸声，若鸾凤和鸣，响彻山谷。原来那是孙登之啸。阮籍感慨万千，回去后写下了一篇《大人先生传》，叹曰："汝君子之处区内，亦何异夫虱之处裈中乎？"嘲笑世俗君子自以为是，其实不过若群虱处于裈中一般。这种带有自嘲的感悟，当然与遇见孙登有关，更与孙登的长啸给他的震撼有关。一向以啸技自负的阮籍，孙登让他自惭形秽。他自以为长啸一声，便可以驾青云而凌九霄，实际上还是没有跳出世俗的圈子。看来魏晋名士的啸，其意义并不止乎养生。至少就阮籍而言，长啸是一种对世俗的调侃，是一种内心的发表。

次说"酣酒"。魏晋文人大都嗜酒，竹林七贤自不例外，而且其中的刘伶，更是与酒难分难解，甚于阮籍。但阮籍的酣酒有他的特点，那就是他经常处于醉与不醉之间，那可是他人难以达到的境界。关于阮籍的酣酒，《晋书·阮籍传》如此交代：

> 籍本有济世志，属魏晋之际，天下多故，名士少有全者，籍由是不与世事，遂酣饮为常。

看来阮籍的酣酒，并非天性，而是时代的原因。如此，则他的醉与不醉，就不是那么简单了。

我们先看一则他喝酒的故事。阮籍有一女，司马昭颇有意为儿子司马炎联姻，派人前去说亲，阮籍竟然"醉六十日"，说客"不得言而止"（《晋书·阮籍传》）。此事正史野史都有记载，应该比较可靠。只是"醉六十日"是否太过夸张了？我由此想到，这个醉，应该是在似醉非醉之间。要是真醉，连醉六十日恐怕是要一命呜呼的，而且也难保不在醉中稀里糊涂地答应了说客。

再看一则。司马昭被加赠九锡之尊，假意辞让，朝中公卿拍马者奋力劝进，一致推荐阮籍写《劝进表》，阮籍却"沉醉忘作"（《晋书·阮籍传》）。使者到他府上催稿，他正在桌旁酣饮，醉眼迷蒙，见了使者却不辞让，一挥而就，无改窜。而且据说写得"辞甚清壮，为时所重"（《晋书·阮籍传》）。这次的醉依然是似醉非醉，要是真醉，恐怕难以提笔；若是完全清醒，则挥笔而就未免有谄媚之态。

这两则喝酒的故事让我们看到，阮籍的政治态度扑朔迷离，使后人对他褒贬不一。有人说他与司马氏集团有距离，有人说他内心还是向着司马氏。我觉得，阮籍在政治上其实是个弱者，同时是个智者。在魏晋易代的复杂形势下，他小心翼翼，似醉非醉是他的策略，也是他的无奈。

如果去掉政治色彩，生活中的阮籍还是很率真的。同样是喝酒，他可以在酒馆里喝得酩酊大醉而坦然卧于当垆的美少妇之侧；母亲去世的消息传来，他仍与人下棋不止，继而"饮酒二斗，举声一号，吐血数升"（《晋书·阮籍传》）。正因无关政治，他可以放浪形骸，任其自然。

再说青白眼。《晋书·阮籍传》如此介绍：

> 籍又能为"青白眼"，见礼俗之士，以白眼对之。及嵇喜来吊，籍作白眼，喜不怿而退。喜弟康闻之，乃赍酒挟琴造焉，籍大悦，乃见青眼。由是礼法之士疾之若仇，而帝每保护之。

有专家指出，青眼实际上就是黑眼珠，古代黑色也谓青色，所以青眼就是对人正眼相向，黑眼珠视人，后来有"青睐"一词即此意。白眼则是翻白眼，很好理解。如此则阮籍的青白眼也不是什么特异功能。只是阮籍的青白眼所相对的人群有他的特点：青眼对不拘礼法者，如《晋书·阮籍传》中所说的嵇康；白眼对礼俗之士，如嵇康之兄嵇喜。他由此而招来礼俗之士的愤恨是当然的，不过司马昭似乎对他有所袒护。

阮籍的青白眼与他的似醉非醉几乎是互补的。似醉非醉，让他显得模棱两可；青白眼，却又使他爱憎分明。《晋书·阮籍传》说他"发言玄远，口不臧否人物"。玄远正如薄醉一般，旨意暧昧，意识迷茫。然而内心却是清醒的，口不敢"臧否人物"，眼睛可以。青白眼正是他在政治高压下待人处世的一种态度。阮籍既是一个弱者，也是一个勇者。他惧怕执政者借名教杀人，又不甘唯唯诺诺、趋炎附势。这种人格的二元性是魏晋时代文人的特色，只是体现在阮籍身上，似乎能统一得很好。

三

阮籍的文学成就主要体现在他的八十二首《咏怀诗》上，他的《咏怀诗》被学界认为是五言诗创作的里程碑，但因为写得晦涩艰深，自古就有"百代之下，难以情测"（南朝颜延之）的评论。这应该与他模糊暧昧的政治态度有关。虽如此，他的诗"言在耳目之内，情寄八荒之表""颇多感慨之辞"（钟嵘《诗品》）。细读之下，还是大致可以触摸到一点他内心的震颤与激荡：

> 嘉树下成蹊，东园桃与李。秋风吹飞藿，零落从此始。繁华有憔悴，堂上生荆杞。驱马舍之去，去上西山趾。一身不自保，何况恋妻子！凝霜被野草，岁暮亦云已。（其三）

情绪之低沉可以感知，保身之苦恼，也溢于言表。

> 一日复一夕，一夕复一朝。颜色改平常，精神自损消。胸中怀汤火，变化故相招。万事无穷极，知谋苦不饶。但恐须臾间，魂气随风飘。终身履薄冰，谁知我心焦。（其三十三）

如履薄冰的煎熬，苦无良策的焦虑。苦恼中有愤激，有不满，但更多的是无奈。

有研究者把阮籍《咏怀诗》的美学特征分为真美、朦胧美、悲哀美、慷慨悲壮美等。在现实生活中他是朦胧的，但他的内心其实不甘朦胧，所以他的诗歌还会有愤激的悲哀，还会有慷慨的悲壮。阮籍的文学才赋应该有家庭因素的影响，他的父亲阮瑀是建安才子、曹魏幕僚。阮瑀的文学成就虽然主要在章表之类，但他在五言诗中流露的那种人生无常、愁思不绝的忧郁情感，应该对阮籍的诗歌创作有一定的影响。不过阮籍在政治态度上似乎并不法乎其父。尽管他在曹魏朝廷与司马氏集团的争权斗争中似拥魏，又似附晋，依违两可，内心还是希望远离是非，保身为妙。只是保身并非容易，所以才会有《咏怀诗》中的那种悲叹。

　　阮籍的仕历，从太尉蒋济的掾属、尚书郎，一直做到大将军司马昭的从事中郎，然而他"以世多故，禄仕而已，闻步兵校尉缺，厨多美酒，营人善酿酒，求为校尉，遂纵酒昏酣，遗落世事"（《三国志·魏书》引《魏氏春秋》）。阮籍仕历中最重要的官职，就是这么一个他自己求来的可以远离是非而又得享美酒的步兵校尉，做这个官可以"纵酒昏酣，遗落世事"，与他的个性很吻合，所以后世都称他"阮步兵"。曹雪芹的友人敦诚曾赠诗云："司业青钱留客醉，步兵白眼向人斜。"（《赠曹雪芹》）"步兵白眼"，千古风流，令后人仰慕。从李白、杜甫、韩愈、苏轼，一直到曹雪芹，甚至有研究者以为鲁迅也是，他们身上或多或少都有阮籍的影子。这些身后的荣光当然是阮籍没有预料到的。其实即使是他在世时，也并不觉得自己活得很快活，所以他的儿子阮浑欲仿其父之放达，阮籍警告说："别人可以，你却不可以！"为什么呢？应该是不愿自己的后代活得像自己这般沉重。

　　写完此文，我很有些冲动，想登苏门山，一睹当年阮籍晤孙登之处。于是查了一下，发现苏门山位于河南辉县，海拔仅184米。没有想象中那么伟岸、高峻。山顶有啸台，传说是孙登发啸之所。我想，我登上山顶时一定会想象那长啸之声，多么清彻，多么远厉，划破时空，穿越而来。不过那应该不是孙登的，而是阮籍的。孙登的啸声属于仙界，阮籍的长啸永留人间。

嵇　康

一

在竹林七贤中，后世载誉最盛者莫若嵇康。然而透过这盛誉，我们感受到的其实是对一个不屈的文人的悲壮的赞歌。

嵇康与阮籍，既有相似，又很不同。竹林名士那种潇洒，那种风流，嵇康并不亚于阮籍。阮籍怪异任性，嵇康"远迈不群"（《晋书·嵇康传》）；阮籍口不臧否人物，嵇康二十年"未曾见喜愠之色"（同前）；阮籍容貌瑰杰，嵇康"美词气，有风仪"（同前），而且嵇康的风仪，我们有更多想象的余地。请看：

> 有人语王戎曰："嵇延祖卓卓如野鹤之在鸡群。"答曰："君未见其父耳！"（《世说新语·容止》）

嵇延祖即嵇康之子嵇绍。青出于蓝而未必胜于蓝，故有此"君未见其父耳"的妙答。言下之意：子已如此，卓卓如野鹤之在鸡群，父更胜之，则又是怎样一番情形呢？时人因此对嵇康的风仪极尽想象比拟，"肃肃如松下风，高而徐引""岩岩若孤松之独立"，即使嵇康的醉态，也是"傀俄若玉山之将崩"。（均见《世说新语·容止》）

当然，我们更关注的是嵇康不同于阮籍的个性。嵇康不同于阮籍之处，我们不必旁征博引，就让嵇康自己开口说。既然人贵有自知之明，那么这一段自白应该是恰当的：

阮嗣宗口不论人过，吾每师之，而未能及。至性过人，与物无伤，惟饮酒过差耳。至为礼法之士所绳，疾之如仇，幸赖大将军保持之耳。吾不如嗣宗之贤，而有慢弛之阙；又不识人情，暗于机宜；无万石之慎，而有好尽之累；久与事接，疵衅日兴，虽欲无患，其可得乎？

这段话出自嵇康的《与山巨源绝交书》，这是他的一篇很重要的文章，我们下面还会涉及。先扼要翻译一下这段话：我嵇康每每想学阮嗣宗的不随意批评人，却总不能及。嗣宗他任性了一点，但还不至于有伤风雅，只是饮酒过度罢了。所以遭到礼法之士的攻击，幸亏有司马大将军庇护他。而我资质不如嗣宗，更何况平素懒散，不识时务和人情，又处事不慎，喜欢逞强而无避忌。因此日久必滋生事端，即使想求太平，其可得乎？

这里，"不如嗣宗"正是不似嗣宗。嵇康自己总结的不似嗣宗的关键之点是什么呢？透过他的谦辞，我们可以归纳出这样两点：一是"慢弛"，二是不慎。下面就这两点分别来说。

先说"慢弛"。"慢"可以释为简慢，"弛"可以理解为懒散。简慢，就是不屑于繁文缛节，而懒散则更远离世俗名利。阮籍尽管怪异，一生还是为官不少。嵇康则仅在曹魏时代担任了一个闲官——中散大夫，直到被害。故世称"嵇中散"。而这个闲官还是因他娶了曹操的孙女长乐亭主附带得来，并非干求所至。他这里称述自己"慢弛"，实际上就是说自己的个性不适宜做官。为了印证这个，他在这篇文章中列举了好多自己的日常生活陋习。比如：头面经常一月半月不洗，不大闷痒就不沐浴；在床上小便急了，就这么忍着，让尿液在膀胱中溜转一会才起身；诸如此类。魏晋名士大都有怪癖，嵇康这些也不算太过。只是嵇康的任性是一种率真，而非矫情。因此，即使遇见权势之人也不会收敛。司马氏集团的要人钟会久闻嵇康令名，前去拜访，嵇康其时正与向秀在大树下锻铁，灰头土脸，毫不掩饰，任钟会在傍也"不为之礼，而锻不辍"。（《晋书·嵇康传》）嵇康这样的个性，得罪权贵是毫不奇怪的。

再说"不慎"。如果说慢弛是一种生活个性，那么"不慎"可以说是一种政治个性。嵇康在《与山巨源绝交书》中列举自己有"必不堪者七，甚不可者二"，以谢绝山涛的推荐。这"七不堪"，大致可以归为生活陋习，而这"二不可"却是货真价实的"政治缺陷"。我们且来看看：

> 又每非汤、武而薄周、孔，在人间不止此事，会显世教所不容，此甚不可一也。刚肠疾恶，轻肆直言，遇事便发，此甚不可二也。

非汤、武而薄周、孔，在司马氏集团力借礼教之名而欲行篡权之实时，这是多么不慎的一种政治缺陷。如鲁迅所说："非薄了汤武周孔，在现时代是不要紧的，但在当时却关系非小……在这一点上，嵇康于司马氏的办事上有了直接的影响，因此就非死不可了。"（《魏晋风度及文章与药及酒之关系》）当然，这还不是嵇康之死的直接原因，我们下面还会涉及，但这种政治上的不慎，种下的祸根是极其险恶的。

如果从政治站队上来看，很容易把嵇康归为曹魏圈子里的人，因为他是曹操的孙女婿。但事实并不那么简单。嵇康也正如他自己所说，非常想学阮籍的谨慎，不轻易选择自己的政治立场。他确实努力过，我们可从他的《家戒》一文中看出这种努力：

> 夫言语，君子之机。机动物应，则是非之形著矣。故不可不慎。若于意不善了，而本意欲言，则当惧有不了之失，且权忍之……人有相与变争者，未知得失所在，慎勿预也。且默以观之，其非行自可见。或有小是不足是，小非不足非，至竟可不言以待之。

嵇康在这里一而再、再而三地告诫家人要谨言慎行：要说话的时候，当忧惧失言的祸害权且忍着；人家那儿有什么事变，不知得失所在就不要轻易参与，暂观其变。这些话其实也是他自己平时的行为准则。但可惜的是，大道理他虽然比阮籍想得周到，说得地道，但在谨慎这一方面，阮籍基本是成功的，嵇康基本不成功。究其原因，虽有命运的因素，但大部分要归咎于他的个性。正如他自己所说，他是一个"刚肠疾恶，轻肆直言，遇事便发"的人，平素再怎么告诫自己，但到关键时刻，便往往任性而为，不再谨慎。这正是嵇康的悲剧所在，也正是嵇康的价值所在。

二

　　嵇康的不谨言，最典型的表现就是他的《与山巨源绝交书》。有不少研究者认为，嵇康的这篇绝交书其旨并非要与山涛绝交，只是借此以声明自己的政治态度，即坚决不与司马氏集团合作。换了阮籍，不合作只在暗处做，明里可以装疯卖傻。但嵇康"轻肆直言"，忘了自己"不可不慎"的言语准则。

　　如果说嵇康的不谨言导致了司马氏集团对他的记恨，那么他的不慎行则是直接导致了司马氏集团对他的杀害。254年，司马师废魏帝曹芳改立曹髦，武将毌丘俭趁机造反，嵇康闻讯欲助毌丘俭，赖山涛劝说才未成行，但是他的不慎行已经萌动。过了数年，嵇康的好友吕安遭其兄吕巽诬陷被徙边郡，吕安愤而致书嵇康，其中有"顾影中原，愤气云踊。哀物悼世，激情风烈"云云之辞语，影射司马氏集团专权，意气难平，誓欲清奸。吕安因此获祸，被下监狱。嵇康此时挺身而出，亲往狱中为吕安申辩。此举无疑羊入虎口，正好被司马氏一举拿下，收入狱中。不幸此时他昔日得罪的钟会趁机进谗言，揭发嵇康早有谋反之心，助毌丘俭之乱，此番又与吕安有约，相与图谋不轨，不除必有后患。司马昭遂痛下杀心，即使太学三千学生一起跪求刀下留人，也未能挽回嵇康的性命。

　　嵇康临刑的场面，甚是悲壮，历来传诵。这里用《晋书·嵇康传》中的记载再现这一历史时刻：

康将刑东市，太学生三千人请以为师，弗许。康顾视日影，索琴弹之，曰："昔袁孝尼尝从吾学《广陵散》，吾每靳固之，《广陵散》于今绝矣！"时年四十。海内之士，莫不痛之。

"顾视日影，索琴弹之"，多么从容、淡定。嵇康不是不爱自己的生命，他之所以在生命最后的时刻，追怀那首自己钟爱的琴曲，说明他对生命的留恋。但他决不因之而对强权势力奴颜媚骨。广陵绝响遂成中国文人抗争史上第一支悲歌，令后世唏嘘叹息，追怀吟诵。晋代符朗临刑，志色自若，《临终诗》云："如何箕山夫，奄焉处东市！旷此百年期，远同嵇叔子。"南朝刘宋范晔遭受刑戮，《临终诗》云："虽无嵇生琴，庶同夏侯色。"近代则有以"横眉冷对"强权政治的鲁迅，"佩服非圣无法的嵇康"（周作人语），历时二十余年整理辑校《嵇康集》。

三

嵇康多才多艺，他在音乐和书画方面都有不俗的造诣，尤其音乐方面更是如此。嵇康不仅擅于演奏琴曲，还在音乐美学理论上有独自的见解。我们来看看他论述音乐的名篇《声无哀乐论》中的一段：

> 今必云声音莫不象其体而传其心，此必为至乐不可托之于瞽史，必须圣人理其弦管，尔乃雅音得全也。舜命夔击石拊石，八音克谐，神人以和。以此言之，至乐虽待圣人而作，不必圣人自执也。何者？音声有自然之和，而无系于人情。克谐之音，成于金石；至和之声，得于管弦也。

嵇康主张声无哀乐，认为声与心是二元的，否则乐师（瞽史）演奏不出至乐，因为他没有圣人之心，怎么能传递出圣人的情感呢？因此声音是客观的，"无系于人情"。所以舜可以让夔来演奏那"八音克谐"

的圣曲。且不论嵇康此观点在音乐理论上的瑕瑜，我们关注的是嵇康这个观点与他的政治思想的关系。有研究者指出，嵇康之所以要提出声无哀乐，是要把音乐与政治分开来。其深层的用意恐怕还在于反对司马氏集团用礼教压制文人。魏晋文人大都"越名教而任自然"，或抚琴，或长啸，或酣饮，都是随意的生活方式。内中自然有一种不合作的倾向，令统治者耿耿于怀。因此，说声无哀乐，是想向当局者说，我们的放任其实无关政治。当然，这有些掩耳盗铃的嫌疑。其实嵇康自己，他的音乐实践就不能印证他的观点。他为什么如此钟情于《广陵散》？临刑之时，还特意再演奏一次。原来这首曲子演绎的是战国时聂政刺韩傀的故事。壮曲一支，如何会无系于人情？

嵇康的文学创作，与他的人品风貌颇相契合。刘勰在《文心雕龙》中曾如此评价嵇康："叔夜隽侠，故兴高而采烈。"（《文心雕龙·体性》）他把阮籍和嵇康作了一个有趣的比较，说："嵇康师心以遣论，阮籍使气以命诗。殊声而合响，异翮而同飞。"（《文心雕龙·才略》）嵇康师其"刚肠疾恶"之心，故而文风"兴高而采烈"，读他的《与山巨源绝交书》等文章，虽感言辞峻切，却觉酣畅淋漓，有自然流出之感。请读他的另一名篇《难自然好学论》中的一段：

> 今若以明堂为丙舍，以讽诵为鬼语，以六经为芜秽，以仁义为臭腐，睹文籍则目瞧，修揖让则变伛，袭章服则转筋，谈礼典则齿龋。于是兼而弃之，与万物为更始，则吾子虽好学不倦，犹将阙焉。则向之不学，未必为长夜，六经未必为太阳也。

奚落卫道之士，嘲讽六经孔教，排山倒海，喷薄而出，真可谓嬉笑怒骂皆成文章矣！

嵇康与阮籍，文学上的"殊声而合响""异翮而同飞"，还反映在诗歌方面。阮籍诗歌的主要成就在五言诗，已见前述。嵇康的主要成就则在四言诗。如前人所评："叔夜诗实开晋人之先，四言中饶隽语，以全不似三百篇，故佳。"（陈祚明《采菽堂古诗选》）这是说，嵇康开创了《诗经》以来的四言诗的新里程。如他的《赠兄秀才公穆入军十九首》其三：

> 泳彼长川，言息其浒。陟彼高冈，言刈其楚。嗟我征迈，独行踽踽。仰彼凯风，涕泣如雨。

借用诗经的比兴，在景物的描写中寄寓情感，被王夫之评为"虽体似风雅，而神韵自别"（《古诗评选》）。

说到嵇康的诗歌，不能不提他的《幽愤诗》。这是嵇康系于狱中所作。这里且录其后半部分：

> 对答鄙讯，絷此幽阻。实耻颂冤，时不我与。虽曰义直，神辱志沮。澡身沧浪，岂云能补？嗷嗷鸣雁，奋翼北游。顺时而动，得意忘忧。嗟我愤叹，曾莫能俦。事与愿违，遘兹淹留。穷达有命，亦又何求。古人有言，善莫近名。奉时恭默，咎悔不生。万石周慎，安亲保荣。世务纷纭，只搅予情。安乐必诫，乃终利贞……采薇山阿，散发岩岫。永啸长吟，颐性养寿。

感慨命运的不济，追悔昔日的莽撞。这是嵇康在生命最后的日子里的"幽愤"所在。结尾四句，看似心存生的奢望，其实并不完全如此。苏轼就曾作过这样的评论："嵇中散作《幽愤诗》，知不免矣，而卒章乃曰：'采薇山阿，散发岩岫。永啸长吟，颐性养寿'者，悼此志之不遂也。"（《药诵》）所言不差。嵇康在诗尾展现的那种养生遐想，其实是一种素志未遂的哀悼。呜呼，千载之下，尚有知音。嵇康的幽愤，给后世遭受过强权压迫和打击的文人一种永远的精神契合。

〔四〕

嵇康之子嵇绍，虽然被人誉为"卓卓如野鹤之在鸡群"，很有父风，死得也很壮烈，可是千载之下很有非议。因为嵇绍最后的结局竟是为了掩护杀害他父亲的司马昭之孙晋惠帝司马衷而血溅疆场。咦，九泉之下，其父英魂有知，会作何感想？

　　嵇康的墓据说在安徽涡阳的石弓山上。有现代仰慕者专门去拜谒并拍下了一张照片，让我在写下这篇嵇康追怀文之余，能一睹嵇康归宿之地的风采。说是风采，其实是需要想象的。因为从那张照片上我们只能看到一个高耸的土墩，荒凉寂寞，连松柏也不见一枝。但凝视着这土墩，只感觉它块垒嶙峋，没有装饰，更无遮盖，一任风吹日晒。突然，我觉得这土墩似乎就是一架苍老的古琴，岁月经久，却仍要顽强地奏响一支不屈的乐曲。虽然我从来没有听到过《广陵散》，然而我认定这古琴一定是，一直在，不停地奏响这支曲子。它要告诉世人：《广陵散》不会成为绝响，它一直流传在中国历代文人的心间。

山　涛

一

竹林七贤中年龄最长的是山涛，山涛长阮籍五岁，长嵇康十八岁（一说十九岁），与嵇康可谓忘年之交。但是，七贤之中留给后世争议最大者也是山涛。从六朝起，至近代，几乎争议声不断，即使现代的学术研究，对他仍是见仁见智，意见相去甚远。东晋的孙绰就曾如此非议山涛：

> 山涛吾所不解，吏非吏，隐非隐。（《晋书·孙绰传》）

但南朝宋刘义庆的《世说新语》收集的山涛逸事几乎全为赏誉类，褒贬自现。唐代房玄龄等人监修的《晋书》，在《晋书·山涛传》后有"史臣曰"：

> 若夫居官以洁其务，欲以启天下之方；事亲以终其身，将以劝天下之俗。非山公之具美，其孰能与于此者哉！

真是赞赏有加。但明末顾炎武指责山涛，说他保荐嵇康之子嵇绍出仕是"无父"之举，是"邪说之魁"（《日知录·正始》）。近代学者余嘉锡更是斥责山涛："虽号为名臣，却为叛党。"（《世说新语笺疏》）至于现代研究者意见相左之说，实在繁多，不再征引。

争议的焦点，如果形象而又简洁一点来说明的话，那么孙绰的"吏非吏，隐非隐"这几个字可以借用。褒之者认为山涛吏是吏，隐是隐，都做得不错，或者说是至少没什么大错。而贬之者说，他既不是好吏，也不是真隐，彻底是个伪君子（叛党）。在同一个人身上会有如此截然相反的评价，这在中国文人史上是很罕见的。我想，我们先不存什么先入之见，且从山涛的人生轨迹来逐渐地认识他。

二

山涛的事迹，《晋书·山涛传》应该是比较可靠的史料，尽管撰修者对山涛赞赏有加，但他们所借鉴的很多素材，有一些我们今天还能见到，即使不是直接见到，有些也能间接见到，可以互相参证，判断它的客观性。所以，我们先借用《晋书·山涛传》，展示山涛的一生。

"涛早孤，居贫，少有器量，介然不群。"一"孤"，一"贫"，看出山涛天生没有家庭优势。当然，气质不凡，大概也算是天赐。"涛年四十，始为郡主簿、功曹、上计掾。举孝廉，州辟部河南从事。"四十始出仕，也是比较晚的，大概是没有人脉的缘故。但一路走来还算顺利。即便如此，他却很担忧曹氏、司马氏之间的政治争斗所带来的为官风险，风闻司马懿装病不出，他感觉此事不简单，立即辞官不干。"未二年，果有曹爽之事，遂隐身不交世务。"果然如他所料，司马懿后来除掉了曹爽。山涛从此隐身。组织并参与竹林七贤之游，大概也始于此前后。

山涛隐居了多久，《晋书·山涛传》没有交代，只说他"与宣穆后有中表亲，是以见景帝。帝曰：'吕望欲仕邪？'命司隶举秀才，除郎中。转骠骑将军王昶从事中郎。久之，拜赵国相，迁尚书吏部郎"。终于耐不住寂寞，借着与司马懿有很远的姻亲关系，山涛找到司马懿的长子司马师。司马师尽管还算通融，也不忘讥诮他一句："吕望欲仕邪？"你这个姜太公也要来做官了？从此山涛开始了官运亨通的仕途生活。

当然，世间总不太平，利益集团争斗不已，如何选边站，考验着山涛的智慧。"涛平心处中，各得其所，而俱无恨焉"，可见其处理得当。

由是而不断升官，位至相国左长史。但他也不总是一个唯唯诺诺的老好人，司马昭欲废长立幼，山涛仗义直谏，由此维护了司马炎的利益，司马炎即位后自然对他感恩戴德。不过，权臣羊祜执政时，山涛因偏袒裴秀而忤逆了羊祜，马前失蹄，被贬为冀州刺史，却也并无大碍。凭着他的坚韧持久，最终还是官还京师，"入为侍中，迁尚书"，"咸宁初，转太子少傅，加散骑常侍；除尚书仆射，加侍中，领吏部"。期间山涛虽数次请辞，皆未被准许。"太康初，迁右仆射，加光禄大夫、侍中，掌选如故。"山涛此时已垂垂老矣，然而还被拜司徒。他实在是心力交瘁，只得"舆疾归家"，逃离官场。太康四年（283）病逝，时年七十九岁。

三

山涛的一生，或隐或仕，或出或入，基本太平，有惊无险。名也有，利也得，还享天年。比起嵇康的不幸，四十被害，确实令人扼腕叹息。命运耶？时势耶？抑或人为耶？恐怕不是那么简单地能下结论。我们不妨先从褒之者的立场来看。当然，褒之者的立场也不尽相同。还是先把山涛那些为人称道的事迹罗列出来。

首先是为官的清廉。《晋书·山涛传》说他："及居荣贵，贞慎俭约，虽爵同千乘，而无嫔媵。禄赐俸秩，散之亲故。"居高位而不置三妻四妾，得厚俸尽与亲朋分享，确实难得。为了印证他的清廉，《晋书·山涛传》有一则故事：

> 初，陈郡袁毅尝为鬲令，贪浊而赂遗公卿，以求虚誉，亦遗涛丝百斤，涛不欲异于时，受而藏于阁上。后毅事露，槛车送廷尉，凡所受赂，皆见推检。涛乃取丝付吏，积年尘埃，印封如初。

这是说山涛在接受别人贿赂的百斤丝时，不愿当面拒绝，怕"异于时"，藏在阁楼上。后来此人事情败露，他才"取丝付吏"。请注意最后这"积年尘埃，印封如初"八字，讲故事者一定是要提醒读者：看，竟然纹丝未动，以至积满尘埃。就是说山涛原封不动如数归还，多么清廉！可是我读这则故事总是觉得怪怪的。当时难以拒绝，似可以理解，但倘若行贿之人一直无事，那么山涛会怎么处理这百斤丝呢？这故事留给人遐想的空间是否太大了些？虽然它一直被褒之者用来作正面材料，但焉知到时候不会被贬之者拿来作负面材料呢？

当然，要印证山涛的清廉还是有一些事迹可以拿出来的。比如《晋书·山涛传》记载，山涛去世后，左长史范晷等上言："涛旧第屋十间，子孙不相容。"帝为之立室。这是说山涛做了一生的高官，留下的只是旧屋十间，连子孙都容不下。既然身后遗产萧条，则清浊自明矣。

其次是为官的业绩。这主要表现在他担任尚书吏部郎时做出的一些事迹。山涛在吏部主持官吏的铨选工作十几年，据说是举贤授能，不拘一格降人才，很得时论的称颂。"山司徒前后选，殆周遍百官，举无失才，凡所题目，皆如其言。"（《世说新语·政事》）这里所说的"题目"，是指山涛记录自己选官工作的一本笔记《山公启事》中的条目。这本启事反映了山涛选官的原则，可惜今天已失传。有学者从其他典籍的记载中探知到它的一些零星内容。比如选人看德才，以德为重。"中庶子贾模迁，缺。周蔚纯粹笃诚，宜补。"（虞世南《北堂书钞》引《山公启事》）又如知人善任，扬长避短。"御史中丞刁攸，旧人，年衰近损，百僚未甚为惮，坐治政事，改尚书可也"（同前），官员年龄大，不再胜任原来的工作，则另委以合适的职位。再如能破旧例，降格用人。"晋制，诸坐公事者，皆三年乃得叙用。其中多有好人，令逍遥无事。臣以为略依左迁法，随资裁减之，亦足惩戒，而不失其用。"（杜佑《通典》引《山公启事》）山涛认为犯有过错者一律三年后才能叙用的旧例会埋没人才，对于那些好人，应该稍降其职而不失其用。

为官业绩还表现在他的政治洞察力上。且看《晋书·山涛传》的这一段记载：

吴平之后，帝诏天下罢军役，示海内大安，州郡悉去兵，大郡

置武吏百人，小郡五十人。帝尝讲武于宣武场，涛时有疾，诏乘步
辇从。因与卢钦论用兵之本，以为不宜去州郡武备，其论甚精。于
时咸以涛不学孙吴，而暗与之合。帝称之曰："天下名言也。"而
不能用。

平定东吴之后，晋武帝司马炎削减了各州郡的武备，以示天下大
安。司马炎到宣武场演讲，山涛带病随往，在车上与卢钦论兵，当即
表示不宜削减各州郡武备。时论都认为他虽不学孙吴兵法，论兵却暗
与孙吴兵法合，连司马炎也夸他说的是"天下名言"，但是不采用。后
来果然有变难发生，州郡不能有效控制，终于酿成晋末的大乱。这则
记载，褒之者用来称颂山涛敏锐的政治洞察力是不错的，但也有人用
它来夸赞山涛能够不迎合司马炎的旨意，勇敢说出异见，则有些放大
了这件事的正面性。山涛的这些见解，并非什么异端，也不会给司马
炎带来什么大的不快，这在他是基本上有把握的，因此，这算不上什
么"忤旨"，甚至也不能说是"直谏"。

四

对于山涛的批评和指责，几乎可以和对他的褒扬与赞赏不相上下，
而且是针锋相对。孙绰说山涛"吏非吏，隐非隐"，语气是带有轻蔑
的，而且还应该有些愤愤然，否则不会说"山涛吾所不解"，明摆着就
是：我搞不懂你这个人！为什么搞不懂？道理很简单：你既不像个官
吏，又不像个隐士。所以后来贬责山涛者就主要抓住这两点：山涛不
是好官，也不是真正的隐士。

先说山涛不是好官。贬之者斥责山涛的为官行为是一种机会主义的
表现。一有风吹草动就明哲保身。上面所引的司马懿装病之时，山涛
立即辞官便是明证。后来看司马氏集团坐稳了天下，便又要出来做官
了，所以司马师也讥笑他是"吕望欲仕"。为官清廉，褒之者所举例证
并不过硬，虽说旧屋十间，遗产萧条，但山涛在世时官俸不薄啊。山
涛被贬为冀州刺史后有惊无险，官还京师后不断升迁，虽然他屡次请

辞，一直未被允诺，后来总算削减了他一些官职，作为弥补，却是赏赐有加。请看："帝以涛清俭，无以供养，特给日契，加赐床帐茵褥。礼秩崇重，时莫为比。"（《晋书·山涛传》）山涛的请辞，竟为他获得了意外的厚遇，因此，他的清廉实在是要打问号的。更进一步，他的为官业绩也遭到严重质疑。贬之者认为，山涛铨选官吏的功绩被粉饰太多，其实他在这一工作中问题很多。请看：

> 涛再居选职十有余年，每一官缺，辄启拟数人，诏旨有所向，然后显奏，随帝意所欲为先。故帝之所用，或非举首，众情不察，以涛轻重任意。或谮之于帝，故帝手诏戒涛曰："夫用人惟才，不遗疏远单贱，天下便化矣。"而涛行之自若，一年之后众情乃寝。（《晋书·山涛传》）

我们先来看这段话的大致意思：山涛任选官十余年，凡有一个官位空缺时，他就先拟就几个候补的名单，然后揣摩帝意，把"帝意所欲"者先上奏。所以往往被上面选中者并不是排位最前的候补者。由此而舆论哗然，认为他"轻重任意"，即不按规则行事。帝也因此手诏于他，要他举人惟才。山涛却依然我行我素。读了这段记载，山涛的上述所谓举贤授能，知人善任的业绩是肯定要大打折扣的。原来他的铨选原则是帝意第一，然后再考虑其他。那么《山公启事》中的那些冠冕堂皇的话岂非有欺世的嫌疑？

再来说山涛不是真正的隐士。贬之者直挖山涛的老底，说他在竹林之游时就已身在曹营心在汉，曾经与嵇康一起去拜访当时做颍川太守的山涛的叔父，有出仕之意，只是未成而已。山涛的志向早就在于"三公"，隐居只是韬晦之计。《晋书·山涛传》说他早年家贫，却不气馁，安慰妻子说："忍饥寒，我后当作三公，但不知卿堪作夫人不耳！"晋末颜延之作《五君咏》诗，歌咏竹林七贤中的五君，排除了山涛、王戎。沈约解释说："山涛、王戎以贵显被黜。"（《宋书·颜延之传》）也就是说，这二人因为显贵，不配与竹林隐士之列。看来，山涛并非真隐，六朝时已有人发端。近代余嘉锡斥之为"叛党"，良有以也。

围绕山涛的争论交锋点常常会汇聚在嵇康的《与山巨源绝交书》上。贬之者认为嵇康是识透了山涛的伪君子面目，故与之绝交；而褒之者则说，嵇康不过是借题发挥，只欲表明自己与司马氏集团的不合作意向，并非真与山涛绝交，否则他在临终时的"托孤"，岂非自相矛盾？嵇康在临刑时对儿子嵇绍说"巨源在，汝不孤"，史籍明载，确是事实，因此被用来说明嵇康有托孤于山涛之意。既有托孤之意，那么此前的"绝交"非真绝交矣。

虽然托孤是真，但山涛后来如何履行这一生死之托的呢？根据史料，大约在嵇康被害二十年后，嵇绍才出来找到山涛，问出处进退，山涛说了这样的话：

为君思之久矣。天地四时，犹有消息，而况人乎？（《世说新语·政事》）

他这话的意思是：我一直在为你考虑。自然万物尚且不时变化，何况人呢？嵇绍就此被山涛引荐出来做官了。这件事大都被褒之者用来主张：山涛是够朋友的，他冒着风险而启用罪臣嵇康之子，风格可嘉。但仔细分析后又可存疑。这"为君思之久矣"很像是借口。考虑了二十年还没考虑好吗？如果不是嵇绍主动来找他，他还要考虑多久呢？他考虑这么长久，岂不是太患得患失了吗？

虽然我既不是贬山派，也不是褒山派，但在这里如实地介绍了山涛的历史评判之后，也需要亮明自己的主要观点。用现代价值观来苛求古人是不公平的，因此，山涛虽依附了司马氏统治集团，但这并不能说他就是投机钻营的小人；反之，山涛与嵇康、阮籍也不能等而视之。尤其是与嵇康相比，山涛毕竟矮小。从个人风格来说，山涛或许颇有老庄学

经典永恒

中国文学史长廊漫步

122

说的气质，即褒之者所谓"璞玉浑金"、"为而不恃"、兼容大度等，但从文人精神来说，他是缺少嵇康那种疾恶如仇的硬骨头气概的，且与魏晋风流人物的"政治不合作"的主流倾向也是背道而驰的。

山涛在文学上没有留下什么作品，我们现在唯一能见到的与文学有关的是司马彪写给他的一首诗《赠山涛》，无非是干求官位，没什么欣赏价值。倒是有现代学者去山涛故里做了一番调查，搜集到不少的传说，其中一则说是山涛后来被奸臣诬告，一家老小逃难，最后陷于绝境，结果山涛率领全家自杀。传说虽然荒谬，我还是能体谅山涛的乡人想让山涛留下一点壮烈形象的苦衷。

向　秀

一

竹林七贤的序次，按照孙盛《魏氏春秋》的排列，山涛之后是向秀。对于今天的影响，向秀相对小一些。但如果追溯到魏晋时代的思想界，则又未必然。这里，我们先引一条史料看看：

> 庄周著内外数十篇，历世方士虽有观者，莫适论其旨统也。秀乃为之隐解，发明奇趣，振起玄风，读之者超然心悟，莫不自足一时也。（《晋书·向秀传》）

这是说向秀为《庄子》作注解，"发明奇趣，振起玄风"，开了两晋时代的玄学新风，在当时文人之间可是影响不小。"读之者无不超然，若已出尘埃而窥绝冥。"（《世说新语》注引《竹林七贤论》）

然而关于向秀的事迹，《晋书·向秀传》很是简单，其他典籍虽有零星记载，也语焉不详。我们姑且以《晋书·向秀传》为基础，再辅之以他籍，必要时发挥一点想象，力求对向秀有一个大略的印象吧。

《晋书·向秀传》一开始就按列传的惯例，作人物的简要描述：

> 向秀，字子期，河内怀人也。清悟有远识，少为山涛所知，雅好老庄之学。

"清悟有远识"点出了向秀的品质，而"少为山涛所知"则透露了一个消息：向秀应该是通过山涛而结识嵇康、阮籍，从而参与竹林七贤之游的。

接着，《晋书·向秀传》的主要内容几乎就是围绕向秀与嵇康的交往而展开：

> 始，秀欲注，嵇康曰："此书诇复须注，正是妨人作乐耳。"及成，示康曰："殊复胜不？"又与康论养生，辞难往复，盖欲发康高致也。

这段话交代了两件事：一是向秀欲注《庄子》遭到嵇康的异议；二是向秀与嵇康关于养生曾发生过辩论。前者交代得过于简约，我们不妨从其他史料中作些补充：

> 秀与嵇康、吕安为友，趣舍不同。嵇康傲世不羁，吕安放逸迈俗，而秀雅好读书，二子颇以此嗤之。后秀将注《庄子》，先以告康、安，康、安咸曰："此书诇复须注？徒弃人作乐事耳！"及成，以示二子。康曰："尔果复胜不？"安乃惊曰："庄周不死矣！"（《世说新语》注引《向秀别传》）

原来向秀注《庄子》的背后还有这么一个故事。故事的主角不止向秀、嵇康，还添了吕安。嵇康、向秀、吕安被后世研究者称为"竹林后三贤"。据研究者们分析，竹林之游大概在司马懿高平陵之变后逐渐散伙，只有嵇康还有所坚持，向秀是他的追随者，而吕安又是两人的朋友。向秀欲注《庄子》，嵇康、吕安先是一致认为《庄子》不必再注，注书简直就是妨人作乐。等到向秀注成，嵇康大概内心服了，不过嘴上还存疑：你这注果然好？吕安却是彻底倾倒，认为向秀是庄子再生。通过充实后的故事，我们见到了一个执着于学术的向秀：不仅有"远识"，而且"雅好读书"，有愣劲；不管旁人如何说，认定了目标不动摇。至于后面那个向秀、嵇康辩论养生的事，是中国古代思想史的一个著名案例，我们下面再来详谈。

向秀与嵇康，不仅有思想上的交锋，也有生活上的合作。《晋书·向秀传》接着就写了一段我们在《晋书·嵇康传》中看到过的故事：

> 康善锻，秀为之佐。相对欣然，傍若无人。

大概因为已在《晋书·嵇康传》中交代过，所以只是一笔带过。到底如何"傍若无人"，我们还是再重温一遍《晋书·嵇康传》中的描写：

> 初，康居贫，尝与向秀共锻于大树之下，以自赡给。颍川钟会，贵公子也，精练有才辩，故往造焉。康不为之礼，而锻不辍。良久会去，康谓曰："何所闻而来？何所见而去？"会曰："闻所闻而来，见所见而去。"会以此憾之。

原来这个"傍若无人"说的就是轻慢钟会的事。嵇康由此得罪了司马昭的红人钟会。照理，向秀应该也不会有好果子吃。但是，向秀毕竟不是嵇康。《晋书·向秀传》接着如此写道：

> 康既被诛，秀应本郡计入洛。文帝问曰："闻有箕山之志，何以在此？"秀曰："以为巢、许狷介之士，未达尧心，岂足多慕。"帝甚悦。

这段话不妨翻译一下大意：嵇康被害后，向秀出来谋求发展。司马昭问他："听说你有归隐之志，怎么到这里来了？"向秀答道："那些隐士不过是些拘谨保守之人，未通晓圣君之心，所以不足仰慕。"司马昭大为欢喜。

司马昭和他的兄长司马师一样，喜欢挖苦竹林中那些意志不坚定者，我们在山涛的事迹中已经领教过司马师对山涛的讥诮："吕望欲仕邪?"不过山涛如何应对，史未明载，不知其详。然而这次向秀对于司马昭的应答，确实有点出人意料，由此招来后世不少非议，甚至被清代学者劳格斥为"奔竞之徒"（追逐名利者）。不过向秀比山涛多一些自责，总觉得自己这样似乎有愧于老朋友嵇康，因此《晋书·向秀传》说他"乃自此役，作《思旧赋》"，从这次做官后就写了追怀嵇康的《思旧赋》。正因如此，颜延之的《五君咏》排斥了山涛，却没有排斥向秀，近代学者余嘉锡也为向秀说了一些圆场的话，以为"劳氏讥为奔竞，未免少过"（《世说新语笺疏》）。

　　向秀一生也没做什么大官，《晋书·向秀传》说他"后为散骑侍郎，转黄门侍郎、散骑常侍"。尽管如此，他"在朝不任职，容迹而已"（《晋书·向秀传》），也就是说整天混混日子，并不真心做官，最后在为官任上去世。

二

　　向秀既出来做官，却又"容迹而已"，似乎很矛盾，这应该与他的庄学思想有关系。向秀的庄学思想，我们不必拿他那本《庄子注》出来分析，因为一则冗长，二则呢，这本《庄子注》还有版权争议。有人说这本书是郭象著的，又有人说是郭象窃取了向秀的成果，盗为己有。因此，最为妥善，也很能说明其思想的，还是那篇向秀与嵇康争论养生问题的《难养生论》。

　　魏晋风流人物都讲究养生，这是当时老庄思想尤其是庄学盛行的缘故。庄子的养生观点主要是主张"顺应自然"。他在《养生主》一文中所讲的众所周知的故事"庖丁解牛"，就是宣扬一种"恢恢乎其于游刃必有余地"的神游自然的境界。但如何才能到达那种神游自然的境界呢？嵇康认为必须通过"绝五谷，去滋味，寡情欲"的修行途径。他说：

　　　　是以君子知形恃神以立，神须形以存。悟生理之易失，知一过之害生。故修性以保神，安心以全身。爱憎不栖于情，忧喜不留于

意。泊然无感，而体气和平。又呼吸吐纳，服食养身；使形神相亲，表里俱济也。（《嵇康集·养生论》）

这论调似曾相识，原来我们在论述嵇康的篇目中曾引用过的他的《家戒》一文，就是力戒家人和自己：谨言慎行，淡然处事。看来，这不仅是嵇康的处世原则，也是他的养生信条。

向秀反对这种养生理论，认为"夫人含五行而生，口思五味，目思五色，感而思室，饥而求食，自然之理也"。因此，像嵇康主张的那种苦行僧般的修行方式是违背人伦的。向秀虽然没有明说"食色，性也"（《孟子·告子上》），实际上是认可儒家这一主张的。由此出发，向秀认为追求富贵，也是天经地义的。"然富贵，天地之情也。贵则人顺己以行义于下，富则所欲得以财聚人，此皆先王所重，开之自然，不得相外也。"向秀脱离竹林，出来做官，应该是受这种入世思想的主导。

虽然向秀认为追求名利、情欲和富贵无可厚非，但他也反对无节制地纵欲。他认为人"有动以接物，有智以自辅，此有心之益，有智之功也"。意思是人有理智，是应该也可以自控的。既然人是有节制的，那么养生的效果也是有限制的，他说：

> 又云："导养得理，以尽性命。上获千余岁，下可数百年。"未尽善也。若信可然，当有得者。此人何在？目未之见。此殆影响之论，可言而不可得？纵时有寿考、考老，此自特受一气，犹木之有松柏，非导养之所致。若性命以巧拙为长短，则圣人穷理尽性，宜享遐期。而尧舜禹汤文武周孔，上获百年，下者七十，岂复疏于导养耶？顾天命有限，非物所加耳。

哪有什么嵇康所说的"上获千余岁，下可数百年"那样的人呢？如果说寿命可以通过导养性理而改变其长短，那么圣人都是性理导养得法者，应该有非常之寿，然而尧舜禹汤文武周孔，最多也不过"上获百年，下者七十"。因此天命有限定，不是外物可以随意加减的。

向秀注《庄子》，当然对道家思想有默契。但他的养生主张显然又是基于儒家学说的。现代的中国思想史研究者把向秀的理论归纳为"引儒入道"，或者说是"调和儒道"，所谓"越名教而任自然"。我们这里不是专门来讨论向秀的思想的，只是想从他这种思想中探寻他人生轨迹的缘由。既归隐，又出仕；出仕又不好好做官，"容迹而已"。这应该与他这种徘徊于儒道之间的思想有关。

三

《隋书·经籍志》"别集类"著录称向秀曾有《向秀集》二卷，已散佚。今天向秀留存的著述，可以称得上文学作品的，只有一篇《思旧赋》。好在作品不长，先全文引录在这里：

> 余与嵇康、吕安居止接近，其人并有不羁之才。然嵇志远而疏，吕心旷而放，其后各以事见法。嵇博综技艺，于丝竹特妙。临当就命，顾视日影，索琴而弹之。余逝将西迈，经其旧庐。于时日薄虞渊，寒冰凄然。邻人有吹笛者，发音寥亮。追思曩昔游宴之好，感音而叹。故作赋云：
>
> "将命适于远京兮，遂旋反而北徂。济黄河以泛舟兮，经山阳之旧居。瞻旷野之萧条兮，息余驾乎城隅。践二子之遗迹兮，历穷巷之空庐。叹《黍离》之愍周兮，悲《麦秀》于殷墟。惟古昔以怀今兮，心徘徊以踌躇。栋宇存而弗毁兮，形神逝其焉如。昔李斯之受罪兮，叹黄犬而长吟。悼嵇生之永辞兮，顾日影而弹琴。托运遇于领会兮，寄余命于寸阴。听鸣笛之慷慨兮，妙声绝而复寻。停驾言其将迈兮，遂援翰而写心。"

古人作赋，往往篇幅很长，向秀此篇，末句既云"遂援翰而写心"，却又不再写下去，令人有"戛然而止"之感。鲁迅就曾评说道：

年青时期读向子期《思旧赋》，很奇怪他为什么只有寥寥几行，刚开头却又煞了尾。（《为了忘却的纪念》）

为什么欲言又止呢？鲁迅认为是惧怕当时的政治高压之故。嵇康、吕安都是司马氏政权的罪臣，为他们说得太多岂不招惹祸害？鲁迅的说法影响不小，现代研究很多都采用这样的看法。当然，也有不同的声音，认为向秀已经说完了自己的意思，抒发了自己的感情。其实鲁迅的说法也是有所本的，清代何焯的《义门读书记》中对向秀《思旧赋》就有这样的看法：

不容太露，故为词至此。晋人文尤不易及。

尽管欲言又止，那么已经说出的话，有着怎样的思想情感在内，还是可以分析的。我们先从序文着手。向秀在这序文中一开始便交代了自己与嵇康、吕安的交友关系，并且对两位朋友有所描绘。所谓"嵇志远而疏，吕心旷而放"，虽似褒扬，但口吻值得玩味。"远而疏"，是说嵇康虽然"清远"（一如《晋书·嵇康传》所说的"远迈不群"），却也疏忽，不够缜密；"旷而放"则是说吕安既"旷达"却又放任。向秀与嵇、吕既是"居止接近"的好朋友，有些批评指摘，不全是恭维赞扬也可以理解，不过向秀在这里是否有着更深一层的顾虑呢？这也是不能不想象一下的。

序文接下去一改前面嵇、吕并叙，专写嵇康而不再言及吕安。也许，向秀的"思旧"，心中惟有嵇康，吕安是顺带说到的。看他对于嵇康临刑情景的追怀，以及经过嵇康山阳旧居时的感慨，我们可以感觉到嵇康在他心中的地位。"寒冰凄然"，心中切切，故而邻人的笛声也感觉特别的"寥亮"刺耳。于是，悲吟开始。

一开始四句是交代自己的行踪的。有研究者指出，向秀当时既然是赴京（洛阳），那么去山阳并非顺路，因此"遂旋反而北徂"，是说特意北济黄河，去访嵇康故居，可见他对嵇康的思念之切。接下去对于稽康故居萧条景象的描绘，其实是衬托自己悲凉的心境。尤其是"栋宇存而弗毁兮，形神逝其焉如"两句，真有物是人非之悲哀。其后"昔李斯之受罪兮，叹黄犬而长吟"两句，把稽康的遇害与李斯的受刑作等同看，让人有些不解。刘勰在《文心雕龙·指瑕》中就曾说这个比拟"不类甚矣！"但其实这里是有着弦外之音的。向秀为什么搬出李斯来？李斯是受冤屈而死，向秀在这里该是为稽康鸣冤叫屈吧？诗歌接着重吟稽康受刑的场景，反复奏响慷慨凄厉的笛声。悲情正要展开，余音戛然而止。

《思旧赋》那种欲言又止，隐含冤屈不满的风格，对于后来的诗赋创作有一定的影响。有研究者把这种风格称为"微言政治抒情诗"，认为此后如陶渊明《饮酒》、左思《咏史诗》、庾信《拟咏怀》，直至唐代李白《远别离》、南宋辛弃疾《贺新郎·别茂嘉十二弟》等诗歌，或多或少都是微言政治抒情诗传统的继承。

此外，《思旧赋》中比兴手法的运用，体现了中国古典诗歌的创作特点。琴声、笛声，反复奏响，让诗歌的意象与声觉联系起来，强化了诗人的悲怆感，深化了诗歌的艺术意境。

四

将要结束此文时，不知怎的，向秀与稽康共锻于大树之下的情景浮上我的脑际。当时的情景虽然各种史料的记载大同小异，但是《世说新语》中的记述更为传神一点，不妨引录在这里：

> 钟士季（会）精有才理，先不识稽康。钟要于时贤俊之士，俱往寻康。康方大树下锻，向子期（秀）为佐鼓排。康扬槌不辍，傍若无人，移时不交一言……

人物虽记有三人，钟会可以无视，只看稽康、向秀。之所以说这一段更传神，是因为我们从这里看到了稽康与向秀各自的神态举止：稽康扬槌不止，向秀为佐鼓排，傍若无人，自得其乐。两个文人，在大树下锻铁，如果不是魏晋风流，你怎么能够想象？也许是生活所需，但更多的是亲近自然。我想，向秀写《思旧赋》时不会不想起这一情景，"穷巷空庐"之中，他一定还能见到那棵大树，被烟熏黑的树枝在寒风中萧瑟摇曳，鼓排的声响回荡在天空，也回荡在他心间。

刘　伶

一

　　竹林七贤中，阮籍与刘伶，个性很容易相混。阮籍求为步兵校尉后，"于是入府舍，与刘伶酣饮"（《世说新语·任诞》）。似乎两个"酒徒"，一拍即合。曹雪芹被友人敦诚喻为"步兵白眼向人斜"（《赠曹雪芹》），同样地，敦诚也以"鹿车荷锸葬刘伶"（《挽曹雪芹》）的诗句来悼念曹雪芹。其实，刘伶与阮籍只是在"酒"上貌似，内心还是有很大的不同。

　　先来简要说说刘伶的事迹。即便想要详说也不可能，因为史料记载太少。《晋书·刘伶传》很短，除去里面著录的刘伶《酒德颂》，大概只有两三百字。先看其开端的介绍：

　　　　刘伶，字伯伦，沛国人也。身长六尺，容貌甚陋。放情肆志，常以细宇宙齐万物为心。澹默少言，不妄交游，与阮籍、嵇康相遇，欣然神解，携手入林。

　　七贤大都风貌不凡，唯独刘伶却是"容貌甚陋"。容貌丑陋也就罢了，而且还"土木形骸"（《世说新语·容止》），也就是不修边幅，灰头土脸。尽管如此，却也一样"放情肆志"，与阮籍、嵇康等携手入竹林共游。可见魏晋风流，虽在乎形，却更在乎"神"。因此，刘伶尽管其貌不扬，与阮、嵇等人却能"欣然神解"。所谓"神解"，即彼此在精神上互相理解、契合。不求形同，只求神似。阮籍有阮籍的放浪，稽康有稽康的任诞，刘伶也有刘伶的怪异。《晋书·刘伶传》接着介绍了几个刘伶饮酒的怪异故事，这里暂且不表，留待下面介绍。值得我们注意的倒是最后几句话：

> 尝为建威参军。泰始初对策，盛言无为之化。时辈皆以高第得调，伶独以无用罢。竟以寿终。

刘伶一生中唯一的仕历是建威参军。我们不清楚他这个官究竟是在哪一年当的，当了几年。反正，参军是个小官。不过另据《文选集注》引今已佚失的臧荣绪《晋书》谓刘伶"父为太祖大将军掾，有宠，早亡"。看来他也是世家出身，只是父荫未曾借光。

建威参军的仕历说明刘伶也曾入过世，而且还一度应"对策"，干求官位。所谓"对策"，即"策试"，是汉代起实行的一种考试取士的方法。一般由朝廷就政事、经义等设问，应试者对答。泰始是晋武帝司马炎的年号。司马炎废除曹魏，自立新朝，正欲一展宏图，刘伶却在对策中大谈道家无为之化，无怪乎其他人皆能高中得官，唯独他"以无用罢"。这个时代虽然老庄之学风行，但只是文人的精神盛宴罢了，统治者并不欣赏。刘伶的这次失败，让人觉得他像个书呆子。不过仔细想想却又不然。当局者的喜好，他未必不知，然而非要大谈他们不爱听的，这里是否有一种反抗的精神在内呢？至少，也可以把它看作是刘伶的一次恶作剧。建威参军的仕历，应该在他的早年。而泰始初，竹林之游已是明日黄花，这个时期的刘伶大概早已颓放，他出来应"对策"，本身就是一个黑色幽默。所以，即便不中，并不影响他的生活，照样怪异荒诞，而且"竟以寿终"，得享天年。

二

刘伶一无亨通的官运，二无天才的造诣，在后世留下令名，完全是因他那怪异荒诞的生活方式。而他那怪异荒诞的生活方式围绕的中心，无非是一个"酒"字。即便是他传世的一篇作品《酒德颂》，也是写饮酒的。七贤之中，嗜酒酗饮，刘伶不输阮籍。如果说阮籍是一个酒徒，那么刘伶就是一个酒鬼。请看他的一则饮酒故事：

> 刘伶病酒，渴甚，从妇求酒。妇捐酒毁器，涕泣谏曰："君饮太过，非摄生之道，必宜断之！"伶曰："甚善。我不能自禁，唯当祝鬼神自誓断之耳。"便可具酒肉。妇曰："敬闻命。"供酒肉于神前，请伶祝誓。伶跪而祝曰："天生刘伶，以酒为名，一饮一斛，五斗解酲。妇人之言，慎不可听！"便引酒进肉，隗然已醉矣。（《世说新语·任诞》）

妻子苦求戒酒，刘伶佯为答应，设酒祭神，实为骗局。这个故事活画出一个几近"无赖"的刘伶。同样是嗜酒，阮籍与刘伶却是有着异曲同工之妙：阮籍的嗜酒是一种逃避性的行为，而刘伶的嗜酒却是一种追求性的行为。阮籍的逃避，已见前述。那么，何以见得刘伶的嗜酒不也是一种逃避呢？当然，不可否认，七贤遁入竹林，本身就是一种逃避行为。但同样是"避"，避世与避事还是有区别的。阮籍的逃避，虽也有避世的成分，但避事这一面更多一些。你看，司马师要与他联姻，他饮酒躲避；朝中举荐他写《劝进表》，他也饮酒拖延。这都是避事。在阮籍、刘伶的比较研究中，有一种观点认为，阮籍还有入世之心，只是不愿与统治者同流合污，所以才故作任诞怪异之事，内心其实并不否定名教。刘伶则不然，他基本上是精神自由的追求者。这种观点应该说是不错的。我们来看一则刘伶饮酒的怪异之举。

> 刘伶恒纵酒放达，或脱衣裸形在屋中。人见讥之，伶曰："我以天地为栋宇，屋室为裈衣，诸君何为入我裈中！"（《世说新语·任诞》）

刘孝标的《世说新语注》中也引用了大体相同的记载，我们比较一下：

> 客有诣伶，值其裸袒。伶笑曰："吾以天地为宅舍，以屋宇为
> 裈衣。诸君自不当入我裈中，又何恶乎？"其自任若是。

刘孝标注所引的记载中"其自任若是"五个字确实点题。自任即自我放任。刘伶这段逸事流传甚广，可以说是刘伶的标志性趣事。纵酒放达，脱衣裸形；以天地为栋宇，屋室为裈衣。这不正如《晋书·刘伶传》说的"以细宇宙齐万物为心"，让自己在宇宙天地中遨游，所谓"等天地""齐万物"，庄学宗旨所在也。可见刘伶的饮酒放达是追求庄子《逍遥游》那样的自我精神的满足。

再来看一则记载：

> （伶）常乘鹿车，携一壶酒，使人荷锸随之，云："死便掘地以
> 埋。"土木形骸，遨游一世。（《世说新语·文学》注引《名
> 士传》）

这便是本篇开头提到的敦诚诗句"鹿车荷锸葬刘伶"的来源。鹿车，即轱辘车，一种独轮小车；锸，铁锹类工具。死便掘土以埋，生死看得如此平淡，令人想起庄周死妻，箕踞鼓盆而歌的故事。当然，我们这里不要遗漏了一个细节：携一壶酒。这让我觉得，刘伶的这种齐死生的庄学境界，是需要有工具助成的，这工具便是酒。也就是说，刘伶的精神追求是离不开酒的，没有酒的刺激和兴奋，他恐怕难以到达那种境界。这让我想到一个问题：为什么魏晋文人大都好酒。鲁迅早就敏感到这个问题，所以写了《魏晋风度及文章与药及酒之关系》一文。不过鲁迅似乎未来得及展开，只是提了一下。我看酒在魏晋文人中的作用，一是麻醉剂，二是催化剂。在阮籍是前者，在刘伶则是后者。阮籍借酒麻痹自己，好躲过一个个灾难；刘伶则没有那么多的灾难，因此他不用借酒浇愁，而是借酒助兴。酒给他一种"遨游"的梦幻，可以不计较任何得失，只在乎心灵的自在。请看这一则记事：

伶处天地间，悠悠荡荡，无所用心。尝与俗士相牾，其人攘袂而起，欲必筑之，伶和其色曰："鸡肋岂足以当尊拳？"其人不觉废然而返。（《世说新语·文学》注引《竹林七贤论》）

　　千万不要以阿Q精神解读刘伶的表现。虽然他不屑与俗士争吵，但请注意"和其色"三字。不愠不怒，或许还脸带一丝哂笑，自讥为鸡肋之身，何足尊拳劳神。让那个俗士"废然而返"的，应该是刘伶这种与世无争的气质吧。他把世上纷争化作一笑，很有些颓放的气概。真是"悠悠荡荡，无所用心"啊。正因如此，有人把刘伶归为魏晋时代的颓废派一类。不过，刘伶的颓废不完全是一种消极，至少在客观意义上，它也具有抗争的色彩。当然，这是一种另类的抗争。

三

　　关于刘伶的著述，唐宋之前大都认为只有《酒德颂》一篇。"未尝措意文翰，惟著《酒德颂》一篇。"（《晋书·刘伶传》）这里的说法便是一种代表性意见。但是，与《晋书》成书年代相仿的《艺文类聚》却载有刘伶《北芒客舍诗》一首。宋朝的朱弁甚至称曾见《唐书·艺文志》载《刘伶集》三卷，但现代研究者遍寻新、旧《唐书》，却未见如此记载。那么，刘伶另有一篇诗歌传世是实，有文集三卷则存疑。不过刘伶的这一首《北芒客舍诗》，写得实在一般，未引起世人注意，几乎被无视也很正常。这里不妨拿出来看看：

　　泱漭望舒隐，黮黤玄夜阴。寒鸡思天曙，振翅吹长音。蚊蚋归丰草，枯叶散萧林。陈醴发悴颜，巴歈畅真心。缊被终不晓，斯叹信难任。何以除斯叹，付之与瑟琴。长笛响中夕，闻此消胸襟。

　　北芒又称邙山，在洛阳北侧。刘伶何时经过此地，无从查考。现代刘伶研究中提到此诗，一般都认为格调低沉，气氛压抑。大抵如是，毋庸赘言。我们还是集中精力来分析一下他的传世名篇《酒德颂》。全文篇幅不长，且照录：

> 有大人先生，以天地为一朝，万期为须臾，日月为扃牖，八荒为庭衢。行无辙迹，居无室庐，幕天席地，纵意所如。止则操卮执觚，动则挈榼提壶，惟酒是务，焉知其余。有贵介公子、缙绅处士，闻吾风声，议其所以，乃奋袂攘襟，怒目切齿，陈说礼法，是非蜂起。先生于是方捧罂承槽，衔杯漱醪，奋髯箕踞，枕曲藉糟，无思无虑，其乐陶陶。兀然而醉，豁尔而醒。静听不闻雷霆之声，熟视不睹泰山之形。不觉寒暑之切肌，利欲之感情。俯观万物，扰扰焉若江海之载浮薄。二豪侍侧焉，如蜾蠃之与螟蛉。（《晋书·刘伶传》）

大人先生的形象，最早在《易经》中已有之："夫大人者，与天地合其德，与日月合其明，与四时合其序，与鬼神合其吉凶。"（《易·乾·文言》）这里的"大人"，实际上是天地自然万物合一的综合体。此后代有文人拿此形象来做文章。与刘伶较近的则有阮籍的《大人先生传》，前已有介绍。初看之下，刘伶的"大人先生"与阮籍的"大人先生"颇为相似。比如，刘伶所谓"以天地为一朝，万期为须臾"，无非就是阮籍的"以万里为一步，以千岁为一朝"。两人的"大人先生"同为世俗礼法的对立面，同样神游天地，纵意所如，这是共通的。然而，阮籍的大人先生其实有着孙登的影子，故云大人先生"遗其书于苏门之山而去，天下莫知其所如往也"。而且，阮籍的大人先生不食人间烟火，"含奇芝，嚼甘华，吸浮雾，餐霄霞"，完全是仙界之人；刘伶的大人先生却是"止则操卮执觚，动则挈榼提壶，惟酒是务，焉知其余"。刘伶的大人先生形象之所以更接地气，是与他的精神追求分不开的。如上所述，刘伶追求的是庄子《逍遥游》那样的自我精神的满足，而使用的工具则是酒。酒是世俗之物，因此，他的这个大人先生实际上是他自己的一个进化物。你看，哪管贵介公子、缙绅处士如何

"怒目切齿，陈说礼法，是非蜂起"，他却依然故我，"衔杯漱醪，奋髯箕踞，枕曲藉糟，无思无虑，其乐陶陶"。这不正是那个"鸡肋岂足以当尊拳"的悠悠荡荡、无所用心的刘伶吗？

阮籍既要避世更要避事，所以塑造了一个以仙人为模特的大人先生，以逃离现实世界。刘伶虽也避世，却更玩世，所以他以自己为模特，塑造了一个他自己的大人先生，让他追求感官享受的行为升华到一种较高的庄学境界。《酒德颂》作为文学名篇的思想价值，也就是刘伶这种颓放之中蕴含反抗，感官享受与精神自由合为一体的奇思妙想。

《酒德颂》在写作上的手法创新，间或也被论及。论者大都肯定它对于传统颂体文的革新。汉以来，颂体文大都用来歌功颂德。比如王褒的《圣主得贤臣颂》、扬雄的《赵充国颂》、史岑的《出师颂》及陆机的《汉高祖功臣颂》等，故李善注《文选》时也说："颂以褒述功美，以辞为主。"（《文选·文赋》注）曹魏时曹植曾有《柳颂》，开颂体讽喻之先，可惜不传。因此刘伶这篇虽非首创，也属革新之先锋，因而《世说新语》称它"意气所寄"（《世说新语·文学》），是很恰当的。我想它也许是刘伶喝酒得意时一时兴起所作，只求快意，却一不留神成了传世之作。

四

在查阅刘伶的研究资料时，我不经意间扫视到几篇论文的标题，大为好奇。随意选定一篇：《"刘伶醉"酒酒瓶的包装设计评述》。显然，这个"刘伶醉"已被注册成某酒业的商标。我点开这篇论文拜读，想寻找一下刘伶当年的精神风范如何体现在这酒瓶的包装设计中，却很失望，通篇尽是商业术语，丝毫未谈及刘伶的风格，只是提到一句"中国文化遗产"。于是又查阅了一下，原来"刘伶醉"还有点历史来头。宋元时期已有"刘伶醉烧锅"的白酒问世于徐水（位于今河北保定）。传说当年刘伶访张华，张华以徐水所酿之酒款待，刘伶大加赞赏，竟大醉三载，最后葬身于此，遗冢至今尚存云云。我无意考察这传说之真伪，倒很想尝尝这"刘伶醉烧锅"酒的滋味。不知几杯下肚之后是否也会有一种"悠悠荡荡"的快感，或者是"直上九霄"的梦幻。继而又想到魏晋风流，刘伶已被开发，那么接着是否会轮到阮籍、嵇康或者向秀。如果有人想要把阮籍的"青白眼"申报非物质文化遗产，把向秀锻铁鼓风的风箱、嵇康临刑弹奏的古琴（如果能找到的话）拿去拍卖，大概也是题中应有之义吧。

辛亥文学人物谈

梁启超

虽然文学与革命并不直接沾边，但文学也曾为革命推波助澜。在辛亥文学的弄潮儿中，首先谈谈梁启超。

梁启超，一个大家并不陌生的名字。他的文字对于革命的贡献，先引胡适的话来说明：

> 梁任公是我国革命之第二大功臣……如无梁氏之笔，即使有十个、百个孙中山、黄克强，能有如此快速的成功吗？（胡适《藏晖室札记》）

胡适这段话决非溢美之词。梁启超当年鼓吹变法，他的"报章体"文章风靡一时，影响了辛亥革命前夜的志士仁人。所谓"报章体"是指梁启超在他所创办的《清议报》《新民丛报》等报刊上发表的那些汪洋恣肆、极富煽动力的文章。请看他借小说为改革开路的演说是如何有气概：

> 欲新一国之民，不可不先新一国之小说。故欲新道德，必新小说；欲新宗教，必新小说；欲新政治，必新小说；欲新风俗，必新小说；欲新学艺，必新小说；乃至欲新人心，欲新人格，必新小说。何以故？小说有不可思议之力支配人道故。（《论小说与群治之关系》）

一连串的同语反复，大有排山倒海之势，让人为之震动。再看他有感于日本明治维新的成功而竭力呼唤西学东来以革新中国：

> 呜呼！《民约论》，尚其来东。东方大陆，文明之母，神灵之宫。惟今世纪，地球万国，国国自主，人人独立，尚余此一土以殿诸邦。此土一通，时乃大同，呜呼！《民约论》兮，尚其来东！大同大同兮，时汝之功！（《破坏主义》）

句式急促、铿锵，富有韵感。即便已经过了一百多年的今天，我们读他的这些文章仍然可以感到心的跳动、气的喘急，更不要说当年那些激情满腔的革命党人，读到这些文章时是何等激动而受感染。自谓"革命军中马前卒"的邹容，他的热血文章中可见出梁氏的影响：

> 呜呼！我中国今日不可不革命！我中国今日欲脱满洲人之羁缚，不可不革命；我中国欲独立，不可不革命；我中国欲与世界列强并雄，不可不革命；我中国欲长存于二十世纪新世界上，不可不革命；我中国欲为地球上名国，地球上主人翁，不可不革命。（《革命军》绪论）

可具有讽刺意味的是，文章风靡一代革命党人的梁启超却是个改良派。他鼓吹诗界革命、文界革命、小说界革命，一切似乎都要革命，唯独政治，他却主张改良，与革命派唱反调。但即便如此，他仍然遭到清廷的追捕。1898年9月，戊戌变法失败，梁启超潜入一艘日军舰船仓皇出逃日本。时届萧瑟秋日，当舰船驶出天津大沽口，浩荡黄海尽收眼底，不禁乡思涌上心间，梁启超潸然泪下，写下一首《去国行》诗：

> 呜呼！济艰乏才兮，儒冠容容。倭头不斩兮，侠剑无功。君恩友仇两未报，死于贼手毋乃非英雄。割慈忍泪出国门，掉头不顾吾其东……

悲愤无奈之中，却还记着"君恩"，那个软弱却有志于变法的国君光绪。

辛亥前夜，革命硝烟越来越浓。在榻榻米上的梁启超日夜坐立不安。此时他已对清廷彻底绝望，对革命由排斥转为同情。1911年10月10日，武昌城头枪声响起。11月6日，梁启超坐上"天草丸"号客轮启程返国。入夜，冷风嗖嗖，他在船上吟成几首诗，与13年前去国之时的心情颇相映照。现录其中一首（《述归五首》其三）在这里，以作为对梁启超的追怀：

> 泠泠黄海风，入夜吹我裳。西指烟九点，见我神明乡。昔为锦绣区，今为腥血场。嗷鸿与封豕，杂厕纷相望。兹榱安可触，弛恐难复张。仰视云飞浮，俯瞰海汪洋。天运亮可知，回向恻中肠。

章太炎

对于章太炎的认识，很多人首先是从鲁迅的《关于太炎先生二三事》等文章中获得的，我也是这样。长期以来，章太炎被作为国学大师解读。然而对于辛亥革命来说，章太炎其实是一位革命吹号手。正像鲁迅说的，当年他去听太炎先生讲学，并非因为他是学者，却为了他是有学问的革命家。

说是革命家，当然是有别于孙中山、黄兴那样的专业革命者，章太炎毕竟是学者，以著书论说为业。他的学问，这里不谈，只说他的文学，主要是与辛亥革命有关的文学。

章太炎年轻时就激情满怀，曾因痛斥清廷先后三次下狱。而他的言论形式，除了政论性的文章，便是文学性的小诗。他是把文字作为一种手段，有怎样的需要就做怎样的形式。章太炎也把诗歌用在激励斗志上。他曾与邹容同被系于狱中，为鼓励同伴，也为鼓励自己，他慷慨作诗：

邹容吾小弟，被发下瀛洲。快剪刀除辫，干牛肉作糇。英雄一入狱，天地亦悲秋。临命须掺手，乾坤只两头。（《狱中赠邹容》）

其他尚有《狱中闻沈禹希见杀》《狱中闻湘人杨度被捕有感二首》等多首，这些诗虽然不加修饰，直抒胸臆，却是正气凛然，言辞激切，后来刊载于在日本创刊的中国留学生主办的革命刊物《浙江潮》上，对辛亥革命前夜的青年学子起了极大的激励作用。

章太炎拿起笔做武器是有他的思想缘由的。他出狱后流亡到日本，给当时包括鲁迅在内的有激进思想的中国留学生演讲。他曾经这么说：

> 若要增进爱国的热肠，一切功业学问上的人物，须选择几个出来，时常放在心里，这是最紧要的。就是没有相干的人，古事、古迹都可以动人爱国的心思。当初顾亭林要排斥满洲，却无兵力，就到各处去访那古碑、古碣传示后人，也是此意。

这里说顾炎武虽手无寸铁，却靠写书、研究学问也能救国。正所谓"天下兴亡，匹夫有责"，我们这些文弱书生只要拿起笔来同样可以作武器的。鲁迅的弃医从文，很大程度上受到章太炎这种思想的鼓动。

章太炎的文学见解与他的革命思想也有很大的关联。他竭力推崇魏晋文学，认为唐宋八大家"皆非中道"，而三国、两晋之文"以为至美"。他把魏晋时期看作是文学的自觉时期。魏晋时局动荡，民族矛盾深刻。三曹七子由是而作"慷慨悲凉"之美文。而章太炎身处清末，也正是这么一个时期，难怪会产生这样的文学思想。他说自己写诗"独为五言"，七言等近体诗不屑为，认为那是"菁华既竭"。他的五言诗仿汉魏乐府，质朴无华。这里试录他一首歌咏晋人陆机的诗：

> 平原性陗直，耻与弄臣调。母死贫不葬，敛形足自聊。陆生何骩骳？成此磐石交。一赙五百金，直辇为亲棺。时移被连染，仰药宁为豪？（《平原》）

说来也真是"水能载舟，亦能覆舟"。章太炎的革命文学发端于他的独尚魏晋，而他晚年的消沉落寞，遁入国学，也不能说与他的这种魏晋情操无关。他早年恃才傲物，放浪行迹。有人因而将他喻为"嵇、阮"。其实嵇康与阮籍是有不同的。章太炎出狱后来到日本，剪了辫子，长发披肩，议论风发，长吁短叹，真大有魏晋名士之风度，这时可以将他比作嵇康；而章太炎晚年远离时局，沉寂学问，倒是差似阮籍了。鲁迅先生曾经将魏晋风度解释得很透彻，想必也是当年受了太炎先生的影响。这里将鲁迅这篇《魏晋风度及文章与药及酒之关系》的文章摘录一段，作为送给太炎先生的挽歌：

嵇康、阮籍的纵酒，是也能做文章的，后来到东晋，空谈和饮酒的遗风还在，而万言的大文如嵇、阮之作，却没有了。刘勰说："嵇康师心以遣论，阮籍使气以命诗。"这"师心"和"使气"，便是魏末晋初的文章的特色。正始名士和竹林名士的精神灭后，敢于师心使气的作家也没有了。

柳亚子

由于时代的原因，很多人对于柳亚子的认识是从他和毛泽东的诗歌唱和中得来的。"牢骚太盛防肠断，风物长宜放眼量"（毛泽东《七律·和柳亚子先生》），这两句诗似乎成了柳亚子的一幅速写画，而今天我们可以从大量的资料中读到一个真实的、全面的柳亚子。当然，我这里只谈他与辛亥文学有关的。

要说辛亥文学，南社是必须要提起的，而柳亚子正是南社的发起者之一。南社，从性质上来说是文学结社，但从实际的出发点来看，却是带有革命帮会的意义。

先说名称。清末的南方、北方已逐渐显示出不同的政治色彩来。北方保皇，反动势力盘踞；南方改良，革命烽火频燃。柳亚子当时说："它的名字叫南社，就是反对北庭的标识了。"（《我和南社的关系》）

再说宗旨。我们读一下南社的倡议者之一高天梅写的《南社启》中的这么几句大体可以明了：

> 国有魂，则国存；国无魂，则国将从此亡矣。夫人莫哀于亡国，若一任国魂之漂荡失所，奚其可哉！然则国魂果何所寄？曰寄于国学，欲存国魂，必自存国学始。而中国国学中之尤可贵者，端推文学……余观古人之灭人国者，未有不先灭其言语文字者也。嗟乎痛哉！伊吕倭音，迷漫大陆；蟹行文字，横扫神州，此果黄民之福乎！

这里所谓"伊吕倭音""蟹行文字"表面是反西化，内里却是反清。南社欲以文学兴国魂，不是要兴清的国魂，而是要复明的亡魂。只要看南社诞生之地——苏州虎丘，就可以明白。1909年11月13日，南社在清廷严密监视的阴风密云中于虎丘成立。之所以选择虎丘是有深意的。虎丘是明末继东林党余绪而起的复社的成立之地。复社虽是文学结社，却因批评朝政、指摘时弊为明末魏忠贤余党所不容。清兵入关，复社成员陈子龙等人奋起抗击，英勇战死。三百年后重游这兴亡之地，柳亚子等人都不胜感慨。柳亚子当时才二十三岁，血气方盛，写下一首诗以抒情怀：

> 寂寞湖山歌舞尽，无端豪俊又重来。天边鸿雁联群至，篱角芙蓉晚艳开。莫笑过江典午鲫，岂无横槊建安才。登高能赋寻常事，要挽银河注酒杯。

你看，虽是一群文弱书生，却要学建安才子横槊中原，胸襟大是不凡。

柳亚子的这种胸襟，也与他深受章太炎的影响有关。柳亚子16岁入爱国学社读书，章太炎是他的老师。在章太炎的耳提面命下，柳亚子受到的启发与感悟不少。柳亚子曾写《郑成功传》，得章太炎好评，谓其"智勇参会"，柳亚子备受鼓舞。章太炎与邹容因《苏报》案入狱，柳亚子不惧险恶前去探望。在戒备森严的牢狱中，柳亚子与太炎师四目相视，竟至于无语凝噎。

南社以诗结社，是一个诗社。诗人雅集，每次都要议论风发。革命前夜，雅集已无雅兴。柳亚子更是胸中充满蠢动的激情。他大力排斥清末流行的诗风晦涩的"同光体"诗，尊唐抑宋。他认为唐代国气盛，诗也正气；而宋代国家没落，诗风同样不振。这种文学见解显然是带着一种革命情绪的。所以当他不能自圆其说时，他就变通。比如对于词，他崇尚五代、北宋，贬斥南宋。但是对于辛弃疾却又有独爱，说南宋词"只有辛幼安是可儿"，其他"何足道哉"。这又是辛弃疾"金戈铁马"的缘故。他这种特立独行的诗论，常常与社中人争得脸红耳赤。有一次柳亚子争不过人家，竟然"急得大哭"，真是一个可爱的性情中人。

辛亥前夜，山雨欲来风满楼。南社成立后，不止是高谈阔论，更多的是激情满怀。他们把社友的诗文编印成《南社丛刻》，发行多种报刊，为即将到来的革命摇旗呐喊，擂鼓助威。著名学者顾颉刚（刘伶娜编《顾颉刚自述》）后来回忆道：

> 那时革命的文学团体，是陈去病（佩忍）和柳弃疾（亚子）所领导的"南社"。他们俩都是江苏吴江县（今属苏州市吴江区）人，为了他们激昂的宣传，江、浙一带的文人们都闻风响应，做起慷慨悲歌、愤时嫉世的诗来。

用诗歌大造革命舆论，南社于辛亥革命颇有助力。柳亚子把自己的诗集命名为《磨剑室诗集》，可见其锋芒毕露。友人高天梅作诗（《诗中八贤歌》）称他是：

> 翩翩亚子第一流，七律直与三唐俦。目空四海心千秋，十年磨剑愿未酬。

"十年磨剑"确非寻常，涌动的激情一直跃跃欲试。1911年4月，广州起义失败，七十二烈士黄花岗殉难。起义组织者之一，柳亚子的好友赵声（字伯先）忧愤而殁，柳亚子想起赵声曾向他筹措起义经费，自己因囊中羞涩不能相助，悲伤自谴，写下《哭伯先用楚伧韵》七律两首，其一云：

> 宇宙空垂诸葛名，不留谢傅为苍生。义公已殉平陵曲，姬发难寻牧野盟。南国岂应销霸业，中原从此坏长城。魂归近接黄花冢，铁马金戈夜夜声。

1911年10月10日，武昌城头炮声打响，柳亚子和同仁们兴奋异常，立即在上海印行一份报纸，取名《警报》，日夜传递各地革命消息，甚至还将报纸寄到苏州巡抚程德全的衙门，劝其反正。此时的柳亚子，剑出鞘，慨而慷，恨不能亲赴前线杀敌。且看他1911年12月的一首七律（《送楚伧北伐》）：

> 投笔从戎信可儿，儒冠误我不胜悲。中原胡马横行日，大陆潜龙起蛰时。百粤河山秦郡县，三吴子弟汉旌旗。茫茫此日难为别，便醉且拼酒一卮。

然而清廷虽倒，革命却难成。袁世凯窃国，柳亚子早有警觉，疾声呼喊，终难以回天。他欲哭无泪，满腔郁愤，写下两首题画诗（《题范茂芝〈寻诗读画图〉》），其中一首云：

152

> 和议不曾诛贼桧，群儿今已奉曹瞒。会须画出中原景，立马昆仑放眼看。

革命正未有穷期，诗人擦干眼泪迈步从头越。辛亥风云留下的不仅是枪声炮声，还有那激昂的诗声、歌声。

七

红学杂谈

《红楼梦》与长城

早在20世纪50年代，一个叫作蒋和森的学者便曾把《红楼梦》与长城作了比较。蒋和森，一个今天的文学爱好者可能比较陌生的名字，当年可是因为一部《红楼梦论稿》而名声大噪。在红学史上，他不是泰斗级的人物，但他追随何其芳而写下的这部论稿，给新中国成立初年的文坛吹来一阵清风，让人精神一爽。试引一段他对贾宝玉的评论可见一斑：

> 在贾宝玉灵魂的深处，有一种诱发我们思考、引导我们探索的东西———一种可以通向历史未来的东西。正是从这里使我们感到：悠久的中国古代社会，它那漫长的历史脚步，虽然显得十分沉重而迂缓，但还是含蓄着无限的生命力在展步向前，终于有一天会迫近一个历史的终点。我们不禁从贾宝玉的身上感到吹来一阵新生活的微风。他的出现，有如世纪最初的星辰，闪耀在历史的夜空。虽然它的光亮还显得嫩弱，还显得闪烁不定。

这种抒情的、明丽的美的意境偷偷抹去了曹雪芹创作主旨上的梦幻意识和色空观念，对当时的少男少女们起了巨大的振奋精神和澄净情绪的积极作用。

还是回到题目上来。就是这个蒋和森，在这部论稿中将《红楼梦》与长城作了比较。他说了这么一句意味深长的话：

> 中国宁可没有万里长城，却不能没有《红楼梦》。

当我在课堂上将这句话讲给学生们听的时候，很多人感到惊愕和不可思议。为什么？长城是中国人的骄傲，中国怎么能没有万里长城？长期以来，我们的定式思维是：长城是不可亵渎的神圣事物。听到美国的阿波罗号登月者首次踏上月球时说，他在月球上能看到中国长城的影子时，我们曾经无比兴奋。但后来又听说这是子虚乌有的事。

我倒宁愿听到那个登月者说，他在月球上想起了中国诗人苏东坡的名句：我欲乘风归去，又恐琼楼玉宇，高处不胜寒（《水调歌头·明月几时有》）。可惜他不会认识苏东坡。长城太有名了，所以就被拿来说事了。

诚然，长城还是值得我们瞻仰的。但我们瞻仰的不是昔日封建王朝的光辉，而是我们民族的尊严；不是巨石垒起的冷冰冰的锁国铁幕，而是两千多年来的历史中冲破这铁幕的精神力量。

《红楼梦》与鸦片烟

清朝道光年间有一个官员，由鸦片烟想到了《红楼梦》。这位叫作毛庆臻的清朝官员向道光皇帝建议：既然洋人将鸦片烟输送到中国来毒害我们中国人，那我们何不将《红楼梦》输送到海外去毒害洋人，不费一枪一炮，照样可以高奏凯歌。（毛庆臻《一亭考古杂记》）

当然，今天的人们是无论如何也搞不懂，那时怎么会有官员竟会把《红楼梦》当作鸦片一样的毒品。我们得交代一下《红楼梦》当初的流传情况以及在当时的影响。

曹雪芹创作《红楼梦》时，最初是以手抄本的形式在他的亲朋好友中流传。后来又渐及一些宗室贵族，开始受到极高的赞誉。以后又流入士大夫阶层，很快达到"士大夫几乎家有《红楼梦》一书"的程度。自然，这要归功于程伟元、高鹗两人将《红楼梦》正式印行出版。

当《红楼梦》流传到当时少男少女们的手中时，就像一颗能量极大的"精神原子弹"，让人痴迷，让人心摧。乐钧《耳食录·痴女子》记载：

> 昔有读汤临川《牡丹亭》死者，近时闻一痴女子以读《红楼梦》而死。初，女子从其兄案头搜得《红楼梦》，废寝食读之。读至佳处，往往辍卷冥想，继之以泪。复自前读之，反复数十百遍，卒未尝终卷，乃病矣。父母觉之，急取书付火，女子乃呼曰："奈何焚宝玉、黛玉？"自是笑啼失常，言语无伦次，梦寐之间未尝不呼宝玉也。延巫医杂治，百弗效。一夕，瞪视床头灯，连语曰："宝玉，宝玉在此耶？"遂饮泣而瞑。

原来《红楼梦》曾在少男少女中产生如此巨大的精神影响力，难怪当时的封建卫道士们要将《红楼梦》视作洪水猛兽了。《红楼梦》在清代曾一度遭禁，列为"淫词小说"，就不足怪了。

不过最奇怪的是，不等中国人将《红楼梦》这种"毒品"输送到海外，洋人却自己到中国来将《红楼梦》带了回去。

其实何止一部《红楼梦》让洋人大感兴趣，中国的文物、中国的文化，洋人攫取得太多了。好在历史并非全由毛庆臻们来书写，于是我们才有了蔚为大观的《红楼梦》研究，《红楼梦》才成为两三百年来长盛不衰的戏剧题材，至今仍是影视界的宠儿。

不过我仍然有些担心。因为鲁迅曾经说过："《红楼梦》……单是命意，就因读者的眼光而有种种：经学家看见《易》，道学家看见淫，才子看见缠绵，革命家看见排满，流言家看见宫闱秘事……"（《中国小说史略》）把《红楼梦》看作毒品的时代是早已过去了，但谁又能保证现代的某些影视编导不会从《红楼梦》中的贾宝玉、林黛玉等人身上看出一些惊天动地的东西来呢？但愿我这是杞人忧天。

《红楼梦》的著作权

一部《红楼梦》，洋洋大观一百二十回，竟然从它诞生之日起，没有人来认领它的著作权。首先，曹雪芹不肯承认这部书是他写的。或者说，他不肯承认他是这部书的原作者。请看《红楼梦》第一回中如此交代：

> 从此空空道人因空见色，由色生情，传情入色，自色悟空，遂改名情僧，改《石头记》为《情僧录》。东鲁孔梅溪则题曰《风月宝鉴》。后因曹雪芹于悼红轩中披阅十载，增删五次，纂成目录，分出章回，又题曰《金陵十二钗》。

这里是说，《红楼梦》这部书又名《石头记》《情僧录》或者《风月宝鉴》，曹雪芹只是做了"披阅""增删"等工作而已。如果说曹雪芹不是原作者，那么原作者是谁呢？这正是红学中的一大难题。一两百年来各种说法都有，后来经胡适考证，咬定贾宝玉即曹雪芹，《红楼梦》是曹雪芹的"自传"，此后多数研究者大抵同意此说，于是我们今天基本上都把《红楼梦》的原作者定为曹雪芹。

明明是原作者却不肯承认，这在我们今天的人看来实在是一大奇事。但事情还没完呢。《红楼梦》以手抄本形式流传时只有八十回，清乾隆五十六年（1791）程伟元、高鹗将它正式印行出版，却是一百二十回了。这时曹雪芹已经去世，这后四十回是谁写的？程伟元在序言中交代来历时说，坊间流传的《红楼梦》只有八十回，但见到的目录却有一百二十回，一直因未能得到全本而遗憾。不料一日无意间见有挑担的货郎，正好有这所缺的后四十回。于是大为高兴，买下后邀好友高鹗对这后四十回作了些整理工作，"《红楼梦》全书始至是告成"云云。

胡适说这是程伟元和高鹗在说谎。哪有这么巧的事，你正好缺四十回，那个货郎偏偏就有这四十回？这后四十回分明就是高鹗写的，他不敢承认罢了。后来俞平伯也赞成此说，高鹗续《红楼梦》说也就成了定论。于是我们今天见到的《红楼梦》，上面的作者并排写着曹雪芹、高鹗，就是这个道理。

曹雪芹抬出"空空道人""东鲁孔梅溪"，虽没有明说这两个人写了《红楼梦》，但言外之意却是：原作者不是我，要追根溯源，找这两人去。程伟元与高鹗则不惜编造谎言来掩盖自己续书的事实。其实古人自有古人的苦衷，他们并非不想要自己的著作权，而是不敢要，或者说羞于要。这又为什么呢？原来小说、戏曲之类，在古代属于"末流小技"，不登大雅之堂。写作者一般都匿名，或者编造假名。尤其是一些写男女情事的小说，稍不慎便会被斥为"淫词小说"，要冒吃官司的风险。《水浒传》的作者起先也是众说纷纭，后来经考证才确定为施耐庵和罗贯中，而一部《金瓶梅》至今仍难定作者是谁。这都与这些小说问世时原作者不愿暴露真实身份有关。

贾宝玉的生日

贾宝玉的生日一直是红学研究中的一大课题。《红楼梦》中人物多矣，主要人物少说也有几十人，何独贾宝玉的生日令专家学者们大感兴趣？这其实要从胡适的"新红学派"所主张的"自传说"说起。

1921年，胡适发表《红楼梦考证》，在红学史上首次提出《红楼梦》是曹雪芹的自传的主张，他认为书中的主人公贾宝玉就是曹雪芹本人。胡适的主要根据有二：一是清人袁枚在《随园诗话》中说曹雪芹是曾任江宁织造的曹寅的后代；二是《红楼梦》故事写一个诗礼簪缨的大家族的衰败与曹寅家族正相似。胡适的考证一出，反响极大，不少学者纷纷加入胡适的新红学，为"自传说"摇旗呐喊。前有顾颉刚、俞平伯，后有周汝昌、吴恩裕等。由于曹雪芹的身世资料极少，研究者便希望从曹雪芹的化身——贾宝玉身上去寻找蛛丝马迹。于是贾宝玉的生日便引发不少研究者的兴趣。

俞平伯1923年著《红楼梦辨》有《红楼梦的年表》一章，其中研究贾宝玉的生日说："雪芹生时，必在曹頫江宁织造任上。他的生日，依《红楼梦》叙宝玉生日推算，大约在初夏四五月间。（第六十二回）"他据此推算这一年应是康熙五十八年（1719）。俞平伯的结论是如何得出的呢？简单地说，这个过程是：第六十二回有文字云："当下又值宝玉生日已到，原来宝琴也是这日……"而第六十二回叙述的故事背景是初夏四五月间。第十六回有文字云：凤姐道："若早生二三十年，如今这些老人家也不薄我没见世面了。说起当年太祖皇帝仿舜巡的故事……我偏偏的没赶上。"俞平伯从康熙帝最晚一次南巡1707年往下推算25年，确定凤姐说这话时当为1732年，而书中记宝玉此时正十二三岁，俞平伯推定为13岁左右，因此确定宝玉生年为1719年。后来周汝昌著《红楼梦新证》，专立《红楼纪历》一章，也列出了俞平伯使用过的这些资料。不过他也许觉得俞平伯的推算过于粗疏，因而对曹雪芹（贾宝玉）的生卒年大都结合小说外的有关资料来考证，得出的结论与俞平伯不同：曹雪芹（贾宝玉）生于雍正二年（1724）。不过他也承认这是大致的推算，也有迟早一两年的可能。

由于《红楼梦》写得扑朔迷离，时序错乱、人物年龄前后抵牾之处甚多。如第二回说到王夫人"第二胎生了一位小姐，生在大年初一，就奇了。不想次年又生了一位公子（宝玉）"。这是说元春仅长宝玉一岁。但第九十五回写元春病逝，"存年四十三岁"，而此回写宝玉是十五岁，则姐弟相差二十八岁。因此，贾宝玉的生日令研究者费了九牛二虎之力，仍觉得难以最后确定。

研究者们如此孜孜不倦地探究贾宝玉的生日，是希望能为《红楼梦》这部伟大著作的作者曹雪芹的诞生确定一个可资纪念的日期。但要说《红楼梦》是曹雪芹的自传，贾宝玉就是曹雪芹，那曹雪芹又为什么将自己的生日搞得如此含糊？有人专门对《红楼梦》中的时序错乱做过研究，认为有三种可能：第一，曹雪芹故意为之，好让你们猜不透；第二，原稿不是一气呵成，写写停停，有时先写后面再写前面；第三，曹雪芹在时序上特别低能，犯了低级错误。他认为第三种情况可以排除，而第一种情况的可能性大。

大观园里的游戏

大观园里的少男少女们玩些什么游戏呢？先说酒令。酒令自然与喝酒有关。洋洋大观的《红楼梦》中，有人统计，一百二十回里曾出现"酒"字580次，至于写到喝酒的情节更是不计其数。《红楼梦》第五回和第十一回，曹雪芹特意引出秦可卿房中那幅《海棠春睡图》两边秦太虚写的对联："嫩寒锁梦因春冷，芳气袭人是酒香。"这可以看成是曹雪芹的点睛之笔。生活中不可没有酒，以酒为内涵的对联能登上一个贵族少妇的闺房绣壁，正说明饮酒已属当时上层社会的一种高雅文化。事实上，酒也与《红楼梦》小说相始终，其中有关喝酒、宴饮、酒仪、酒令、酒的知识和醉态描写等，都写得十分精彩动人，而且与人物刻画紧密联系。

酒令是一种有中国特色的酒文化。饮酒行令，是中国人在饮酒时助兴的一种特有方式。曹雪芹用重笔浓彩，描写了不少以酒赋诗传令、猜拳联句，饮酒时玩击鼓花的游戏，等等，让人物在这种场合中各展才情、各显本性。第四十回"史太君两宴大观园　金鸳鸯三宣牙牌令"是《红楼梦》描写饮酒场面的极致，充分体现了"烈火烹油、鲜花着锦"般的贾府兴旺的景象。曹雪芹在这饮酒行令的游戏描写之间，看似无心，却是有意地铺垫了一些细节，让人回味无穷。

俗话说"酒令如军令"，可见虽是游戏，却也有严格的规则。酒令须有行令官，由行令官出题，众人轮流应对，违规者罚酒。行令官应当铁面无私。可是席间毕竟还有贾母这么个老祖宗在一起玩，难道她不担心玩不过年轻人挨罚吗？这个行令官人选是个棘手的难题。当下凤姐建议道："既行令，还叫鸳鸯姐姐来行更好。"曹雪芹让这话由凤姐说，着实将凤姐的机灵劲刻画出来了。因为鸳鸯是贾母的贴身丫鬟，贾母行令时常须由她来提示。换了别人做行令官，可能难以照顾到老祖宗，而鸳鸯兼此职则可一石二鸟。凤姐此话正合了贾母的心意，而表面上看又无特别的拍马嫌疑。这正是凤姐的高明之处，让曹雪芹写活了。

再看后面写的黛玉行令：

> 鸳鸯又道："左边一个'天'。"黛玉道："良辰美景奈何天。"宝钗听了，回头看着她。黛玉只顾怕罚，也不理论……

这个细节如粗心一点也就过去了，但倘若问一下，黛玉为何愣地冒出这么一句诗来？宝钗又为何这时要回头看一下黛玉？曹雪芹其实是有深意的。先说黛玉为何要用"良辰美景奈何天"这句诗来应对。这里看似突然，其实曹雪芹早有铺垫。第二十三回"西厢记妙词通戏语牡丹亭艳曲警芳心"中，写宝玉与黛玉两个正读着《西厢记》相互说着戏语玩得正欢，不料袭人来找，将宝玉带走，黛玉闷闷地独自一个人正欲回房，却听见梨香园内笛韵悠扬，歌声婉转。原来里面的戏班正在排演《牡丹亭》："良辰美景奈何天，赏心乐事谁家院？"那优美的曲词，动听的音乐，黛玉听得心驰神往。这两句《牡丹亭》中杜丽娘的曲词，活画出黛玉此时的少女思春的无可奈何之情，可以说实在刻骨铭心。所以当鸳鸯说到一个"天"时，黛玉会条件反射似的立刻联想到其中的这一句。

那么宝钗听了又为何要回头看着黛玉呢？这当然也不是闲笔。宝钗博学，黛玉这句诗出自何处她不会不知。而这句诗所蕴含的意境对思春期的少女来说都是敏感的。宝钗、黛玉两人既是闺中密友，又是爱情对手。曹雪芹借宝钗回头看着黛玉这一举动，反映宝钗的机敏和警惕。而黛玉呢，却"只顾怕罚，也不理论"，说明她也意识到了宝钗的警觉。作者这里虽着墨不多，却已把两个女子的心思揭露无遗。

当然，是游戏总要有乐趣。公子小姐们的文绉绉的诗句虽有雅趣，但总让人觉得有些拘谨。曹雪芹在这场酒令游戏的尾声特意安排了刘姥姥行酒令，让气氛一转，顿时活跃起来。

　　鸳鸯笑道："左边'大四'是个人。"刘姥姥听了，想了半日，说道："是个庄家人罢！"众人哄堂笑了。贾母笑道："说得好，就是这样说。"刘姥姥也笑道："我们庄家人，不过是现成的本色，众位姑娘姐姐别笑。"鸳鸯道："中间'三四'绿配红。"刘姥姥道："大火烧了毛毛虫。"众人笑道："这是有的，还说你的本色。"鸳鸯笑道："右边'幺四'真好看。"刘姥姥道："一个萝卜一头蒜。"众人又笑了。鸳鸯笑道："凑成便是一枝花。"刘姥姥两只手比着就说道："花儿落了结个大倭瓜。"众人大笑起来。

　　你看曹雪芹在这儿接连写了好几次众人的哄堂大笑，可见这游戏多亏有了刘姥姥的参与才着实好玩。读者在一笑之余也感受到了曹雪芹驾驭作品场面的能力。

大观园里的游戏（续）

上一篇说大观园里的喝酒行令，这游戏算是俗的。这一篇就再说一个雅的游戏——结社赛诗。

《红楼梦》写结社赛诗集中在第三十七、三十八两回。第三十七回"秋爽斋偶结海棠社　蘅芜院夜拟菊花题"先交代了游戏的起意和规则，然后马上进入主题；第三十八回"林潇湘魁夺菊花诗　薛蘅芜讽和螃蟹咏"，则增添新的游戏伙伴史湘云后围绕新的主题再度展开游戏。先看曹雪芹如何交代游戏的起意和规则。

166

游戏的起意是探春给宝玉的一封便笺中提起的。宝玉这时玩兴正浓，一拍即合，于是招来李纨、惜春、迎春、宝钗和黛玉。李纨年龄最长，自荐为诗社社长，又让不大会作诗的惜春、迎春做了副社长。她们三个又都做了分工，社长管掌坛，即评优劣；两个副社长，迎春管出题限韵，惜春管誊录监场。游戏的规则作为那时的读书人是不必仔细交代的，因此曹雪芹只在对话中带出，让我们这些去古已远的现代人隐约地从中也领会到了一些。

首先是参加者必须各自取个号。当然，已有号的可以不再取，而大观园里这些公子小姐们都是初次玩这游戏，取号一节就不能省了。虽然各人取的号大都与各人在大观园里的居所有关，比如，李纨居稻香村，取号稻香老农；宝钗居蘅芜院，取号蘅芜君。但倘若都这么一个个交代过去，文章便会显得平淡、呆板。这里有两个小插曲值得注意。一是探春本要仿李纨的稻香老农取号"秋爽居士"，因她在大观园里的居所是秋爽斋。但宝玉偏偏觉得"居士主人"之类的太累赘，要她取"蕉下客"。正当大家觉得有趣时，黛玉却又拿出"蕉叶覆鹿"的典故取笑这号不好，让众人乐了一下。这是直中有曲，避免了文字的呆滞。二是黛玉的号"潇湘妃子"虽与居所潇湘馆有关，却在取号过程中让探春点出了黛玉爱哭的脾性。宝玉的号最难起，最后宝钗给他取了个"富贵闲人"，半是揶揄，半是埋怨，怪不得宝玉听了哭笑不得，说道："当不起，当不起，倒是随你们混叫去罢。"这插曲更有深意，为人物的个性发展埋下伏笔。

其次是出题限韵。赛诗总要有个题，否则各写各的，难以评判。限韵原是科举考试（主要是唐代）时用的一种方法，即让考生按指定的韵作诗。古代文人也常作为一种娱乐。限韵有两种：一是限韵部，即在某一韵部内的字都可用；另一种则严格一些，即指定同韵部内的几个字，作诗得用上这几个字，而且还得依照顺序。迎春既分管出题限韵，本来诗题该她来出，但李纨却越俎代庖道："方才我来时，看见他们抬进两盆白海棠来，倒是好花，你们何不就咏起它来？"迎春反对，说没有看见花，如何作诗。宝钗支持李纨，以为可行。迎春只得照办，接着她忙将限韵之事做了，生怕连这个权利也会被剥夺了去。一个细节，将李纨的强势、宝钗的赴势、迎春的弱势一一点到。

游戏过程本来就是写诗，似乎没什么故事好写，但在曹雪芹手里则不一样。他是从宝玉的眼中来交代各人的写作过程。宝玉先是看看这个，瞧瞧那个，在回廊中踱来踱去的。见探春和宝钗先后都写得差不多了，便催黛玉说："你听，她们都有了。"黛玉却不理他，只顾蹲在地上玩。宝玉无奈道："我可顾不得你了，好歹也写出来罢。"听他这话，却是话中有话。"顾不得你了"，言外之意是"我可曾替你操心着呢"。宝钗、黛玉两个，一个曲意奉承，一个假意任心的爱情关节跃然纸上。

既是赛诗，总要一决高低。四个参赛选手一一写就之后，由社长李纨来评判。本来，曹雪芹如是"谁第一，谁第二，谁第三，谁最次"地写写，也可以交代过去，但他却不这么简单地处理这场游戏的结局。你看，他先让李纨评诗道："若论风流别致，自是这首（指黛玉这首）；若论含蓄浑厚，终让蘅稿。"这是说宝钗获胜。这里明是评诗，暗是评人。而且这还没完。宝玉听后不服。他不服倒不是为自己被评为最次，却是为黛玉。宝玉道："我的那首原不好，这评的最公。"却又笑道："只是蘅、潇二首，还要斟酌。"本来众人都认为黛玉第一，只是最后李纨定夺，让宝钗拔了头筹。宝玉这里显然是为黛玉鸣不平了。写赛诗岂止是写游戏，宝钗、黛玉争锋隐约其间矣！

第二场赛诗添了史湘云，气氛又不一样了，玩法也有所改变。先是让宝钗协助湘云做东，安排个螃蟹宴，饮酒吃蟹赏菊，然后以菊花为题赛诗。整个商议过程尽显宝钗的大度得体，处事有方。玩法也有革新。围绕菊花先拟就十二个主题，而且不限韵，更能发挥个性。比赛结局让黛玉得了第一，乐得宝玉拍手叫道："极是！极公！"两场比赛，宝钗、黛玉各得一个第一，看来不分胜负。预示着未来两人还会有不少较量的场合。只是，这些较量并不是剑拔弩张，你死我活的，而是巧妙地隐藏在平常的生活细节中，潜移默化，循序渐进，需我们细细品味。

大观园里的中秋节

《红楼梦》中写到的节日很多，处理的方法却不是单一的。有的是从时序上写的，轻轻带过，点到为止。有的却是浓墨重彩，着意刻画，别有深意。第七十五、七十六两回的中秋，属于后者。

首先，这个中秋的节点值得关注。全书一百二十回，至此已过大半。贾府的繁荣富贵，已到了一个转折点。因此这个中秋节，场面上虽还是热热闹闹、团团圆圆，却可以看到盛极而衰的影子了。

十五日夜，照例是阖府家宴。"当下园子正门俱已大开，吊着羊角灯。嘉荫堂月台上，焚着斗香，秉着烛，陈设着瓜果月饼等物……真是月明灯彩，人气香烟，晶艳氤氲，不可形状。"从这描写看，排场似乎不减往年，但一些细节提示气氛的异样。先是贾母对贾珍说，你送来的月饼尚可，西瓜却不怎么样。贾珍接话道：

> 西瓜往年都还可以，不知今年怎么就不好了。

贾珍无意中的一句话已开始给这个节日描上一点不祥的色彩。接着，众人入座，贾母环顾全场后说了这么一席话：

> 常日倒还不觉人少，今日看来，究竟咱们的人也甚少，算不得什么。想当年过（节）的日子，今夜男女三四十个，何等热闹。今日又这样太少，如今叫女孩儿们来坐那边罢。

虽然贾母这话是笑着说的，但还是让人听后心里透出些许凄凉。接下来喝酒行令，似乎也还热热闹闹。但这中间总有一些不协调。挨到宝玉作诗，因有严父在座，战战兢兢，写了一首诗，虽也受了赏，写的什么却一字不见。此后贾兰的诗也是这样。这不是曹雪芹疏忽，是有意与此前第四十回写的"史太君两宴大观园"时的那番热闹奔放的景象作一对比。接着，贾赦、贾政兄弟都说了一个笑话，但效果却不一样。贾政的让贾母与众人都笑，贾赦的虽也让众人笑，但贾母似乎听出一些话外音来，有些尴尬。这亲人间的芥蒂，虽然微妙，却也暗示着不和睦的渐生。

此外，一些外在气氛的怪异，也在制造着不祥。先是十四日夜，贾珍同家人夜宴，到三更时分忽听得有人在墙下长叹，趋而观之又不见人。只觉得阴气森森，令人毛发倒竖。继而十五日夜，贾母与众人在大观园里夜宴将毕，一行人散去大半之时，忽闻桂花阴里发出一缕笛音来，先是"呜咽悠扬"，还让人神清气爽，后来越发凄凉，引得贾母伤心。作者这些有意的渲染，增添了气氛的诡秘。让这花好月圆之夜，闪现魑魅魍魉之影。

曹雪芹还不让这个节日就这么不明不白地过去。众人散去之后，他让黛玉与湘云来一番中秋联句。此前写宝玉与贾兰作诗，一笔带过；而这里写黛玉与湘云联句，却是一字一句都不厌其烦地写来。为何要厚此薄彼？其实也是别有用心。薄彼的用意上面已经涉及。厚此呢？且看两人联句之前湘云的一番话。黛玉因"对景感怀"，独自伤心落泪。湘云安慰她道：

> 你是个明白人，还不自己保养。可恨宝姐姐、琴妹妹，天天说亲道热，早已说今年中秋要大家一处赏月，必要起诗社，大家联句。到今日便弃了咱们，自己赏月去了。社也散了，诗也不作了，倒是他们父子叔侄纵横起来……她们不来，咱们两个人竟联起句来，明日羞她们一羞。

这番话透露了两层消息：一是宝钗、黛玉之间裂痕已现。宝钗中秋的缺席，预示着大观园此前众姐妹亲亲热热的关系，随着这个家族的由盛而衰，也到了每况愈下的地步了。二是危机感的显现。湘云之所以劝黛玉要自己保养，正是预感到一种不祥。曹雪芹接下来之所以要不吝笔墨地写她们两人的作诗联句，是要在这山雨欲来之前，进一步展现黛玉的个性和形象。湘云作为陪衬，是恰到好处的。

当然，这种展现是渐进式的。前面两人那些一句一对的字斟句酌，如果不是对古诗感兴趣的现代读者，会有些厌倦，我们必须耐着性子读下去才会渐入佳境。湘云因为看到黑暗中突然飞起一只白鹤，就出了一句"寒塘渡鹤影"来让黛玉对。黛玉苦思半日，猛然醒悟似的对出一句"冷月葬诗魂"来。湘云拍手称奇，却又叹道：

> 诗固新奇，只是太颓丧了些。你现病着，不该作此过于凄清奇谲之语。

你看，终于写到关节上了。果然，黛玉不服道：

> 不如此，如何压倒你？只为用工在这一句了。

诗如其人。这凄清奇谲之语正出自一个孤高奇倔之人。"不如此，如何压倒你？"争胜之心，溢于言表。"冷月葬诗魂"，岂止是"凄清奇谲"，更预示着后面一场凄悲的命运。联句联到这儿，目的已经达到，所以作者让妙玉此时出场，将两人引到寺庙里喝茶去了。

大观园里的中秋节，在黛玉与湘云的不眠之夜中结束。节后立时迎来了晴雯的病逝，似乎预告：一座大厦的倾覆已为期不远了。

红
楼
人
物

妙玉（上）

　　《红楼梦》中人物众多，一线人物如宝玉、黛玉、宝钗、凤姐之类，论述文章汗牛充栋，不必再赘述。这里想说几个二线人物。所谓"二线"人物，指作品中虽未必称得上是主角，但又为作者用心描摹、着意刻画的人物，可以是主子，也可以是丫鬟。

　　先说妙玉。妙玉在《红楼梦》前八十回中正式出场的次数仅有两次。一次是在第四十一回"贾宝玉品茶栊翠庵　刘姥姥醉卧怡红院"，一次是在第七十六回"凸碧堂品笛感凄清　凹晶馆联诗悲寂寞"。这两回是浓墨重彩地写妙玉，先慢一步说。

　　第十七回"园工竣试才题对额　荣国府归省庆元宵"写大观园竣工，各个处所都要安排人员入住。管家林之孝奉命物色尼姑、道姑一流住进栊翠庵，这天前来向王夫人复命道：

　　　　采访聘买得十二个小尼姑、小道姑，都到了。连新做的二十份道袍也有了。外又有一个带发修行的，本是苏州人氏，祖上也是读书仕宦之家，因自幼多病，买了许多替身，皆不中用，到底这姑娘入了空门，方才好了，所以带发修行。今年十八岁，取名妙玉。如今父母俱已亡故，身边只有两个老嬷嬷、一个小丫头伏侍。文墨也极通，经典也极熟，模样又极好……

　　这是妙玉第一次在书中被提及，有人称之为"暗出场"。曹雪芹通过一个管家之口将妙玉带出。林之孝口中的"文墨也极通""经典也极熟""模样又极好"三句赞词，把一个十八岁女孩的品貌才学描摹了出来。不仅如此，当王夫人听说有这么个可人意的道姑后忙不迭地要管家快把她接来，这时林之孝一番话更将妙玉的脾性活画出来：

若请她，她说："侯门公府，必以贵势压人，我再不去的。"

请看，多么孤高。妙玉这时虽未正式出场，读者已如闻其声，如见其人。

此外，暗出场还有几处。比如宝玉过生日，在怡红院里庆贺了一番。第二天早晨醒来，宝玉发现砚台底下压了一张帖子，是妙玉给他的。又比如众人赏雪，想起栊翠庵里梅花开得正盛，李纨讨厌妙玉，不愿自己去要，就让宝玉去。妙玉送了大家每人一枝红梅。诸如此类，虽都未正面写到妙玉，却是以小见大之笔。前者点出妙玉的精细，礼节上不肯疏忽；后者带出妙玉的人品，孤高却也随缘。

现在来说浓墨重彩的两处。先说第四十一回的这处。这一回起先写贾母率众人一起喝酒行令，笔者已在《大观园里的游戏》一篇中交代过。却说众人酒足饭饱之后，到栊翠庵里走走。妙玉此时正式登场。且看曹雪芹如何写：

当下贾母等吃过了茶，又带了刘姥姥至栊翠庵来。妙玉忙接了进去。众人至院中，见花木繁盛，贾母笑道："到底是她们修行人，没事常常修理，比别处越发好看。"一面说，一面便往东禅堂来。妙玉笑往里让，贾母道："我们才都吃了酒肉，你这里头有菩萨，冲了罪过。我们这里坐坐，把你的好茶拿来，我们吃一杯就去了。"宝玉留神看她是怎么行事。只见妙玉亲自捧了一个海棠花式雕漆填金云龙献寿的小茶盘，里面放一个成窑五彩小盖钟，捧与贾母。贾母道："我不吃六安茶。"妙玉笑说："知道。这是老君眉。"贾母接了，又问："是什么水？"妙玉道："是旧年蠲的雨水。"贾母便吃了半盏，笑着递与刘姥姥，说："你尝尝这个茶。"……

这里请注意这么几处：一是宝玉的好奇，"留神看她是怎么行事"。点出妙玉平时深居简出，以至连平日爱东窜西窜的宝玉都对她感到陌生。还有就是妙玉的几处神态，比如"忙接了进去""笑往里让"，点出了她的礼数周到。而她与贾母关于喝茶的对话，恭敬中透着自信。紧接着妙玉引宝钗、黛玉和宝玉到她耳房饮茶一节，更将她沏茶的癖好发挥到了极致。

妙玉（下）

上一篇说到贾母一行来到栊翠庵，妙玉殷勤接待，安置定当后把宝钗、黛玉的衣襟一拉，引到耳房，宝玉悄悄地随后跟了来。此后写到妙玉为各人沏茶的场面，将妙玉的癖好、脾性一一展示。

沏茶先要用到茶具。这里有几段叙述原是分散在小说这一回的前后各处的，且将它们都引出来放在一处：

> 妙玉刚要去取杯，只见道婆收了上面茶盏来。妙玉忙命："将那成窑的茶杯别收了，搁在外头去罢。"宝玉会意，知为刘姥姥吃了，她嫌腌臜不要了。

> 宝玉和妙玉陪笑道："那茶杯虽然腌臜了，白撂了岂不可惜？依我说，不如就给了那贫婆子罢，她卖了也可以度日。你道使得么？"妙玉听了，想了一想，点头说道："这也罢了……你要给她，我也不管，你只交给她，快拿了去罢。"

> 妙玉便命人拿来，递与宝玉。宝玉接了，又道："等我们出去了，我叫几个小幺儿来河里打几桶水来洗地如何？"妙玉笑道："这更好了。只是你嘱咐他们，抬了水，只搁在山门外头墙根下，别进门来。"

成窑的茶杯极其珍贵，可因为就给村妇刘姥姥用过这么一回，妙玉就嫌脏，要叫人丢了。宝玉觉得可惜，问妙玉要了来送给刘姥姥。妙玉也没反对。宝玉更进一步讨好她，说要让人抬几桶水来洗洗刘姥姥走过的地，妙玉竟坦然接受，还嘱咐不许将水抬进门来。这几段将一个年轻道姑的奇怪洁癖描摹得入木三分。

再接着看妙玉拿什么茶具来招待宝钗、黛玉和宝玉。

> 又见妙玉另拿出两只杯来。一个傍边有一耳，杯上镌着"瓟斝"三个隶字，后有一行小真字是"晋王恺珍玩"，又有"宋元丰五年四月眉山苏轼见于秘府"一行小字。妙玉斟了一斝，递与宝钗。那一只形似钵而小，也有三个垂珠篆字，镌着"点犀盉"。妙玉斟了一盉与黛玉，仍将前番自己常日吃茶的那只绿玉斗来斟与宝玉。

都是些珍奇古玩般的茶具。这里可与上一篇林之孝将妙玉的事介绍给王夫人时说的"（她）祖上也是读书仕宦之家"作一并看。由此你读到下面这段她对宝玉说的傲气十足的话就不会感到惊讶了：

> 宝玉笑道："常言'世法平等'，她两个就用那样古玩奇珍，我就是个俗器了。"妙玉道："这是俗器？不是我说狂话，只怕你家里未必找得出这么一个俗器来呢。"

请看，一个荣华富贵的贾府，在妙玉的眼里竟也不在话下。

沏茶不但讲究茶具，还讲究用水。上一篇妙玉与贾母的一段关于喝茶的对话中已经说到这个。贾母问她："是什么水？"妙玉答道："是旧年蠲的雨水。"沏茶用雨水，今人肯定费解，会想：这么脏的雨水怎么可以沏茶？殊不知，古代工业不发达，天空中大气污染少，雨水是很洁净的。下雨天积了来，经过沉淀就是上好的沏茶用水。这么讲究，已可见其生活习惯非同一般，而下面这段妙玉与黛玉关于沏茶用水的对话，则更让我们出乎意料：

> 黛玉因问："这也是旧年的雨水？"妙玉冷笑道："你这么个人，竟是大俗人，连水也尝不出来。这是五年前我在玄墓蟠香寺住着，

收的梅花上的雪，统得了那一鬼脸青的花瓮一瓮，总舍不得吃，埋在地下，今年夏天才开了。我只吃过一回，这是第二回了。你怎么尝不出来？隔年蠲的雨水，哪有这样轻淳？如何吃得。"

呜呼！此番连雨水也觉得不够清淳，竟拿出五年前积下的雪水来。一个冰清玉洁的女性，一个容不得一丝污垢的道姑，被曹雪芹刻画到极致。

曹雪芹这里将妙玉与黛玉放在一起，其实还别有一番深意。黛玉素有孤高的脾性，似乎与妙玉有点相似。但你看她竟然被妙玉称作"大俗人"，则妙玉的孤高让人另有一番超尘脱俗之感，可远观而不可亵玩，而黛玉毕竟尘根未尽，终坠入儿女之情而不能自拔。

另一浓墨重彩之处是在第七十六回。这一回写湘云与黛玉在凹晶馆作诗联句，玩得正兴浓之时，妙玉忽然出现，为两人助兴。三人继而一起到栊翠庵继续品茶作诗，而妙玉此时一展才学，让黛玉、湘云惊叹不已。

妙玉的结局在第五回的"贾宝玉神游太虚境"中已被曹雪芹安排好了。试看宝玉打开的《金陵十二钗正册》中的第五张画上的谶语：

欲洁何曾洁，云空未必空。可怜金玉质，终掉陷泥中。

高鹗的续书据此写妙玉最终被盗贼掳去，坏了冰清玉洁的身子，也算是差强曹雪芹的原意了。

晴雯（上）

妙玉虽是个道姑，却也算是主子，这里说个丫鬟——晴雯。在宝玉的几个丫鬟中，晴雯的地位比较特殊。论权势，她在袭人之下；论与宝玉的情感，似又在袭人之上。这都与她的来历有一定关系。

据小说交代，晴雯十岁时被赖大买作丫头，赖大为巴结贾府而将晴雯孝敬给了贾母。从这点上说，晴雯与袭人的出身是一样的。只不过她来到宝玉的身边比袭人晚，她的权势自然要在袭人之下。但贾母把她给宝玉的用意似又与袭人稍有不同。把袭人给宝玉，是"因溺爱宝玉，生恐宝玉之婢不中任使，素知袭人心地纯良"（第三回）。而晴雯呢，从贾母后来追述初衷可以看出她的用意："晴雯这丫头我看她甚好，言谈针线都不及她，将来还可以给宝玉使唤。"（第七十八回）你看，贾母当初认为晴雯是丫鬟中出众之人，所以给与宝玉是有深意的。这深意从她一个封建大家长来说，就是打算赏与孙儿做妾。正因如此，晴雯与宝玉的关系自然非同一般。

晴雯的出场虽然在第五回中已有提及，说宝玉在秦可卿卧房中午睡，"只留下袭人、秋纹、晴雯、麝月四个丫鬟为伴"，但这也只能算是暗出场。正式的出场却是在第八回。这一回写宝玉到薛姨妈处做客，酒足饭饱之后，回到卧室，见笔墨放在桌上有些奇怪，晴雯此时正式登场。且看曹雪芹如何写：

> 晴雯先接出来，笑道："好，好，叫我研了墨，早起高兴，只写了三个字，丢了笔就走了，哄我等了这一天。快来给我写完了这些墨才罢。"宝玉方才想起早起的事来，因笑道："我写的那三个

字在哪里呢?"晴雯笑道:"这个人可醉了。你头里过那府里去,嘱咐我贴在门斗儿上的,我生怕别人贴坏了,亲自爬高上梯贴了半日,这会儿还冻得手僵呢。"宝玉笑道:"我忘了。你手冷,我替你握着。"便伸手携着晴雯的手,同看门斗上新写的三个字。

说话听声,锣鼓听音。晴雯伴随着她那有着浓烈个性口吻的话语声登场,令我们一振。这口气完全不像是奴才与主子说话,先是"好,好"两个"倒好",分明含指责之意。又接着说"这个人可醉了",也不怕宝玉见怪。又说自己冒着寒冷爬上高梯,为宝玉贴字,"这会儿还冻得手僵呢",娇嗔请功,别有一番可人之态。怪不得宝玉要心动,马上握住她的手。

晴雯登场后,曹雪芹总是只让我们听她的话语声,几乎不让我们看到她的容貌。而我们就是凭着这些话语声来寻思她是一个怎样的女性。

首先是口快性烈。第三十一回"撕扇子作千金一笑"是她这性格的集中展现。晴雯替宝玉换衣服,不慎将宝玉的扇子跌到地上弄折了骨子,宝玉责备她,她却顶嘴道:

> 嫌我们就打发了我们,再挑好的使,好离好散的,倒不好?

说得这么决绝,难怪宝玉听了气得浑身发抖。袭人忙来劝,说了句:"好妹妹,你出去逛逛,原是我们的不是。"这下可让晴雯醋性大发,冷笑几声道:

> 我倒不知道你们是谁?别叫我替你们害臊了!便是你们鬼鬼祟祟干的那事,也瞒不过我去!哪里就称起"我们"来了!那明公正道,连个姑娘还没挣上去呢,也不过和我似的,哪里就称上"我们"了!

真是一张不饶人的嘴,直说得袭人羞得脸紫胀起来。这还没完。宝玉生气了，要去回王夫人，众丫鬟替晴雯苦苦求饶，晴雯虽然心中有些怕，嘴上却依然硬。只见她哭着道：

> 我多早晚闹着要去了？饶生了气，还拿话压派我。只管去回！我一头碰死了，也不出这门儿！

刚烈的话语真是掷地有声。最后宝玉只得退让三分，晴雯要撕扇子，宝玉还真把扇子任她撕，连麝月的那把也拿来让她一起撕了。

其次是聪慧娇憨。要是晴雯只是口快性烈，那宝玉恐怕只当她是只雌老虎，可畏而不可爱。正因为她还有那聪慧娇憨的一面，让宝玉尽管受了那么大的气，最后还是迁就她。先说聪慧。晴雯的聪慧也可以从她的言辞中看出。话语犀利，本身就透露出她的敏感。而第七十三回的解救宝玉，更集中体现了她的聪慧。这一回写宝玉被贾政逼着读书，连累丫鬟们为之日夜操劳。这里有一段描写煞是精彩：

> 袭人等在傍剪烛斟茶，那些小的都困倦起来，前仰后合。晴雯骂道："什么蹄子……偶然一次睡迟了些，就装出这个腔调儿来了。再这样，我拿针扎你们两下子！"话犹未了，只听外间"咕咚"一声，急忙看时，原来是一个小丫头坐着打盹，一头撞到壁上了，从梦中惊醒，却正是晴雯说这话之时，她怔怔的只当是晴雯打了她一下，遂哭着央说道："好姐姐！我再不敢了！"众人都发起笑来。……话犹未了，只听春燕、秋纹从后房门跑进来，口内喊说："不好了！一个人从墙上跳下来了！"众人听说，忙问："在哪里？"即喝起人来，各处寻找。晴雯因见宝玉读书苦恼，劳费一夜神思，明日也未必妥当，心下正要替宝玉想出一个主意来，好脱此难。忽然逢着这一惊，便生计向宝玉道："趁这个机会，快装病，只说吓着了。"正中宝玉心怀……

你看她训斥小丫头时，依然一副火辣脾性。但是后来听说有人跳墙，众人顿时惊恐慌乱，此时晴雯却能冷静机警，替宝玉想出一个装病的主意，帮他渡过难关。

再说娇憨。娇，其实她的登场已尽显娇黠之态，可以不再说。憨，是愚忠。作为一个丫鬟，是很特别的个性。第三十四回写宝玉挨了贾政的打，走动不便，心里又记挂着黛玉，就让晴雯给黛玉送两条手帕代他探望。晴雯虽奇怪宝玉为什么要送这半新不旧的手帕，但也不加追问，照办而已。而第五十二回"勇晴雯病补雀毛（金）裘"，更是将这憨态描写得淋漓尽致。

晴雯（下）

上一篇说到晴雯的愚忠集中展现在第五十二回"勇晴雯病补雀毛（金）裘"中，我们这就看看这一回是怎么写的。

贾府是钟鸣鼎食之家，家中收藏应有尽有，更有不少舶来品，雀金裘便是其中之一。这一回写大冷天宝玉到贾母房中，老祖宗见孙子似乎穿得还不够暖，便唤鸳鸯"把昨儿那一件孔雀毛的氅衣给他罢"。鸳鸯拿来后，宝玉一看：金翠辉煌，碧彩闪灼。贾母笑道："这叫作'雀金泥'。这是俄罗斯国拿孔雀毛拈了线织的……"在闭关锁国的清朝，能有福分享受这些"进口货"的，自然只有达官贵人之家。

来历既是这么稀罕，宝玉自然视如珍宝，当下磕头拜谢。谁知穿上没多久，让手炉的火星烧了一个洞。宝玉焦急万分，悄悄让人送出去修补，都说没见过这么稀罕的东西，不敢接活。而明天是个正日子，老祖宗特意关照孙儿要穿上这件衣服过去。倘若让她知道衣服破了相岂不扫兴？正当宝玉一筹莫展之时，晴雯在一旁说道：

> 拿来我瞧瞧罢，没那福气穿就罢了。

听她那口气，是想接下这活儿，帮宝玉一把。不过嘴巴仍然不肯饶人，讥讽宝玉"没那福气穿"。倘若在平时，晴雯揽下这针线活最多称得上勤快，可是前几天她不小心受了寒，这会儿正病得不轻。可她见宝玉着急，无人能帮得上，只得勉为其难。请看曹雪芹下面这段叙述是如何地细致：

晴雯道："说不的我挣命罢了。"宝玉忙道："这如何使得！才好了些，如何做得活。"晴雯道："不用你蝎蝎螫螫的，我自知道。"一面说一面坐起来，挽了一挽头发，披了衣裳，只觉头重身轻，满眼金星乱迸，实实撑不住。待不做，又怕宝玉着急，少不得狠命咬牙捱着……补两针，又看看，织补不上三五针，便伏在枕上歇一会。宝玉在傍，一时又问："吃些滚水不吃？"一时又命："歇一歇。"……急得晴雯央道："小祖宗！你只管睡罢……"宝玉见她着急，只得胡乱睡下，仍睡不着。一时只听自鸣钟已敲了四下，刚刚补完，又用小牙刷慢慢地剔出毡毛来。麝月道："这就很好，若不留心，再看不出的。"宝玉忙要了瞧瞧，笑说："真真一样了。"晴雯已嗽了几阵，好容易补完了，说了一声："补虽补了，到底不像，我也再不能了！"嗳哟了一声，便身不由主倒下了。

你看她，不只嘴上硬，行为也倔，知其不可为而为之。她这"憨"态如何不令怜香惜玉的宝玉疼爱有加。可怜她这病体竟自此每况愈下，不多久便香消玉殒。第七十七回"俏丫鬟抱屈夭风流"，写晴雯临终前与宝玉一番诀别，读来令人心酸：

我已知横竖不过三五日的光景，我就好回去了。只是一件，我死也不甘心：我虽生得比别人好些，并没有私情勾引你，怎么一口死咬定了我是个狐狸精！我今日既担了虚名，况且没了远限，不是我说一句后悔的话，早知如此，我当日……

以晴雯在宝玉心中的地位，她要取代袭人不是不能。但她终究只是色厉内荏，锋芒毕露而不知掩饰，"忠"极也"憨"极。这样的个性导致了她最后被王夫人逐出怡红院的悲剧。

宝玉每念及与晴雯之情，肝肠寸断。小说在第八十九回有意安排了一个"人亡物在公子填词"的情节来照应。八十回以后的文字，虽据说是高鹗续写，但涉及晴雯的这一回，基本还是符合前八十回的原意。

这一回说到宝玉在学堂上学，天气骤然转冷，家人送寒衣来：

> 只见焙茗拿进一件衣服来，宝玉不看则已，看了时神已痴了。那些小学生都巴着眼瞧，却原是晴雯所补的那件雀金裘。

此后宝玉再也无心看书，早早告病回家。入夜无眠，宝玉写下一首词悼念晴雯：

> 随身伴，独自意绸缪。谁料风波平地起，顿教躯命即时休。孰与话轻柔？
> 东逝水，无复向西流。想象更无怀梦草，添衣还见翠云裘。脉脉使人愁！

翠云裘指的就是雀金裘，雀金裘的再次出现，是要让晴雯那未曾了却的情感萦绕于心，使宝玉痛定思痛，倍感伤悲。

晴雯虽是丫鬟中长得最俊的，但她的容貌一直要到第七十四回才正面显现，而此时她的生命已接近尾声。这一回写王夫人听信了谗言，要整肃宝玉身边的丫鬟，第一个想到晴雯，只因她"水蛇腰，削肩膀儿，眉眼又有些像你林妹妹的"。你看，这可以说是一幅晴雯的素描了。紧接着王夫人立刻命小丫鬟到怡红院把晴雯单独叫来。此时，晴雯展现出袅袅身姿：

> 王夫人一见她钗鬟松，衫垂带褪，大有春睡捧心之态，而且形容面貌，恰是上月的那人。

王夫人此时虽满腔怒火，却也不得不叹晴雯一副"病西施"的模样。而这位"病西施"，其实此时已病入膏肓。曹雪芹让晴雯在这无多的生命时日里一展倩影，大概是想要在她的墓碑上嵌上一张栩栩如生的遗照吧。

尤三姐（上）

曹雪芹刻画人物，常常使用对比手法互相衬托。比如黛玉与宝钗，袭人与晴雯。人物的个性往往由此而更加鲜明。这一篇想谈谈尤三姐。而与之相映衬的，便是尤二姐了。

尤氏姐妹在《红楼梦》中虽也位列主子一类，但地位其实还不如一些丫鬟。这与她们的出身不无关系。细细说来，尤氏姐妹的母亲尤老娘是贾珍之妻尤氏的继母，她们与尤氏并无血缘关系，所以平时很少来往。要不是贾珍之父贾敬突然死亡，而贾珍又恰好出差在外，尤氏守棺不能回家，手足无措之中将继母接来家中，恐怕这一家子难得与贾府攀上关系。而尤老娘到贾府将两个未出嫁的女儿一起带来，尤三姐便伴随着她的姐姐尤二姐一起登场了。

一出场便是两姐妹的对手戏，具体在第六十三回。这一回说贾珍、贾蓉父子奔丧回家，贾珍因要在铁槛寺操办丧事，命贾蓉回家料理停灵之事。贾珍、贾蓉父子都是好色之徒。贾珍垂涎两个年轻貌美的小姨子，与尤二姐早有一手。贾蓉心知肚明，辈分虽比尤氏姐妹小，却照样色胆包天。他虽然热丧在身，回到家中却借着探望尤老娘和尤氏姐妹之际，挑逗两个比他还小几岁的姨娘。且看曹雪芹写尤三姐如何应对这无耻之徒：

> 贾蓉且嘻嘻地望他二姨娘笑说："二姨娘，你又来了，我父亲正想你呢。"尤二姐红了脸，骂道："好蓉小子，我过两日不骂你几句，你就过不得了。越发连个体统都没了。还亏你是大家公子哥儿，每日念书学礼的，越发连那小家子的也跟不上。"说着顺手拿

起一个熨斗来，兜头就打，吓得贾蓉抱着头滚到怀里告饶。尤三姐便转过脸去，说道："等姐姐来家，再告诉她。"贾蓉忙笑着跪在炕上求饶，因又和他二姨娘抢砂仁吃，那二姐儿嚼了一嘴渣子，吐了他一脸……贾蓉只管信口开河，胡言乱道，三姐儿沉了脸，早下炕进里间屋里，叫醒尤老娘。

贾蓉的嘴脸不必去说他，我们看尤三姐的两处表现。首先是"转过脸去"，而且威胁要告诉姐姐。这个姐姐便是贾蓉之母尤氏。而贾蓉虽然求饶，却仍挑逗有加，此时尤三姐终于按捺不住"沉了脸"，进去叫尤老娘去了。尤三姐一出场便显示她的贞烈，给贾蓉一个下马威。而她的贞烈正是在与尤二姐的言行对比之中更显得突出。你看，在贾蓉的言辞挑逗下，尤二姐虽然"红了脸"，却不过是骂几句，或者打两下，全不似动真格的。所以贾蓉并不是真怕她。倒是尤三姐坚拒贾蓉的言辞挑逗，才会沉下脸叫尤老娘去。

尤三姐形貌与性格的大展示是在第六十五回。这一回说贾琏偷偷将尤二姐别娶在外，以避凤姐耳目。而贾珍将尤二姐让与贾琏之后，自己又想染指尤三姐。这一日当他正借问候尤老娘之名接近尤三姐时，不料贾琏过来撞着了。两人索性一起挑逗尤三姐。而此时曹雪芹笔下的尤三姐风骚展现：

> 这尤三姐索性卸了妆饰，脱了大衣服，松松的挽个簪儿，只穿着大红袄儿……两个坠子却和打秋千一般，灯光之下，越显得柳眉笼翠、檀口含丹。本是一双秋水眼，再吃了几杯酒，越发横波入鬓、转盼流光。

尤三姐此时嬉笑怒骂，全不把贾珍、贾琏放在眼中。这段描写，历来评论最多，不必再赘述。倒是曹雪芹接下来有一段贾珍的内心感受的描写不可错过：

所以贾珍向来和二姐儿无所不至，渐渐的俗了，却一心注定在三姐儿身上，便把二姐儿乐得让给贾琏，自己却和三姐儿捏合。偏那三姐一般合他顽笑，别有一种令人不敢招惹的光景。

这是贾珍拿尤氏姐妹在作比较。漂亮风骚虽是两姐妹共有，却是一个柔顺，一个刚烈。柔顺的那个使他"渐渐的俗了"，刚烈的这个却又"不敢招惹"。曹雪芹在揭示一个男人的色心的同时，将一对姐妹的不同个性通过男人的感受做了一个侧面展示，这是一种非常独特的写作视角。

尤二姐的婚姻暂且有了归宿，那么尤三姐呢？我们还是在下一篇再来叙述。

尤三姐（下）

尤二姐与贾琏的婚姻可以说是一拍即合，而尤三姐与柳湘莲的情事却是一波三折。先是姐姐要给妹妹说媒，尤三姐说："必得我拣一个素日可心如意的人，方跟他。"于是贾琏猜是宝玉，遭三姐一顿骂："我们有姐妹十个，也嫁你弟兄十个不成？"尤三姐其实心中早已有了可意之人，让姐姐再想想，可尤二姐却想不起是谁来，这事情也就一时耽搁。

尤三姐心中的"可心如意"之人即柳湘莲。两人相识却也偶然。原来五年前，尤家给尤老娘之母做寿，请了一个戏班。里面一个演小生的让尤三姐一见钟情，此人便是柳湘莲。自此尤三姐认定非他不嫁。应该说尤三姐阅人还是有眼光的。曹雪芹曾特意安排了一个插曲（第六十六回），让姐妹俩同时品评宝玉。尤二姐因听说宝玉整日都在女儿堆里混，就说：

> 我们看他倒好，原来这样。可惜了儿的一个好胎子。

她把宝玉看成一个拈花惹草的浪荡子了。尤三姐却观察仔细，举了宝玉两桩事情后说：

> 这两件上，我冷眼看去，原来他在女孩儿跟前，不管什么，都过得去，只不大合外人的式，所以他们不知道。

又是一个对比。尤二姐看人容易被人左右，尤三姐看人却有自己的

191

八
红楼人物

独立见解。这样，一个外表风流不羁，内心却细致细腻的女子形象更加丰满。

尤三姐发誓非柳湘莲不嫁，可这柳湘莲却因当初打抱不平，揍了薛蟠一顿，此后远走高飞不见了踪影。这可愁煞尤二姐，到哪儿去找他？好事多磨，倒也坚定了尤三姐的决心。她对贾琏说：

> 若有了姓柳的来，我便嫁他。从今日起，我吃斋念佛，只伏侍母亲，等来了，嫁了他去。若一百年不来，我自己修行去了。（第六十六回）

为表示决心，尤三姐摘下头上的一根玉簪一折为二，说："一句不真，就合这簪子！"性烈如此，情真如斯。

尤三姐虽有眼光，却没有福分。这个柳湘莲长得俊美不去说他，且冰清玉洁，容不得半点污秽。贾琏受尤二姐之托，众里寻他千百度，却得来全不费工夫。柳湘莲一听尤三姐人品大为喜爱，当即解下一把祖传鸳鸯剑让贾琏拿去给尤三姐作为定情信物。谁知不过几日，他与宝玉邂逅说起此事，得知尤氏姐妹与贾珍的关系后当即反悔，说："你们东府里，除了那两个石头狮子干净罢了。"

柳湘莲是个有洁癖的人，贾珍既不洁，他的两个小姨子会干净到哪儿去？他由此推理，自然殃及尤三姐。第六十六回"情小妹耻情归地府　冷二郎一冷入空门"，将尤三姐的刚烈殉情简洁明快地只用了一段文字展现。

这一回写柳湘莲到尤氏家中来要回定情之物鸳鸯剑，借口说是家中已为他聘了亲，长辈之命不敢违。贾琏与他争辩起来，两人正要到外面一叙，尤三姐出场了：

> 那尤三姐在房，明明听见。好容易等了他来，今忽见反悔，便知他在贾府中听了什么话来，把自己也当作淫奔无耻之流，不屑为妻。今若容他出去和贾琏说退亲，料那贾琏不但无法可处，就是争

辩起来，自己也无趣味。一听贾琏要同他出去，连忙摘下剑来，将一股雌锋隐在肘后，出来便说："你们也不必出去再议，还你的定礼！"一面泪如雨下，左手将剑并鞘送与湘莲。右手回肘，只往项上一横，可怜"揉碎桃花红满地，玉山倾倒再难扶"。

　　读《红楼梦》读到这里，看到一个鲜活女性的生命就这么逝去，感到突兀而难以接受。然而当你接着读完尤二姐被凤姐赚入大观园，用"软刀子"慢慢"割死"的情节，你不能不感叹曹雪芹塑造的这一对姐妹的对比是如此鲜明：尤三姐的快断快决与尤二姐的犹疑不决两相映衬，互为烘托，让人为三姐悲痛，为二姐唏嘘。

　　其实就连两姐妹各自的婚姻归宿也两相衬托，一个嫁贾琏，一个许柳湘莲。贾琏污浊，柳湘莲清纯。尤二姐被污浊所掩埋，尤三姐却为清纯所误伤。这也是一种对比。只是两人的结局是相似的，都没有逃脱悲惨的命运。

附

录

《红楼梦》与中国文化

　　《〈红楼梦〉与中国文化》，这是一个很空泛的题目，它包罗万象。比如，从贾雨村、宝玉、贾兰等人的赴考，我们了解到中国古代科举制的种种情况；从门子出示的"护官符"，我们了解到中国古代官场内部的种种情况；从宝玉、秦钟上学的"家塾"，我们了解到中国古代教育的种种情况；从元春的入选与省亲，我们了解到中国古代宫廷生活的种种情况；从大观园的建造和景观，我们了解到中国古代建筑园林艺术方面的种种情况；从秦可卿、贾敬等人之死，我们了解到中国古代丧葬方面的种种情况；从荣、宁二府的年终祭典，我们了解到中国古代祖宗祭祀方面的种种情况；从刘姥姥和乌头庄纳贡，我们了解到中国古代农村及农民生活的种种情况；从"铁槛寺""水月底""清虚观"等寺庙道观，我们了解到中国古代宗教与僧尼道士生活的种种情况；从蒋玉菡、龄官等人及来贾府演出的戏班，我们了解到中国古代民间艺人生活的种种情况；从丫鬟拾到的薛家"银票"，我们了解到中国古代城市高利贷与典当方面的种种情况；从宝玉、黛玉的爱情悲剧，我们了解到中国古代婚恋方面的种种情况；从雀金裘、西洋镜、钟表、鲛绡帐等舶来品，我们侧面了解到古代中国与外国往来的某些情况……的确，《红楼梦》反映的中国文化的面之广，是任何一部中国古典小说都难以与之匹敌的。就此而论，把《红楼梦》称为中国传统文化的"百科全书"是非常恰当的。

　　正因如此，我们这样一个讲座不可能面面俱到地来讲《红楼梦》与中国文化，我们这里主要想从《红楼梦》的艺术构思中体悟中国文化元素所起的作用，也就是想从作品的人物形象、布局结构、情景氛围等方面来看作者如何运用中国文化的素材。

一、《红楼梦》中的茶文化

据统计，《红楼梦》全书中有273处写到喝茶和各种茶名。《红楼梦》里的贾府是京中望族，"钟鸣鼎食""诗礼簪缨"，对饮茶的讲究自然也不同于平民百姓之家。不要说烹茶、饮茶的茶具追求奢华，以不失名门望族的身份地位，就是日常用茶的种类上也显示出贵族之家的风范。而我们要关心的是曹雪芹如何通过日常喝茶的生活细节来展示人物的社会地位和性格心理。

1.贾母与六安茶

六安茶，首见于小说第四十一回"贾宝玉品茶栊翠庵"，贾母道："我不吃六安茶。"

这"六安茶"属于不发酵的绿茶。明人屠隆《考盘余事》中曾列出最为当时人称道的茶有六品，即"虎丘茶""天池茶""阳羡茶""六安茶""龙井茶""天目茶"。"六安茶"被列为六品之一，以茶香醇厚而著称。在《红楼梦》诞生的时代，"六安茶"与西湖龙井茶同属天下名茶，成为珍贵的贡茶。近人徐珂《清稗类钞》"朝贡类"载有"六安贡茶"之条目。

由此可知，有清一代"六安茶"都是以贡品而受人们重视的。但贾府的老祖宗贾母又为何不喜饮这种名贵的"六安茶"呢？有人解释说原因恐怕有两点：（1）生活习惯所致，贾府在北方，习惯饮花茶或红茶，而不喜饮南方的绿茶。（2）小说中有所提示，"贾母道：'我们才都吃了酒肉。'"这位老祖宗也是饮茶高手，深解茶性，"吃了酒肉"之后油腻太重，倘若饮了绿茶容易停食、闹肚子。所以，精于茶道的妙玉在旁说："知道。这是老君眉。"意思是告诉贾母："这不是绿茶。"

但我觉得曹雪芹这里写贾母不喜欢喝六安茶，恐怕还有更深的用意。《红楼梦》第四十一回前后还是贾府的鼎盛期，而六安茶这种茶中的极品，常人想喝都不可能，而在贾府，贾母一句"我不吃六安茶"，让人觉得即使这种名茶，在贾府也没什么稀罕，想喝就喝，不想喝就不喝。一个"钟鸣鼎食""诗礼簪缨"的大家族形象就通过这样的细节点拨出来。

2.黛玉与龙井茶

"龙井茶",属绿茶的一种,久负盛名。龙井为地名,在浙江省杭州市西湖西南山地中的一个村庄,有龙井古寺,寺中有井,为龙泉井,井水甘冽清凉,故以龙泉井水泡茶极好。江南人喜饮龙井茶,直到近代北方达官显贵亦喜饮龙井茶,但因其珍贵价昂,加之习俗所限,所以虽声名很高,但饮者并不普遍。《清稗类钞》"饮食类"中有"高宗饮龙井新茶"的记载,说明在乾隆时代,龙井茶亦为珍贵的贡品,宫廷上下以饮龙井茶为至高享受。

《红楼梦》第八十二回写贾宝玉下学回家,到潇湘馆看望林黛玉,黛玉忙吩咐丫鬟紫鹃道:"把我的龙井茶给二爷沏一碗,二爷如今念书了,比不得头里。"宝玉、黛玉之间的情谊是无须多叙的。但这"比不得头里"可是话中有话。从字面上可以理解为:以前招待你的茶不很讲究,但今天可要用好茶来招待宝二爷了。自然这话还有弦外之音,我们似乎听出黛玉想说的是:你现在念起书来了,我们两人的关系恐怕不能像先前那样了吧?所以后面紧接着曹雪芹写贾宝玉听到这话万分不舒服地说:"还提什么念书,我最讨厌这些道学话。"难道黛玉不知道宝玉不喜听这样的话?当然不会,她是有意激宝玉一下。林黛玉说话尖刻是出名的,作者这里借一个喝茶的细节再次展现宝玉、黛玉爱情的曲折,同时又突出了林黛玉的性格。

3.妙玉与雪水煎茶

《红楼梦》第四十一回有这么一段文字:

> 妙玉执壶,只向海(一种茶具)内斟了约有一杯。宝玉细细吃了,果觉轻淳无比……黛玉因问:"这也是旧年蠲的雨水?"妙玉冷笑道:"你这么个人,竟是大俗人,连水也尝不出来。这是五年前我在玄墓蟠香寺住着,收的梅花上的雪,统得了那一鬼脸青的花瓮一瓮,总舍不得吃,埋在地下,今年夏天才开了。我只吃过一回,

这是第二回了。你怎么尝不出来？隔年蠲的雨水，哪有这样轻淳，如何吃得。"

读者或许要问：曹雪芹为何在这里要花费这么多笔墨特写"雨水"和"雪水"呢？其实，这绝不是曹雪芹故弄玄虚，"杜撰"什么新奇的故事。古人用"雨水""雪水"煎茶，不乏其例。唐人陆龟蒙在《奉和袭美茶具十咏·煮茶》诗中就有"闲来松间坐，看煮松上雪"之句。宋人苏轼在《记梦回文二首》诗前"叙"中也说过："梦人以雪水烹小团茶。"与曹雪芹差不多同时人，即那位被误称为《红楼梦》续书作者而又屡遭诟骂的高兰墅高鹗，在《茶》诗中也提到用"雪水"煎茶的事。

这些古人以"雪水"煎茶的诗文，反映了自唐宋以来"雪水"煎茶的风俗。人们可能要问，古人用"雨水""雪水"煎茶的根本原因是什么？仔细考察不难回答这个问题。古时，工业不发达，天空中大气污染少，所以雨水、雪水要比今天所见的雨水、雪水洁净得多。因此，古人食用雨水、雪水是常见的现象，且称雨水、雪水为"天水"，而雪水尤为纯净，这恐怕不仅是它看上去雪白干净，还因为低温杀灭了不少细菌吧。但这里曹雪芹不厌其烦地让妙玉来谈雪水的宝贵，更深一层的意思还在于让人把雪水与妙玉这个形象联系起来。妙玉在金陵十二钗中以冰清玉洁的形象特立独行，所以她这里一听黛玉说这是雨水就很不高兴。平常人恐怕觉得雨水、雪水都不错，何必还讲究？但妙玉却把这种不分雨水、雪水的称为"大俗人"，可见她的孤高，不屑与俗人为伍。曹雪芹之所以写她出家当尼姑，也是突出她这个形象。

4.同一茶叶不同态度

红楼梦第二十五回写宝玉烫伤了脸，黛玉来探望，正碰上凤姐等人也在。曹雪芹接着写道：

凤姐道："我前日打发人送两瓶茶叶与姑娘，可还好么？"黛玉道："我正忘了，多谢想着。"宝玉道："我尝了不好，不知别人尝了怎么样。"宝钗道："味倒好，只是没甚颜色。"凤姐道："那是暹罗国贡的。我尝了也不觉甚好，还不如我们常吃的呢。"黛玉道："我吃着好，不知你们的脾胃是怎样的。"

国外贡茶，自是名贵，不言自明。但凤姐却说不好，因为凤姐的娘家是金陵王家，自然要表现出富贵人家的气魄；宝玉性格较叛逆，自然不愿附和着说好；宝钗的话有点模棱两可，显示出她的圆润个性；而黛玉因寄人篱下依附于贾府，便只能说茶好了。同一种茶，却喝出了不同滋味。曹雪芹借茶来刻画人物的地位、心理和个性，真是入木三分。

二、《红楼梦》中的酒文化

在洋洋大观的《红楼梦》中，酒文化占有相当的比重，有人统计，一百二十回里曾出现"酒"字580次，至于写到喝酒的情节则更是不计其数。《红楼梦》第五回和第十一回，曹雪芹特意引出秦可卿房中那幅《海棠春睡图》两边秦太虚写的对联："嫩寒锁梦因春冷，芳气袭人是酒香。"这可以看成是曹雪芹的点睛之笔。生活中不能没有酒，饮酒是这个封建贵族之家生活中不可缺少的内容。以酒为内涵的对联能登上一个贵族少妇的闺房绣壁，正说明饮酒已属当时上层社会的一种高雅文化。事实上，酒也与整部小说相始终，而其中有关喝酒、宴饮、酒仪、酒令和醉态描写等，都写得十分精彩动人，且与人物刻画紧密联系。

1.酒令游戏有深意

酒令是一种有中国特色的酒文化。饮酒行令，是中国人在饮酒时助兴的一种特有方式。曹雪芹用重笔浓彩，描写了不少以酒赋诗传令、猜拳联句，饮酒时玩击鼓花的游戏，等等，让人物在这种场合中各展才情、各显本性。第四十回"史太君两宴大观园　金鸳鸯三宣牙牌令"是《红楼梦》描写饮酒场面的极致，充分体现了"鲜花着锦、烈火烹油"般的贾府兴旺的景象。曹雪芹在这饮酒行令的游戏描写之间，看似无心，却是有意地铺垫了一些细节，让人回味无穷。比如，写轮到黛玉行令：

> 鸳鸯又道："左边一个'天'。"黛玉道："良辰美景奈何天。"宝钗听了，回头看着她。黛玉只顾怕罚，也不理论……

这个细节如粗心一点也就过去了，但倘若问一下，为何宝钗这时要回头看一下黛玉？曹雪芹其实是有深意的。黛玉的"良辰美景奈何天"，出自明代汤显祖的《牡丹亭》，是女主人公杜丽娘的有名的一句台词，流露出少女思春的无可奈何之情。曹雪芹借这一句酒令反映黛玉爱情的萌动，又借宝钗回头的这一举动，反映宝钗的敏感。而黛玉呢？却"只顾怕罚，也不理论"，说明她也意识到了宝钗的警觉。作者这里虽着墨不多，却已把两个女子的心思暴露无遗。

又比如，第二十八回写宝玉与薛蟠等人在冯紫英家聚会喝酒行酒令，宝玉的酒令怜香惜玉，透露出他的"女人是水做的"女性情节；薛蟠行的酒令低俗不堪，表现出这个公子哥儿不学无术，同时又油头滑脑的流氓嘴脸。

2.借酒嘘寒问暖

酒在《红楼梦》的各种场合里常常成为一种媒介，人物借助它既可炫耀自己的知识，也可表达内心的情感。

在第八回中，宝玉在梨香院喝冷酒，薛姨妈忙道："这可使不得，吃了冷酒，写字手打颤儿。"宝钗笑道："宝兄弟，亏你每日家杂学旁收的，难道就不知道酒性最热，若热吃下去，发散的就快；若冷吃下去，便凝结在内，五脏去暖它，岂不受害？"

宝钗在红楼人物中以知识渊博著称，这里她对宝玉的一席话显露出她在这方面的特长。一个女子照理是不善于酒的，而宝钗却能说出一番吃冷酒的坏处来，可见她不仅正儿八经的学问好，连这"杂学旁收"的生活常识也懂得不少。更重要的是，这话从宝钗口中说出，别有一番情感在其间。换了别人可能只是说一句"冷酒不要喝，伤身体的"，也就完了，但宝钗要将这喝冷酒的坏处说得如此精彩生动，"若冷吃下去，便凝结在内，五脏去暖它，岂不受害"。"五脏去暖它"，这一句真是道出要害的肺腑之言，没有对对方的真切关怀恐怕难以说到这个程度。曹雪芹借这样一个喝酒的情节很好地展现了宝钗对宝玉的情感。

3.醉酒异彩纷呈

酒喝多了就要醉，曹雪芹在书中多处写了醉酒，但每一次醉酒的人物、场合都各不相同。他是将"醉"作为人物性格的一种展现，与人物刻画、故事情节紧密地联系在一起的，于是那种"醉态"就具有了一种特殊的审美情趣和价值。

如贾雨村刚在书中出现时是一个郁郁不得志的知识分子，他的醉，展示了他热衷于功名利禄的狂态。《红楼梦》第一回写他与甄士隐两人喝酒，说：

> 当时街坊上家家箫管，户户笙歌，当头一轮明月，飞彩凝辉，二人愈添豪兴，酒到杯干。雨村此时已有七八分酒意，狂兴不禁，乃对月寓怀，口占一绝云："时逢三五便团圆，满把清光护玉栏。天上一轮才捧出，人间万姓仰头看。"

贾雨村趁着酒兴吟咏的这首诗，把他不甘于碌碌无为的心迹暴露无遗。

刘姥姥是个乡村妇女，她醉后的一言一行，又都与她居于穷乡僻壤的身份相符。第四十一回写她喝得醉醺醺的跟着贾母一路走来，看见八哥鸟，当作了乌鸦，说："那笼子里的黑老鸹子，又长出凤头来，也会说话呢。"众人听了都笑起来。后来她一人走，迷了路，曹雪芹写她：

> 四顾一望，皆是树木山石楼台房舍，却不知那一处是往哪一路去的了，只得顺着一条石子路慢慢地走来。及至到了房舍跟前，又找不着门，再找了半日，忽见一带竹篱，刘姥姥心中自忖道：这里

也有扁豆架子。一面想，一面顺着花障走了来，得了一个月洞门进去。只见迎面一带水池，只有七八尺宽，石头砌岸，里面碧波清水流往那边去了，上面有一块白石横架在上面。刘姥姥便蹬过石去，顺着石子甬路走去，转了两个弯子，只见有个房门。于是进了房门，便见迎面一个女孩儿，满面含笑迎出来。刘姥姥忙笑道："姑娘们把我丢下了，叫我碰头碰到这里来。"说了，只觉那女孩儿不答。刘姥姥便赶来拉她的手，"咕咚"一声，便撞到板壁上，把头碰得生疼。细瞧了一瞧，原来是一幅画儿。刘姥姥自忖道："原来画儿有这样凸出来的。"

她朴实而又近乎滑稽的一举一动，把一个老村妇的憨态刻画出来了。此外，写尤三姐的醉，其实是佯醉，她在佯醉中的言行，表现了一个被侮辱、被损害的女性奋力抗争的刚烈性格。史湘云的醉则具有一种美学价值。我们来看《红楼梦》中的描写：

> 正说着，只见一个小丫头笑嘻嘻地走来说："姑娘们快瞧，云姑娘吃醉了图凉快，在山子后头一块青板石凳上睡着了。"众人听说，都笑道："快别吵嚷。"说着，都走来看时，果见湘云卧于山石僻处一个石凳子上，业经香梦沉酣，四面芍药花飞了一身，满头脸衣襟上皆是红香散乱，手中的扇子在地下，也半被落花埋了，一群蜜蜂、蝴蝶闹嚷嚷地围着，又用鲛帕包了一包芍药花瓣枕着。

这是第六十二回"憨湘云醉眠芍药裀"中的描写。许多画家以此作丰富想象绘制出一个睡美人。有红学家评曰："世间醉态睡态种种，独湘云最美。""看湘云醉卧青石，满身花影，宛若百十名姝抱云笙月鼓而簇拥太真者。"（胡文彬《胡文彬点评红楼梦》）

史湘云的醉态不仅是美，更把她一种纯真无邪的性格显露出来。试想一个花季女子，在一个礼教森严的社会环境中竟然无所顾忌地醉眠在院子里，可以想见她是多么天真与憨厚，所以曹雪芹在回目中用了一个"憨"字来称她，是十分恰当的。

三、《红楼梦》中的服饰文化

在中国，服饰文化具有较特殊的意义。中国古代，服饰是一种身份地位的象征，一种符号，它代表个人的政治地位和社会地位，使人人各守本分，不得僭越。因此，中国自古国君为政之道，服饰是很重要的一项，服饰制度得以完成，政治秩序也就完成了一部分。所以，在中国传统上，服饰文化是政治的一部分，其重要性，远超出服饰在现代社会的地位。（沈从文著有《中国古代服饰研究》）

曹雪芹的家族是织造世家，他的祖父与父亲都曾担任江宁织造的官，所以他能看到并知道当时的华丽的服饰及其做工、材质等，这为小说中能细致描绘服饰的美提供了基础。当然，曹雪芹写服饰是意在写人。《红楼梦》中每个角色都有各自的个性，不仅是金陵十二钗，就连一个小丫鬟和一个小书童也不雷同，而作者在对他们的服饰的描写上，做到了从服饰看人，重人的外表，也重人的内心。服饰是人的第二皮肤，也是美的一种追求，美的一种张扬，美的一种延续。服饰把心灵、外在和智慧的美充分结合在一起，让人从视觉上感受到它的美的同时，也对每个人的身份、地位和命运有了相对的了解。

1.服饰映衬王熙凤的地位

第六回写刘姥姥进大观园来见王熙凤，先见到平儿，因为平儿是王熙凤的大丫鬟。刘姥姥先是被平儿的服饰所惊呆，错认平儿是王熙凤。书里这儿是这么说的：

> 刘姥姥见平儿遍身绫罗，插金戴银，花容月貌的，便当是凤姐儿了。才要称"姑奶奶"，只见周瑞家的称她是"平姑娘"，又见平儿赶着周瑞家的叫她"周大娘"，方知不过是个有体面的丫头。

当时让刘姥姥产生了错觉，愣在那里，后才知是误会。可想而知，丫鬟穿着都是绫罗绸缎，主人穿着肯定更加华贵。后来刘姥姥在周瑞家的引见下见到王熙凤：

> 凤姐家常带着紫貂昭君套，围着那攒珠勒子，穿着桃红洒花袄，石青刻丝灰鼠披风，大红洋绉银鼠皮裙，粉光脂艳。

那般雍容华贵，让刘姥姥惊在那里，过了好一会才赶忙下跪。但她看到的只是王熙凤与平儿的家常衣服，并没有见到她们见客的高贵服饰。

王熙凤的闪亮出场是在第三回黛玉进贾府。老夫人在给黛玉介绍家中各人，过了好一会，只听到爽朗的笑声传来，这时王熙凤出场了。王熙凤是贾府的管家奶奶，打扮自然不同一般，而她姗姗来迟的原因，也是为黛玉的到来而打扮了一番。此处写到了黛玉眼中的王熙凤：

> 这个人打扮与姑娘们不同：彩绣辉煌，恍若神妃仙子。头上戴着金丝八宝攒珠髻，绾着朝阳五凤挂珠钗，项上戴着赤金盘螭璎珞圈，身上穿着缕金百蝶穿花大红云缎窄裉袄，外罩五彩刻丝（五色缂丝）石青银鼠褂，下着翡翠撒花洋绉裙。一双丹凤三角眼，两弯柳叶掉（吊）梢眉，身量苗条，体格风骚，粉面含春威不露，丹唇未启笑先闻。

这里可看出王熙凤的精心打扮，以及火辣辣的性格，也把她管家奶奶的高贵身份凸显了出来。上述两处提到的王熙凤的穿着，把服饰方面的很多优良工艺及其复杂性都展示了出来。比如王熙凤穿的衣服是五色缂丝石青银鼠褂，五色缂丝在隋唐出现，宋朝、清代稍有所保留，是用熟的蚕丝做纬，用生的蚕丝做经，彩色的是熟丝，单色的是生丝，用这个组成的花纹就叫作缂丝。当时的染色技术已经到了一个高峰，黄色是当时最高贵的颜色，由皇室拥有，当然，皇室也可以赐予贵族家庭使用这种颜色，但一般百姓，即使是官员，没有许可也是决不能使用的。石青是用一种蓝色的铜矿石做成的染料，是一种高色调的颜色，做出来的石青色也是很高贵的颜色，在当时仅次于黄色。王熙凤的打扮与众不同，显示出她在贾府的地位，穿金戴银，又隐约地炫耀她王家的富有。所谓"东海缺少白玉床，龙王来请金陵王"（《护官符》）。

2.服饰渗透晴雯的情感

红楼梦第五十二回有"勇晴雯病补雀毛（金）裘"的故事。雀金裘也就是孔雀毛做成的衣服，现在在南京博物院收藏有一件。而在《红楼梦》中它的珍贵在于这是贾母送给宝玉出门见客的衣服，且这衣服的来历也非同一般，是俄罗斯送来的礼物。宝玉视如珍宝，只是偶尔穿一下，但有一次不小心被手炉的火星烧了一个洞，叫人悄悄拿出去找俄罗斯的织补匠和国内的织补匠织补，但没人认识这种布料，更没人敢揽下这个活。在这种情况下，晴雯没办法只能抱病给织补，于是成就了"勇晴雯病补雀毛（金）裘"的佳话。

晴雯先拿了一根比一比，笑道："这虽不很像，若补上，也不很显。"……先将里子拆开，用茶杯口大小一个竹弓钉绷在背面，再将破口四边用金刀刮的散松松的，然后用针缝了两条，分出经纬，亦如界线之法，先界出地子来，后依本缝纹回来织补。补两针，又看看，织补不上三五针，便伏在枕上歇一会。宝玉在傍，一时又问："吃些滚水不吃？"一时又命："歇一歇。"……急得晴雯央道："小祖宗！你只管睡罢……"宝玉见她着急，只得胡乱睡下，仍睡不着。一时只听自鸣钟已敲了四下，刚刚补完，又用小牙刷慢慢地剔出绒毛来。麝月道："这就很好，若不留心，再看不出的。"宝玉忙要了瞧瞧，笑说："真真一样了。"

这里把晴雯在服装上的配色天赋充分表现出来，同时也展现出她心思缜密，看事物看得透彻，把雀金裘这么一个难补的衣服补得像完好的一样。更重要的是通过补雀金裘的情节，把晴雯对宝玉的关心及甘为宝玉付出的情分表露出来。此后不久，晴雯因病去世。

后面第八十九回"人亡物在公子填词"写晴雯病死后，宝玉睹物思人的一段故事照应了第五十二回的这个情节。这一回说到宝玉在学堂上学，天气骤然转冷，家童焙茗送寒衣来：

> 只见焙茗拿进一件衣服来，宝玉不看则已，看了神已痴了。那些小学生都巴着眼瞧，却原是晴雯所补的那件雀金裘。宝玉道："怎么拿这一件来！是谁给你的？"焙茗道："是里头姑娘们包出来的。"宝玉道："我身上不大冷，且不穿呢，包上罢。"代儒只当宝玉可惜这件衣服，却也心里喜他知道俭省。焙茗道："二爷穿上罢，着了凉，又是奴才的不是了。二爷只当疼奴才罢。"宝玉无奈，只得穿上。

此后宝玉再也无心看书，早早告病回家了。小说写他回到家里，袭人看见这件雀金裘：

> 袭人道："那么着，你也该把这件衣服换下来了，那个东西哪里禁得住揉搓。"宝玉道："不用换。"袭人道："倒也不但是娇嫩物儿，你瞧瞧那上头的针线也不该这么糟塌它呀。"宝玉听了这话，正碰在他心坎儿上，叹了一口气道："那么着，你就收起来给我包好了，我也总不穿它了。"说着，站起来脱下。袭人才过来接时，宝玉已经自己叠起。

这晚宝玉怎么也睡不着，写了一首词悼念晴雯：

> 随身伴，独自意绸缪。谁料风波平地起．顿教躯命即时休。孰与话轻柔？
> 东逝水，无复向西流。想象更无怀梦草，添衣还见翠云裘。脉脉使人愁！

翠云裘指的就是雀金裘，作者让雀金裘这件服饰串起一条线，将晴雯与宝玉的情感连起来。人亡物在，雀金裘的再次出现，是要让宝玉对晴雯的那未曾了却的情感萦绕于心，痛定思痛，倍感伤悲。读《红楼梦》读到这里让人感悟到：服饰的珍贵，岂止是质料的珍贵，更是因其中渗透了人物的情感。

四、《红楼梦》中的园林文化

《红楼梦》中的故事主要是发生在贾府中的大观园里。《红楼梦》以其瑰丽的文学语言塑造出来的中国古典园林的典型形象大观园，它既是红楼人物活动的舞台，也是曹雪芹展现众多人物的生活情趣、个性风格的平台。

1.大观园里的植物配置因人而异

大观园里的植物配置的一个显著特点是因人、因景设置植物，以不同的植物表现人物的性格，塑造环境，烘托气氛。

贾宝玉居住的怡红院是大观园里最雍容华贵、富丽堂皇的院落。院内外的植物配置从书上可知，院内有一棵西府海棠，还有芭蕉、松树，院外有碧桃、蔷薇、宝相、玫瑰、垂柳等。因此怡红院总的色调是以红色为主的暖调子，衬以绿色。色彩鲜艳明快，富丽清新，很好地烘托出贾宝玉叛逆的性格特点。

潇湘馆是林黛玉的住所。院中最著名的就是竹子，因此潇湘馆以翠竹为主，后院还有梨树和芭蕉，色调是绿白的冷调子。这样的植物配置体现出林黛玉孤洁的性格特点。竹既是潇湘馆的标志，也是林黛玉品格的象征。在这里，馆的形象、人的形象、竹的形象融为一体。

蘅芜苑是贾宝玉的姨表姐薛宝钗的住所。院中一株花木也没有，只有各色香草。香草虽不艳丽，但有沁人心脾的芳香，这种表面朴实无华而暗香浮动的植物配置，很好地衬托出薛宝钗朴素大方的外表，而其周身却散发着动人的人格魅力。一如深受孔子赞誉的空谷兰花，外表质朴无华而馨香远播。

此外还有稻香村，李纨的住所。这里一片田园风光，以各色农家植物配置景色，体现出李纨丧偶寡居，有着潜心教子的人生追求。紫菱洲一带以水生植物为主，蓼花苇叶，荇草香菱。水生植物多半柔弱，顺水而漂，与迎春懦弱的性格倒是很吻合。秋爽斋以芭蕉、梧桐为主，体现出秋天的"爽"字。芭蕉、梧桐均是宽枝大叶，衬托出探春豪爽的性格。栊翠庵中红梅冒雪而开，傲霜斗雪，是孤傲性格的象征，也是妙玉性格的物化。等等，不一而足。为配合故事情节的发展，《红楼梦》中更是配以各具特色的植物。例如，第三十回写坠入情网的龄官躲在花丛中一个劲地在地上画"蔷"字，这时周围的植物就配以蔷薇；第三十八回写贾府秋天螃蟹宴时，环境配以桂花，吃完螃蟹，姑娘们组成的诗社吟诗时配以白海棠、菊花；上次说到的湘云醉酒则配以芍药花；晴雯病逝而化身为芙蓉花神。由此可见，《红楼梦》中的植物配置真正体现出一种以文学为主导的环境意蕴和园林文化。这种意蕴和文化在合理地勾画出环境氛围的同时，也为小说的故事情节、人物形象等做了很好的铺垫和映衬。

2.潇湘馆的环境意蕴与林黛玉的性格

（1）多变的意境

在《红楼梦》中，作者对潇湘馆意境的描写，是随着黛玉思想感情的变化、故事情节的发展和四季景物的转换而多次渲染，逐步加深的。在同样的园林景色下，不同的情节，不同的感情，得到的是不一样的意境，有明媚的，有幽怨的，有哀愁的，有凄惨的，人物的性格和心境始终作用于园林环境，使其产生不同的园林意境。

大观园刚建成，作者便着意描写了潇湘馆"一带粉垣，数楹修舍，有千百竿翠竹遮映"。在写到宝玉与黛玉商量搬进大观园中谁住哪一处好时，黛玉笑道："我心里想着潇湘馆好，我爱那几竿竹子，隐着一道曲栏，比别处幽静。"作者通过黛玉之口，说出她是爱竹的。第三十七回写到探春给黛玉取雅号时说道："当日娥皇、女英洒泪在竹上成斑，故今斑竹又名湘妃竹，如今她住的是潇湘馆，她又爱哭，将来她那竹子想来也是要变成斑竹的，以后都叫她作'潇湘妃子'就完了。"大家听了，都拍手叫绝。林黛玉低了头，也不言语。既然没有表示反对，说明此雅号正中黛玉下怀。黛玉凭借她诗人的气质和敏感，自觉与竹的精神气质相通。这种相通、契合是动态的，全方位的，与黛玉的性格发展、形象的成熟遥相呼应。第二十三回写宝玉、黛玉共读《西厢记》，黛玉的少女心扉被张君瑞与崔莺莺的爱情冲击，心中充满甜蜜和喜悦。这时书中写道，潇湘馆千百竿翠竹也是"凤尾森森，龙吟细细"。"凤尾森森"喻竹林像凤尾一样修美茂盛。龙吟，常用来形容箫笛之类管乐器的声音，这里以"龙吟细细"喻风吹竹林发出的动听的声响。凤尾一样美丽的外形，森林般浓郁的翠色，配上龙吟般悦耳的乐声，从外形、色彩、声音三方面展示了竹的极美的形象。竹声细细地吟咏，透露着林黛玉的心泉在欢歌。

第三十三回写宝玉大受父亲的鞭挞，黛玉为之痛彻心扉，又不敢与众人一起去看宝玉，只好"独立在花荫之下"，遥望怡红院。这时室外是"竹影参差，苔痕浓淡"，"竹影映入纱窗，满屋内阴阴翠润，几簟生凉"。这"参差"的竹影，"阴阴翠润"的竹影，令"几簟生凉"的竹影，就像笼罩在黛玉心中的重重阴影，透出一股悲凉。

最后她不能主宰自己的婚姻，面对强大的封建势力，她无力抗争，落花与眼泪成为她命运悲苦的象征，这时黛玉的心已死，所有的景色在她的眼中都是暗淡无光的，于是潇湘馆变得"落叶萧萧，寒烟漠漠"。

总而言之，黛玉忽喜忽忧的感情经历，让潇湘馆也跟随它的主人同喜同悲，但是，黛玉在贾家的悲惨处境以及她郁郁寡欢的性格，使得潇湘馆始终有着一种忧郁的情调。正如她那首《葬花词》所描写的："一年三百六十日，风刀霜剑严相逼。明媚鲜妍能几时，一朝漂泊难寻觅。"又如另一首《桃花行》所说："泪眼观花泪易干，泪干春尽花憔悴。"这些诗句，无一不是黛玉特定身世、特定心情、特定环境中的自然流露，也成就了潇湘馆的独特韵味与意境，让它成为黛玉的精神象征和化身，在读者的心中永远定格。

园林审美是同感知、想象、情感等各种心理因素融在一起的，特别是包蕴在情感之中的，所以在潇湘馆中无论是景中写情，还是情中写景，都达到了"思与境偕""神与境合""意与境会"的境界。

（2）深意的布局

潇湘馆的建筑布局也是围绕人物的性格特点展开，庭院环境中每一个小小的细节都见精神，无论是建筑结构、理水布路、花木配置，还是室内陈设，都是作为塑造黛玉性格的典型环境来构思。园林景物和人物描写融为一体，是人物气质、情操的物化，达到了"意与境浑"的化境。

根据曹雪芹的描写，我们现在介绍一下潇湘馆的布局：

潇湘馆前院是游廊，石子小路，路的尽头是精致的小房舍，从房子里间的小门到达后院，后院墙下引入一条小溪，小溪绕着房舍，迂回曲折至前院，又从竹林下流出。前院的游廊将单一有限的空间巧妙地组成多种广袤深邃的景观，构成动观序列。这就是障景的妙用。障景造成"山重水复疑无路，柳暗花明又一村"（陆游《游山西村》）的景观感受。但一般都是隔而不围、似隔而非隔，如用游廊等渗透性的虚障，令人探幽纵目，处处有堂奥幽深、"庭院深深深几许"的韵味；石子小路，与周围的环境相得益彰、融为一体，显得古朴自然；三间房舍，一明两暗，在这里通过房舍光线的明暗体现了建筑的主次与朝向：主建筑向南朝阳所以明，两个次要建筑侧南面阴所以暗；房前屋后环绕着集自然、野趣为一体的小溪，小溪仅尺许，在此也暗有深意，暗示着黛玉的敏感和心胸不开阔。还值得探究的是，这条小溪是从后院墙下开洞引入的，水的源头不在院内，这就在无形之中使人产生一种此水无穷无尽，带来惊喜也带来惆怅的意境，与黛玉的心境很是吻合。

《红楼梦》中对潇湘馆的描述，字里行间始终渗透着小巧精致，这与黛玉纤细柔弱、心灵手巧的性格相得益彰，可谓有其人必有其景！整个布局楚楚有致，使人静中生趣。在大观园中存在这样一个院落，形成大园中套小园的布局方式，是我国园林曲中生巧的常用手法，使小园的玲珑精致与大园的宏伟粗犷形成鲜明对比，更显出小园独特的情调和大园的丰富多彩、包罗万象。

在潇湘馆中，黛玉的生活经历、人生哲理和审美理想，她的情感和意念已经全部倾注到周围的具体园林景象中，使潇湘馆具有静寂、幽深、雅逸的意境，让人回味无穷。我们这里虽只分析了潇湘馆一个小小的院落，但从中我们也感受到了大观园东方古典园林艺术美的韵味，作者笔下所营造的潇湘馆，把中国古典园林历来善于表现情景交融自然景色的特点表现得淋漓尽致，同时中国园林注重表现、注重意境的特色在这里也得到了充分体现。

传意传神：中国传统书画与戏曲

《庄子·齐物论》中有这样一则寓言：庄周曾梦见自己变成了蝴蝶，醒来后发现自己仍是庄周。他不禁疑惑：究竟是庄周梦见了蝴蝶，还是蝴蝶梦见了庄周？这就是著名的"庄周梦蝶"的故事，寄寓着庄子的主客体难分难解，物我两忘、物我同一的思想境界。中国的艺术精神主要就是老庄精神。中国艺术含蓄、隐秀，意在言外，传神为主、形神兼备的特色，多得益于道家。不过儒家对人生的积极，对鬼神的敬远，对祖先的崇拜，亦使中国的艺术精神有一种和谐、安逸和中庸之美。中国人将艺术与哲学相融，因而艺术境界之中蕴含哲学精神。艺术成为哲学的一种延伸，中国人通过艺术体味人生，成就至高的哲学智慧。

英国学者里德在他的著作《艺术之意义》中盛赞中国艺术，尤推崇绘画、雕刻等艺术。他认为，东方艺术特质的渊源之一，是东方人对宇宙的神秘态度，这种中国式的神秘，造就了东方艺术的魅力。（郑昶《中国美术史》）其实不仅是绘画、雕刻，中国的其他传统艺术形式，如书法、戏曲，也大都具有这种特质。唯其如此，中国的书画艺术在世界美术史上也具有重要的一席，而中国传统戏曲自成一格，与西方戏曲体系鼎足而立。

一、书画艺术

中国的书画艺术是把视觉艺术、听觉艺术、时空艺术的因素和语言艺术的思想感情等融为一体的综合性艺术。透过中国传统书画的美，呈现出来的是民族的文化精神境界。中国的书法、绘画是代表中华民族重含蓄、和谐精神的艺术，其他形式的艺术作品都或多或少与书法、绘画有某些联系，特别是书法。林语堂曾说："如果不懂得中国书法及其艺术灵感，就无法谈论中国的艺术。"（《中国人》）因此可以说，传统书画艺术是中国艺术的最高形式。

1.美的历程：书画的艺术史话

书画同源，中国的文字与绘画似乎是一对双生子，有着难解难分的因缘。从世界文化史来看，把书写文字与绘画如此紧密地联系在一起的，可能只有中国。唯其如此，中国的传统书法艺术与绘画艺术是水乳交融，你中有我，我中有你。

（1）书法发展的历程

中国最早的文字始于商代晚期的甲骨文。甲骨文本身具备很高的审美情趣，不过未必自觉而已。后代许多篆刻大师，专在古文字上下功夫，可知中国文字的审美品格，是随字而生的。现在所发现的甲骨文有4000多个单字，绝大多数是由象形文字构成。

甲骨文经过改革，演变成为大篆。我们可以从出土的钟鼎文物中看到这种字体。大篆线条圆曲，书写起来较为繁复，周代后，就逐渐向笔画较简单的小篆演变。在先秦漫长的历史时期中，汉字多是以篆书形体存在的。这一时期给我们留下了许多极为宝贵的书法作品，它们在用笔、结字、章法等方面达到了很高的水平，因此这一时期是中国书法艺术的萌芽期，奠定了汉字书法发展变化的基础。

先秦时代，诸侯割据，文字也不统一。至秦一统天下，开创了"书同文"的局面。丞相李斯将当时六国不同的文字删改整理而统一成书写起来较简便的小篆，完成了甲骨象形文字的最后转化。小篆的笔画基本上是粗细均匀的线条，虽说字形都抽象化了，但文字的图画性仍依稀可见。秦时官吏文书繁多，小篆书写仍感不便，于是在小篆基础上发展出一种更为简便的字体。由于秦时办公事的小官叫"徒隶"，所以这种字体就被称为隶书。后来人们在正式书写时用小篆，平时一般逐渐采用隶书。

隶草是秦末出于军事实用而产生的，是章草的最初形态。章草起源于汉初，由书写较为草率的隶书逐步发展而成。章草写起来更加简便，而其名称可能起源于流传至今的西汉史游的《急就章》。至此，中国的文字还只是朝着实用的方向发展，尚未达到一种艺术的自觉。

中国书法艺术的自觉自汉末魏晋始。在这之前，除了个别例外，书法写作的目的主要是为了保存、传播作品中的文字内容。例如碑文书法，为了表现碑文内容的神圣、庄严的性质，为了唤起观看者的虔诚崇敬意识，立碑者往往要求用工整端正的书体书写。晋唐时期人们特别推崇王羲之的行草书体，主要是由于王羲之的创造性的贡献，使完全成熟起来的今体行草，比以往的碑体书法更能表现作者的个人艺术意趣，更能满足人们新的审美需要，更能有成效地促进人们新的审美意识的发展提高。"唐代产生和流行的狂草书体，其艺术形式、书法的外部形态的表现力，在书法创作中的地位非常突出。书写书法已成为高度自觉、情感激越的艺术创作活动。观看书法已经成为积极主动、身心振奋的艺术欣赏活动。"（黄复盛《书法新论》）书法艺术至此进入了黄金时期。

唐人将楷书和草书发展到极致，宋人再要有所突破，实在非常困难，因而别求他途，在行草书创作方面蔚为风气，成就不小。最值得一提的是宋太宗倡刻的《醇化阁帖》。该帖集历代书法名作，尤其是王羲之、王献之父子的行草作品，对宋人崇尚行草起了很大的影响。中国书法史上有所谓唐人尚法、宋人尚意之说。行草书体实在是最宜书家宣泄情意的书写方法。至元代，士人萎靡，已无"意"可尚，自然对宋人书风不满，倡导复古，以晋唐为法，赵孟頫是其代表。自《醇化阁帖》启帖学之端倪后，至明代帖学大盛。文人大都能书行草，简牍之美，据说不亚唐宋。而董其昌是帖学之集大成者。至清代中晚期，书坛之风一变。尊魏碑、卑唐楷，碑学之风盛行，以复古为创新。虽也不乏名家，终不能有晋唐之盛。

（2）绘画发展的历程

中国绘画的雏形，据传是有巢氏所作的轮圜螺旋和伏羲所作的八卦图。但其时绘画与文字尚未能分别，这些原始的图形主要作用并非是审美，而是一种思维与语言的表达。原始时代的陶器上的装饰纹，虽然具有相当的美术意义，但它毕竟属于制陶艺术，还不是独立意义上的绘画。1982年秋在甘肃秦安大地湾仰韶文化时期遗址发现的地画，据传是中国绘画最早的实物资料。该画中有人物和动物图案，用笔粗犷古朴，画面生动。其不仅刻画了人物的特征，而且对人体的比例也掌握得较好，表明当时的中国原始先民在长期生活实践中积累了丰富的素材，已具有相当水平的绘画技艺。

中国第一位有姓名的画家据说是舜之妹敤首。由于年代久远，她对中国的绘画究竟有何贡献，不得其详。"今以敤首为画祖之说为信，则似在敤首以前，实未尝有所谓书，有所谓画，不过有如是之一种描线与色彩，实用于生活上各事物耳。"（郑午昌《中国画学全史》）这是说，敤首是书和画分道扬镳各自发展的标志。虽然如此，中国的绘画要成为一门自觉的艺术，还是走了一段很长的路。由于绘画的载体不同于青铜器之类的器皿，极其难以保存，我们今天能见到的先秦时代的作品如凤毛麟角。现在存世的最有价值的先秦时代的绘画作品，莫过于在长沙出土的战国时期的两件帛画。帛画的内容有仕女、神兽（龙），宣传的是一种神秘的宗教观念。帛画以墨线勾画，据说可以作为中国传统绘画在技法上以线条（笔法）为基础的证明。帛画的作者当为民间画工。帛画所表现的艺术特色与近年发现的战国漆器、陶器上的彩绘，都有异曲同工之妙。

夏商以来，绘画技艺日渐精进，可见之于各种工艺制品、建筑装饰，以至于庙堂祭礼。周代更设官分掌图画之事：冬官为设色之工，地官掌建邦之土地之图。绘画的实用性逐渐为政治所用，成为能"成教化、助人伦、穷神变、测幽微"的工具。（张彦远《历代名画记》）此外如服冕、尊彝、旗旌、门壁等，无不以绘画为饰，正如郑午昌所言："其注重绘画之动机，非谓对于绘图本身果有独具之美感，实欲借其形象色彩之力，与人以具体之观感，而曲达其礼教之旨耳。"（郑午昌《中国画学全史》）

秦汉建立起中央集权的统一封建帝国，也为艺术繁荣创造了条件。

尤其是汉代，绘画艺术有了迅速发展。汉代以装饰画如帛画、漆画、壁画、砖画著称于世。现存汉代的军画和大量的画像石刻，无论是人物形象的塑造、构图的处理以及用线用色等方面，还是质朴、庄重的风格，都具有鲜明的时代特征和民族特色。中国传统绘画艺术至此初见端倪。

中国画自觉于魏晋南北朝时期，士大夫画即发端于此时，而名人名作，更是景况空前。其时不仅创作凌厉，而且思想丰富，艺术创作与理论总结并驾齐驱。这个时期画家辈出，士大夫如嵇康、谢安、谢灵运等都能画；王羲之是此时期最杰出的书法家，据说也能作画。这个时期的大画家，当数曹不兴和顾恺之。此外，陆探微、张僧繇等也都有较高成就。

魏晋时期，绘画的题材范围扩大，山水画开始成为独立的画科。山水画虽发端于先秦，但那时还只是作为人物画的背景。进入晋代，顾恺之画《庐山图》、戴逵画《吴中溪山邑居图》、戴勃画《九州名山图》等，都能置陈布势，达到较高的造诣。至南北朝，有宗炳撰《画山水序》、王微撰《叙画》，开始阐发山水画的画理画法，说明山水画在此时期已上升到理论层面来进行研究。魏晋南北朝时期，花鸟画方面的作品虽有不少，如顾恺之画《凫雁水鸟图》、史道硕画《鹅图》、陆探微画《斗鹅图》等。但这个时期的花鸟画，如研究者所评论的："作为独立画科来说，还处在萌芽的状态。这些花鸟作品，很可能比早期的山水画更带有装饰性，更具有古拙风味。"（王伯敏《中国绘画史》）

唐代绘画呈现历史高潮。唐画领域开阔，画风生动辉煌，有"满壁风动"（段成式《洛阳寺塔记》）且"灿烂而求备"（张彦远《历代名画记》）之称，尤其是人物画最具风采。山水画分为金碧、水墨两派，各有所长。花鸟画虽尚不成熟，亦有成就。至宋代，文人画、院体画、民俗画三峰并起，达到新的繁荣。中国文人画有始现于唐、成熟于宋的说法，在中国绘画史上具有崇高地位。院体画，是指宫廷画家和由宫廷设置的画院画家的画。据张彦远《历代名画记·叙画之兴废》载："汉武创置秘阁，以聚图书。汉明雅号丹青，别开画室，又创立鸿都学，以集奇艺，天下之艺云集。"这可以算是后来宫廷设置画院的滥觞，正式的画院出现于五代的南唐和西蜀。两宋时期，院体画形成完备的理论和形式。这类作品为迎合帝王和宫廷的需要，多以花鸟、山水、宫廷生活及宗教内容为题材，作画讲究法度，重视形神兼备，风格华丽细腻。因时代好尚和画家擅长有异，故画风不尽相同而各具特点。宋人的山水花鸟画达到了很高的境界。按照鲁迅先生的说法，宋末以后除了山水画，实在没有什么绘画，山水画的发展也到了绝顶，后人无以胜之，即是用了别的手法和工具，虽然可以见得新颖，却难于更加伟大，因为一方面也被题材所限制了。（《鲁迅书信集·致李桦》）

确实，唐宋以后，绘画在整个民族精神衰弱的情况下，不少画家受佛教思想的影响，消极遁世，艺术上创新思想便少了。明清以后，书画家的心理日益封闭，性格愈加内向，失去了追求自然、哲理的热情，日益世俗化并过于重视笔墨，遂致写实能力下降，表现方法也日趋程式化。但也不能说一无所成。文人画家心中苦恼，不免打破传统，标新立异。不少画家以怪诞奇异闻世。如徐文长、郑板桥等佼佼者，个性鲜明，满怀激愤，又能向民间绘画学习，从而使明清风格另具一派文人气色。

2.笔底风云：书画的艺术特质

书法与绘画，用的都是毛笔，副以墨、纸（或绢）、砚，雅称为"文房四宝"。毛笔是使墨和色与纸或绢相结合的工具。它看起来很柔软，不易把握，然而在书画家的手中，却能运用自如，能柔能刚，显示出神奇的表现能力。在笔、墨、纸、砚的作用下，中国的传统书画焕发出独特的文化特色，可以概括为：线条的艺术，黑白的艺术，写意的艺术。

（1）线条的艺术

线条是书画的艺术媒介，中国的书画是一门用特殊方法驱使"线条"的艺术。无论书还是画，除泼墨画等之外，都是用线条来造型和表意的。线条成为中国书画造型和表现艺术的基本手段，从书法来看，所有书体的造型变化，都只是一条线的变化。但这是一条非凡的富有生命力的线。它本身仿佛就是一个无所不能的变化多端的精灵。书画家就是运用这些线条的各种功能去表现物象和思想的。在人物画中，人物的姿态和神情都是靠线条来表现。在山水画中，岩石峰峦以及它们的明暗向背全靠皴线来表示，云水以及亭台楼阁等都是用线条画出来的，树干、树叶则是用线条画出不同形状而不是用色和明暗来区分的。在花鸟画中，枝干的倾斜交错，花叶的随风摇动，虫鸟的跳跃飞翔等动态，也都是靠线条来表现的。一根普普通通的线条，竟能有这样的魅力，令人啧啧称奇。

（2）黑白的艺术

在书法与绘画中，黑白二色是它的主体和背景，这种黑与白二色的结合，构成了中国书画的黑白艺术。从中国画的传统来看，原本既有墨色，也有彩色。墨色画即水墨画。按照一些学者的说法，从彩色画发展到水墨画是受道家的"淡泊"、佛家的"无相"等思想影响，由哲学色彩论的发展而产生的。水墨画的墨已不是色彩学的单一墨色概念，它已是哲学的色彩。（董秉琮《书法与绘画——中国艺术的最高形式》）中国画家把墨色作为应用于各种场合的全色，用不同的笔法，使墨色富于明暗层次，变化生动而不呆板。黑白二色相间，形成了强烈的对比，这相较用其他颜色作画，具有更好的审美效果：当水与墨在纸上形成焦、浓、重、淡、轻等变化时，人们从墨色的变化中能体会到某种感觉。如宋代的米芾画云山，便是用墨色来烘染云雨景象，使人们觉得比自然真实的色彩更美。中国画坛素有"运墨而五色具"（张彦远《历代名画记》）之传统说法，只有对中国传统的哲学思想有所了解，才能领悟中国书画的黑白艺术之神韵。

（3）写意的艺术

"意"是中国传统文化中一个非常重要的审美范畴。书画艺术中的所谓意，是指书画作者对于书画艺术的整体把握、灵活运用与随心所欲的超然创造，可谓创造之别称，但它又不是靠分解和量化可以掌握的。苏东坡论画竹谓："故画竹必先得成竹于胸中，执笔熟视，乃见其所欲画者，急起从之。"（《文与可画篑筜谷偃竹记》）后来宋人晁补之有诗云："与可画竹时，胸中有成竹。"（《赠文潜甥杨克——学文与可画竹求诗》）这便是"胸有成竹"掌故的来历。苏东坡说"执笔熟视"，是说运用意念来把握竹的形象。"成竹"，即竹的整体形象，包含它的外形与神韵。当然，中国画并不是完全不在意物象的形和色，只不过是不拘泥于物象的形和色，而重在抒发作者的情感、思想，注重意、韵。因此，画家作画时对物象的形常按自己的意图，在一定程度上加以增删、取舍或夸张、变形等，以求达到神似的目的。中国书法强调"笔墨意象"，将"意"融在形式之内而造出书法的力势、节奏、气质、韵味。所谓"意在笔先"即此意。因意而用气，因气而成法，因法而运笔，是中国书法艺术创作过程的一个生动写照。

3. 众星璀璨：书画的艺术流派与代表人物

远古时代且不论，秦汉以来两千多年，中国的书画艺术创造了辉煌的成就，其流派纷呈，名家辈出，可歌可泣可书者不计其数，这里只能举其要者，且也不免挂一漏万。书画同源，书法名家又大都是画坛高手，如清代书画家董棨所言："盖画即是书之理，书即是画之法。如悬针垂露，奔雷坠石，鸿飞兽骇，鸾舞蛇惊，绝岸颓峰，临危据槁，种种奇异不测之法，书家无所不有，画家亦无所不有。然则画道得而可通于书，书道得而可通于画，殊途同归，书画无二。"（《养素居画学钩深》）然书法与绘画毕竟还是两门艺术，因此以下分而述之。

（1）书法

书圣父子 王羲之，东晋时人，人称王右军。王羲之七岁起便师从当时的书法名家卫夫人学书，十二岁大有长进。卫夫人曾断言王羲之将来会青出于蓝而胜于蓝，后来果然以他的天赋和勤奋努力，成为名贯古今的大书法家。王羲之楷书学钟繇、草书学张芝，又临摹过李斯、曹喜、蔡邕等著名书家的真迹，博采众长，变革创新出一种飞妍流美的新体书，使汉魏以来的朴质书风为之一变。王羲之的传世之作，以《兰亭序》最为有名。虽是他不经意间写下的一篇文稿，且还有涂改痕迹，但用笔、线条、结构、章法无不自然妥帖，被称为"天下第一行书"。他的草书作品，则以《丧乱帖》《十七帖》等最为有名。唐人李嗣真喻王羲之草书如"清风出袖，明月入怀，瑾瑜烂而五色，黻绣摛其七采……可谓草之圣也"（《书后品》）。

王羲之的七个儿子皆擅书法，其中第七子王献之最为杰出。献之幼承家学，后学张芝草书，用功精深而又勇于创新。书法与其父齐名，世并称二王，又以王羲之为书圣，献之为小圣。王献之自视甚高，不墨守成规，早在十五六岁时，他就认为书无定法，万事贵在变通和创新。他身体力行，终于在章草和行书之间，找到了与传统书法大不一样的路径，创立了破体书（简称"破体"，即行书的变体），完成了楷书的今体化。王献之的行楷作品，以《廿九日帖》最具代表性。此帖用笔收放自如，灵秀洒脱。虽仅三行，却可见其行楷艺术之一斑。献之的行草作品，最有名的是《鸭头丸帖》《送梨帖》等。其行草运笔如游丝，牵连不断、辗转自如。如唐张怀瓘之《书仪》中所评："有若风行雨散，润色花开。笔法体势之中，最为风流者也。"

初唐四家 唐代书法从魏晋南北朝的书法艺术中汲取营养，开创出新的局面。初唐书法以欧阳询、虞世南、褚遂良、薛稷最值得称道，合称为"初唐四家"。

欧阳询，字信本。其书法艺术各体俱能，尤以楷书为最精。书法史上以"颜（真卿）、柳（公权）、欧（阳询）、赵（孟頫）"为楷书四大家，而欧阳询是最早以楷书名世的大书法家。他的楷书被后世称为"欧体"，用笔峻峭险劲、法度森严，以其独特的风格影响后世深远。欧阳询流传下来的墨迹有《张翰帖》《梦奠帖》等，碑拓楷帖有《九成宫醴泉铭》《化度寺故僧邕禅师舍利塔铭》等。其中，《九成宫醴泉铭》是欧阳询书法的代表作，魏征撰文，欧阳询书丹，记唐太宗在九成宫避暑时发现涌泉之事。此铭法度严谨、笔力刚劲，为唐代楷书之冠，历来作为学习欧体的重要范本之一。

虞世南，字伯施。虞世南早年学书，以隋代的《启法寺碑》《龙藏寺碑》等名帖为范本，后拜智永为师，学习二王一派的书法，深得其神髓。虞世南的楷书杰作有《孔子庙堂碑》《破邪论序》《千字文》等。

《孔子庙堂碑》又称《夫子庙堂碑》，是虞世南最重要的代表作。用笔雅健端丽，刚中有柔。后不幸被焚毁，今日所见拓本系宋元人重刻。《破邪论序》为小楷，秀雅静和，博采晋以来名帖之长，时人评为"几夺天巧"。虞世南与欧阳询，书风虽各有千秋，但欧阳询的书法既有广泛的继承，更有突出的创新，而虞世南则明显是继承多于创新，虽名显当时，但对于后世的影响却远不如欧阳询。

褚遂良，字登善。其书法初学欧阳询和虞世南，尤其得益于虞世南。他将汉隶北碑融为一体，开创出自己的独特风格：笔画瘦硬、字势飘逸，活泼俊秀，个性鲜明。褚遂良传世的书法作品较多，主要有《伊阙佛龛碑》《孟法师碑》《房玄龄碑》《雁塔圣教序》等，以《雁塔圣教序》最为有名。唐张怀瓘《书断》评褚遂良书曰："若瑶台青琐，窗映春林，美人婵娟，似不胜乎罗绮，铅华绰约，甚有余态。"其所赞正是《雁塔圣教序》的妙处。

薛稷，字嗣通。薛稷主要学褚遂良的书艺，字体偏长，点画瘦硬。虽有褚字之俊美，但少其神髓，时人讥为"得师之半"，故初唐四家中薛稷成就最小。传世作品有《升仙太子碑》《信行禅师碑》等。其大字在当时颇有名声，传说写有"慧普寺"三大字，杜甫有诗《观薛稷少保书画壁》盛赞云："仰看垂露姿，不崩亦不骞。郁郁三大字，蛟龙岌相缠。"但此三字今已不传。

颠张狂素　唐代的草书艺术，以孙过庭、贺知章、张旭、怀素四人最为有名。孙、贺继承有余，创新不多；唯张旭、怀素较有个性地发展了草书艺术，世人以"颠张狂素"誉之，并敬称此二人为"草圣"。

张旭，字伯高。生性嗜酒，与李白、贺知章等同入"醉八仙"之列。时人又以李白歌诗、裴旻剑舞、张旭草书为"三绝"。《国史补》说他"饮酒辄草书，挥笔而大叫，以头濡水墨中而书之，天下呼为张颠"。但其草书"虽奇怪百出，而求其源流，无一点画不该规矩者"（《宣和书谱》语）。《古诗四帖》是张旭草书最具代表性的作品。其章法突破了以往的程式，结体的变形、字与字之间的连绵已达到不可识别和彼此不分的程度，纯粹变成了线条的舞动。据说这是张旭见到公孙大娘舞西河剑器才悟得草书神采的。公孙大娘的剑器舞"来如雷霆收震怒，罢如江海凝清光"（杜甫《观公孙大娘弟子舞剑器行》），张旭的草书变幻无常，如疾风骤雨般的气势，当是受此启发不少。

怀素，俗姓钱，自幼出家为僧，法名怀素，字藏真。曾拜张旭弟子邬彤和颜真卿为师，将草书艺术提高到一个新的境界。戴叔伦有《怀素上人草书歌》赞其书曰："始从破体变风姿，一一花开春景迟。忽为壮丽就枯涩，龙蛇腾盘兽屹立。"其作品虽多，但今日能见到的不过数种。如《自叙帖》《小草千字文》《食鱼帖》等。《自叙帖》是怀素传世的代表作，内容叙述他自幼学书的经过。怀素创作此帖时正当盛年，书法已臻至佳之境，洒脱不拘、字字飞动，在矫健迅捷中，还让人感到一种出家人不染尘俗的精神境界的存在。因此，若拿张旭的行草与怀素比，在"狂"这一点上有其共同之外，张书肥，怀书瘦；张书雄奇，怀书矫健，则是他们各自的特色。

苏黄米蔡　宋代的书法，包括绘画、诗词都以崇尚个人情感、意趣的抒发为旨归，故书风号为"尚意"。苏黄米蔡是其代表。

苏轼，字子瞻，号东坡居士。苏轼早年追慕晋人书法，但不死守一家，颜真卿、杨凝式的笔意多有渗入。他的软笔运用自如，笔画肥壮而内含筋骨。他主张学书以正书为基础，再上溯行书、草书。从他存世的墨帖来看，行楷较多，草书不多见。他的早期书法作品有《治平帖》，用笔精致，意韵风流，深得二王神髓。《黄州寒食帖》是苏轼书法的代表作，其书为两首五言古风，诗意苍凉，书境沉郁。东坡书法一般字形扁阔，多取横势，用笔以侧锋为主，而《黄州寒食帖》之书正如评家所言：长短大小参差，纵横有致。用笔凝重坚利，展示出不屈的精神。年、苇等字的中竖纵笔放锋，承接自然；纵法不仅没有破坏通篇字幅的行气，反而增添了几分神韵。这种章法美是诗学渗入书法之中的结果，是书者情之所至的自然表现。（李兴洲《中国书法精要》）黄山谷在跋中曾感言："试使东坡复为之，未必及此。"

黄庭坚，字鲁直，号山谷道人。曾师从苏轼，诗文书画无不受其影响，但书法艺术能别创新境界，而不拘泥于所学。《宋史·黄庭坚传》

说他"善行草书，楷法亦自成一家"。他在书法艺术上的成就，得益于他对禅宗学说的参悟，故有"以禅入书"之说。他主张"渐修顿悟"，不断创新，主要作品有行书《华严小疏》《戎州帖》《范滂传》《松风阁诗帖》等，以《松风阁诗帖》最为有名。此帖结构别出心裁，风格洒脱不拘，别有一种从容不迫、顾盼生风的意绪。他的草书代表作是《李白忆旧游诗卷》。此帖初看似杂乱无章，却是一种"无意于佳乃佳"（苏轼《书论》）的境界。黄庭坚曾自称"老夫之书无法也"（《书家弟幼安作草后》），其实他是在继承了前人之法的基础上有所超越和创新。

米芾，字元章，号襄阳漫士。其性格疏狂，仕途不顺。后被宋徽宗赏识，召为画博士。米芾学书用功甚勤，在其成名家之后卑唐崇晋，对二王之书下功夫最深。其代表作品有《蜀素帖》《苕溪诗帖》《乐兄帖》等。前两帖为米芾壮年之作，结体欹侧夸张，笔画殊少横平竖直，风格成熟，具有痛快淋漓、雄奇清新之特点。苏轼称其："风樯阵马，沉着痛快，当与钟、王并行，非但不愧而已。"（《珊瑚网·书录》）评价甚高。确实，宋四家之中，米芾成就最高，其书、画俱对后世有深远影响，可谓一代宗师。

蔡襄，字君谟。他书学王羲之、颜真卿、柳公权，浑厚端严、雄伟楷丽。他在追求古趣的同时，创造了别具一格的"飞白散草体"。传世书迹很多，主要有楷书《谢赐御书诗表》《万安桥记》、行书《离都帖》《暑热帖》、行草《脚气帖》等。《谢赐御书诗表》楷法严谨，严守法度。明赵友同在跋中说："今观蔡端明所答御书古诗一首，词意既极醇美，而笔力严重，如冠冕佩玉，周旋殿陛间。求之晋唐诸名书家，未可多得，岂非诚有关于当时元气者哉！"

六分半书 "六分半书"为清人郑燮所创。郑燮，字克柔，号板桥。诗书画俱佳，是"扬州八怪"之一。因为民请赈忤大吏而去官，有"三绝诗书画，一官归去来"（刘太品《古今对联趣话》）之誉。他在书法上把真草隶篆四体融为一体，以真隶为骨架，加入行草和兰竹笔意，自成一体，称作"六分半书"。这种书体用笔多变，结体夸张，使窄者更窄，宽者更宽，斜者更斜，散者更散，聚者更聚，舒展者更舒展，柔和自然，浑然天成。行款活泼自由，不是一行直写到底，而是像安排一幅画一样，大大小小，方方圆圆，正正斜斜，疏疏密密，排列穿插灵巧别致，注意避让呼应，形成有主次、有轻重、有节奏、有旋律的类似绘画的章法，人称作"乱石铺阶"。其主要墨迹有《卢延让苦吟诗轴》《王维和贾舍人早朝大明宫诗轴》《行书节录怀素自叙帖轴》等。清蒋士铨《题郑板桥画兰送陈望亭太守》中称他"下笔别自成一家，书画不愿常人夸"。以"六分半书"为代表的创新书体，使郑燮成为清代书法艺术变革中的先驱人物。

2.绘画

吴带曹衣 相传唐吴道子画人物，运笔中锋，笔势圆转，衣服飘举，磊落活泼；而北朝齐曹仲达则笔法稠叠，衣服紧窄，后人因称"吴带当风，曹衣出水"。这两种风格，也流行于古代雕塑、铸像。吴道子少时贫穷孤苦，为民间画匠帮工学画。曾从张旭、贺知章学草书，后又改学绘画。擅画道释人物、车马、桥梁，以及山水花木等，最有成就的还是宗教壁画的创作。其代表作是长安景云寺《地狱变相图》。此图虽未着力渲染过刀山、下油锅的恐怖场面，而"变状阴惨，使观者腋汗毛耸，不寒而栗"（黄伯思《东观余论》）。可见吴道子的作品想象丰富，非同一般，有着震撼人心的艺术力量。吴道子兼工山水，所画的怪石崩滩，使观者有亲临攀挽触摸的感觉。

中国画史上有"吴家样""曹家样""张家样"等称法，是指该画家之技艺风格为后世之样板。"吴家样"固然有吸收"张家样"（张僧繇）长处的地方，但是吴能巧变，不受张之法度的束缚。同时，吴又能突破"曹家样"（曹仲达）自北齐以来在画坛上的支配地位。所以人们认为，在形象塑造上，吴道子的独创性更是强烈。诚如苏轼所称："出新意于法度之中，寄妙理于豪放之外，所谓游刃余地，运斤成风，盖古今一人而已。"（《书吴道子画后》）

南北宗 南北宗原指佛教史上禅宗的派别，即以所谓"南顿""北渐"相区别。明代画家董其昌标榜以王维为首的"南宗画"即文人画是出于"顿悟"，因而视为"高越绝伦"，同时，认为以李思训父子为首的"北宗画"只能从"渐识"，也就是从勤习苦练中产生，甚轻视和贬低。由于董其昌是当时东南地区的艺坛领袖，这一理论附骥者众多，在晚明以至整个清代，南北宗论打着董其昌的旗号，逐渐成为一种后人认识山水画发展的权威理论，影响力很大。虽然这个理论在画史上向来有异议，后来甚至遭到批评，但从评论王维、李思训父子各自在山水画风格的贡献这个意义上来看，并不是毫无可借鉴之处的。

王维，字摩诘，唐代人。其工诗善画又通音乐。在绘画方面，王维的成就是多方面的，但以山水画的造诣最高，影响最大。王维流传的作品不少，传为王维画的《伏生授经图》《江山雪霁图》，笔致潇洒俊逸，令观者肃然意远，是举世闻名的佳作。王维山水画中最著名的作品是《辋川图》。其原作早已不存，从北宋开始陆续有多种摹本。该画以描写"恬静闲居"的生活为题材，历代各家所评甚多。《唐朝名画录》中称其"山谷幽幽盘盘，云水飞动，意出尘外，怪生笔端"。《历代名画记》中也谓其"笔力雄壮"。王维以写诗手法作画，使其画具有浓厚的诗味，即苏轼（《东坡题跋·书摩诘〈蓝田烟雨图〉》）所谓"味摩诘之诗，诗中有画；观摩诘之画，画中有诗"。

元四家 元四家是代表元代山水画风的赵孟頫、黄公望、吴镇、王蒙的统称。（一说以黄公望为首，去赵孟頫而入倪瓒）赵孟頫在元初"托古改制、借古开今"，上溯北宋、五代、晋唐，而摒弃南宋院体画风。元代士人隐逸风尚与山林精神高涨，使元代山水画在抒情写意上达到了巅峰。元四家在长期绘画实践中，通过对山林精神的推崇和对抒情写意的强调，逐渐形成了整体的尚"逸"、尚"意"的山水画风；并因自己的思想渊源和对山川自然及传统的独特的审美要求，而形成了元四家整体的绘画美学精神。概而言之，一是"脱俗"，二是"自娱"。赵孟頫是其代表。赵孟頫，字子昂，号松雪道人。画山水、人物、花石俱佳，尤工山水。其所作《鹊华秋色图》《水村图》《重江叠嶂图》《洞庭东山图》等，或水墨，或浅绛，或青绿，都非常别致。《鹊华秋色图》描绘济南郊外的鹊山，以乾、淡之笔出入，疏落有致，别具风味。绘画发展到元代，水墨写意画已很盛行，文人画家提倡把书法归结到画法上，赵孟頫是身体力行者。因此其在绘画史、书法史上都有重要的地位。

吴门画派　吴门画派是明代影响甚大的绘画流派，因其领袖人物沈周、文征明均为长洲（今江苏苏州，又称吴门）人而得名。其后又有唐寅和仇英。四人均精通诗文书画，并善熔诗书画于一炉，中国画史上把他们并称为"吴门四家"。其画以山水、花鸟为主，虽风格不同、画法各异，但总体特征是笔墨或秀润或苍逸，追求墨韵自然和意境平和，世俗气息较浓，野逸韵致削弱，表现为更成熟的文人画作。

扬州八怪　清康乾年间，江苏扬州一带活跃着一群革新派书画家，史称"扬州八怪"或"扬州画派"。他们反对画坛流行的尚古摹拟之风和书法主流派的清规戒律，高唱"删繁就简三秋树，领异标新二月花"（郑燮诗），力主破格创新，强调突出艺术创作的个性风格，被时人目为"偏师""怪物"。其画作多以花卉为题材，亦画山水、人物，而以写意花鸟、人物的成就最高。扬州画派在风格上同中有异，评家以为："金农学东晋砖刻加以变化；李鱓的行草，能做到书法艺术和绘画恰当地融合，增加了作品的感染力；黄慎的题画，草书能寥寥数笔，形模难辨，乃及丈余视之，则精神笔力倍出，具有奔放流畅之感；郑燮画兰叶'以草书中的竖长撇法运之，多不乱，少不疏，脱尽时习，秀劲绝伦'，意态潇洒；汪士慎的作品，清秀飘逸。"（李茂昌《中国美术简史》）总之，"扬州画派"突破了当时形式主义画风的束缚，以一种清新的生气蓬勃的姿态，振奋了中国的画坛。

二、戏曲艺术

1930年1月，以著名京剧演员梅兰芳为首的梅兰芳剧团一行，从上海乘英国加拿大皇后号轮船出发赴美国演出。首场在美国首都华盛顿，继而又在纽约、芝加哥、旧金山等地连演了一百场，大受美国观众欢迎，最长一次的谢幕竟达15次之多。美国观众尽管不很懂剧情，但是从演员的身段、手势、眼神等方面感受到一种东方艺术的魅力。艺术的美，是可以跨越语言、跨越民族而被理解的，尤其是中国的戏曲艺术的美。

1.上穷碧落下黄泉：戏曲的产生

戏曲是一种综合艺术，经历了相当长的发展才逐步成熟。

原始歌舞　王国维说："戏曲者，谓以歌舞演故事也。"(《戏曲考源》)言简意赅地揭示了中国古典戏曲的起源。歌舞，古已有之，原始社会的氏族群体，有感于自然万物而情动于衷，运用动作和语言把情感升华、凝练而创造了舞蹈与歌咏，从而产生了原始社会的歌舞艺术。原始歌舞再现了采集、狩猎、农耕和战争生活，表达男女相悦的感情，有其实用的目的与功能。这里包括传授技能与知识，锻炼氏族成员的体魄，繁衍部落使之兴旺，等等。原始歌舞，又与先民对神灵的崇拜、图腾的崇拜、生殖的崇拜等原始宗教有关。对自然的赐予的感激，对生的喜悦，对灾难和死的恐惧，对祖先的敬畏，都宣泄和寄托在歌舞之中，歌舞又成为祭神娱神的手段。

《尚书·尧典》记载的"予击石拊石，百兽率舞"，反映的是古代狩猎生活中的歌舞情景：伴随着击打缶和石磬的节奏，人们或披着兽皮装扮兽形，或模拟狩猎者追逐野兽。可以想象其场景的粗犷、热烈和壮观，这种歌舞已具备歌唱、器乐和舞蹈的综合性。中国古代乐舞的歌、乐、舞一体的特点，早在原始歌舞中就已经存在了。当然，原始歌舞只是它的一个源头，并且后世戏曲中的歌舞因素也与上古歌舞不尽相同，但上古时代的这种原始歌舞不断发展和演变，终为戏曲所综合，成为戏曲成分之一。此外，汉魏时期的角抵、南北朝时期的乐舞也对中国戏曲的形成有着较重要的影响。

隋唐参军戏　中国戏曲较为直接的源头是隋唐时代的参军戏。参军戏，又称"弄参军"("弄"，是一种角色表演)。它最初是先秦俳优表演的一种节目名，后发展成一种表演形式。参军戏的表演形式，类似于今天的戏剧小品或滑稽故事。主要有两个角色：一个参军，一个苍鹘；一问一答，间有动作，滑稽调笑。角色主要由男性扮演，也有女性参加。宋时参军戏又称为"杂剧"，角色有所增加，宋杂剧、金院本中的"副净"即由参军发展而来。参军戏也在原有的基础上进一步综合发展，中国戏曲至此初具规模。

宋元杂剧 杂剧约晚唐时已有，但当时如何表演，已不可考。到宋代，杂剧在参军戏基础上汇集了各种歌舞、杂技和滑稽表演。北宋年间的汴梁、南宋时的临安杂剧都非常兴盛。周密《武林旧事》记宋杂剧有剧目280种。宋杂剧后来与温州戏文结合，发展为南戏。宋时北方的金也有杂剧，称为院本，即行院之本。行院为艺人所居之所，本即脚本。金院本后来发展成为北杂剧（元杂剧）。

宋元杂剧的出现标志着中国戏曲走向了成熟期。宋金时期，宋杂剧与金院本均已初具规模。后来两者各自走上自己发展、成熟的道路，在大体相同的时间内各自成为成熟的戏曲。但由于其后北方的蒙古族入主中原，北杂剧取得了主体地位，得到较快的繁荣和发展，成为后世所称道的"元杂剧"。

元杂剧前期以大都（今北京）为中心，作家主要是北方人，且大多是下层文人或民间艺人，与普通百姓联系紧密，与演员关系密切，主要作家有关汉卿、王实甫、白朴、马致远、郑廷玉、康进之等。其作品的思想内容较深刻，时代气息浓厚，艺术上朴素自然，舞台的演出效果也较好。元杂剧后期以杭州为中心，作家基本上是南方人或久居南方的北方人，代表作家有沈和甫、萧德祥、郑光祖、宫天挺、乔吉、秦简夫等。后期作品以家庭题材居多，社会内容削弱，艺术上追求华丽、典雅，往往流于艰涩而难有满意的演出效果。郑光祖与前期的关汉卿、马致远、白朴并称为"元曲四大家"。

南戏与传奇 元中叶之后，杂剧逐渐走下坡路，南戏兴盛起来。南戏，即南方戏文，又名温州杂剧（发源地为温州）或永嘉杂剧（温州唐时为永嘉郡）。元顺帝时，宫廷"亲南疏北"，开始欣赏南戏；而南戏自身也积极进行改造，先是从海盐腔、昆山腔方面改造了唱腔，接着又有不少文人介入了南戏创作，如九山书会才人编《张协状元》、古杭书会才人编《宦门子弟错立身》、古杭书会才人编《小孙屠》等，南戏终于逐渐压倒了杂剧。《永乐大典目录》记南戏曲目33种，《南词叙录》等记录了65种。其中绝大多数是元代作品（后经明人删改）。

宋元南戏中较有影响的是相传为柯丹邱所作的《荆钗记》、永嘉书会才人编的《白兔记》、相传为施惠所作的《拜月亭记》以及相传为徐仲由所作的《杀狗记》，并称为"四大传奇"。而元末高明的《琵琶记》更是值得一提的南戏代表作，它以鸿篇巨制演绎了广为流传的蔡伯喈与赵五娘的故事，在当时获得极大成功，称之为"曲祖"者有之（魏良辅），誉之为"冠绝诸剧"者亦有之（王世贞）。《琵琶记》的问世标志着南戏发展到了一个新阶段，一个艺术上成熟的阶段；为南戏发展起了示范作用，使南戏这一戏曲形式从此定型。

从元末到明中叶，南戏一度沉寂。经过长期的积累、改造后，形式上更臻完美，在明初至成化年间，南戏定名为传奇。但在南戏基础上发展起来的传奇，在明初并未得到大的发展，演出虽然很多，表面上热闹繁盛，实际上却陷入衰落。此后，经过一个较长时期的积累，传奇在艺术形式上取得了突破性的进展，形成四大声腔，一些地方戏也开始产生。同一声腔中还形成不同的风格流派，相互竞艳争奇，中国戏曲呈现出繁荣局面，进入了一个大发展时期。

传奇的四大声腔是指海盐腔、余姚腔、弋阳腔、昆山腔。海盐、余姚两腔形成较早，尤其是海盐腔在音乐艺术上有较大的提高，前期较受士大夫的赞赏。但当弋阳腔、昆山腔崛起后，海盐、余姚两腔逐渐衰落，最后只剩弋阳、昆山两腔，一在农村，一在城市，开展了长期的竞争。弋阳腔在明末演变成四平腔、京腔、卫腔，后来再发展成高腔，遍及全国。昆山腔经魏良辅、梁辰鱼等人的创新改革后臻于大成，万历年间进入宫廷，尤得贵族文人的赏识，成为曲坛霸主，被称为"雅音"。中国戏曲史上一些重要作家的作品，如汤显祖等明中晚期作家的传奇作品，清初的李玉和吴派作家的创作，清中叶的"南洪北孔"（洪昇、孔尚任）的名作，以及其后蒋士铨等人的作品，都一脉相承于昆山腔以及由其演变而成的昆曲。

至清中叶后，各地方戏逐渐繁盛，当时称为"乱弹""花部"，与正宗的昆曲展开了竞争，即所谓"花雅之争"。经过这场竞争，地方戏曲进一步发展，而昆曲则不断衰落。乾隆五十五年（1790），四大徽班进京献演，轰动京师，成为昆曲的谢幕戏，同时也是后来的京剧发展的一个契机。道光年间，京剧正式形成，并不断走向成熟，至清末民初更遍及全国。与此同时，一些来自民间歌舞表演与说唱故事的民间艺术，诸如花鼓、滩簧、落子、蹦蹦、香火、清曲、唱书调、琴书、采茶之类，在我国近现代城市中逐渐发展为沪剧、扬剧、淮剧、甬剧、越剧、评剧、楚剧、吕剧、黄梅戏等地方戏曲，中国近现代的戏曲舞台由此而姹紫嫣红。

2.家家收拾起，户户不提防：传统戏曲的艺术魅力

宋元以后，中国戏曲走向成熟，并逐渐成为一种雅俗共赏的大众文化。宋陆游《小舟游近村舍舟步归》诗云："斜阳古柳赵家庄，负鼓盲翁正作场。身后是非谁管得？满村听唱蔡中郎。"一曲既出，竟至于满村听唱，戏曲艺术之深入人心可见一斑。清代传奇大盛，声腔撩人，李玉的《千钟禄》、洪昇的《长生殿》一出，满城传唱，有"家家收拾起，户户不提防"之说。（注："收拾起"是李玉《千钟禄》中《惨睹》一折"倾杯玉芙蓉"的首三字，"不提防"是洪昇《长生殿》中《弹词》一折"一枝花"的首三字）

戏曲的艺术魅力，就表演艺术方面作一个较为简要的概括的话，可以有这样几点：综合性，虚拟性，程式化。

综合性是说表演手段的丰富。举凡舞蹈、音乐、诗词、言语、武术、雕塑、杂技、绘画、工艺等，戏曲无不齐备，几乎包括了一切艺术美的领域，可以称作泛美性的艺术综合。戏曲艺术囊括了多种艺术因素。剧本中有人物，有情节，有唱词，有说白，有吟诵，这就有了戏剧、小说、说唱和诗词的成分，这是文学因素；演员的唱、念的调性、旋律性、节奏性则是音乐因素的体现；演员的形体动作和造型，人物化妆，服饰设计、布景绘制、道具制作、灯光调配等，又包含了绘画、雕塑、剪裁艺术的成分，这是美术因素；等等。戏曲将多种艺术因素糅合在一起，并加以戏曲化，从而也就有了多种艺术的表现力，而这种综合性艺术表现力又比单独孤立的艺术因素的表现力要强烈得

多，因而也更能打动人、感染人。

虚拟性是说舞台的时间与空间的灵活和自由。小可以拟大，少可以拟多，低可以拟高，总之，一切不必实见，却可以想见。戏曲在长期的演出实践中，演员与观众间建立了一种默契，演员用语言或手势或动作来启示观众的想象，观众由此启导十分入戏。比如，演员说前面有山，就仿佛真见山，演员说前面有水，就仿佛真见水；演员踮几下台步可以表示上楼，两手合拢做关门状就仿佛真见有门和屋。当然，说虚拟，也并不是说舞台上便空无一物，不需布景。比如，河水可以虚，船只可以虚，但总要有把船桨；战场可以虚，战马可以虚，但总要有些刀枪。原则是：虚去不能登台的实物，保留可以驱使的实物或代用品；省去人物关系外在的实物，突出表现与人物思想性格密切相关的实物。演员通过少数辅助性的道具，通过虚拟动作，把虚实结合起来，激发联想，以完成舞台形象的创造。这种以少胜多，以简代繁，以虚拟实，重意会和神传，正是中国传统艺术一贯的审美精神。

程式化是说戏曲的设计、安排乃至表演动作、人物形象等都具有一定的规范与标准。比如，表演动作可以分解成基本的单元与基本的技巧形式。如武将的"起霸"这一表演套式的基本动作，可以分解成提甲亮相、云手、踢腿、箭步、蹲裆式、跨腿、整袖、正冠、紧甲等若干基本单位。其他如戏曲文学的分场、曲词、宾白，戏曲音乐的声腔、套数、曲牌、板式、伴奏、锣鼓经等，戏曲舞台美术设计中的幕布、布景、脸谱、戏装、道具等，戏曲角色的生、旦、净、丑诸色的划分等，都有一定的规制和模式。这里重点分析一下戏曲的脸谱模式。

所谓"脸谱"，就是净角（又称花脸）和旦角（又称小花脸）面部化妆的一种谱式，其颜色和图案皆有定法，故称"脸谱"。具有脸谱类型的人物往往是勇猛武将、绿林豪强、神怪精灵。他们以自己夸张的脸谱、绚丽的服装、高亢的歌唱、矫健的武打创造出无数迷人的舞台艺术形象。比如，红脸的关羽、白脸的曹操、黑脸的李逵和猴脸的孙悟空等，都已成为我国家喻户晓的典型形象。

脸谱颜色的寓意一般如此分类：红脸，红色可以喻血色，故用来表现忠勇正义、有血性的男子汉。粉脸，与红脸相近，但多表现忠正的老年人。年老体迈、血色稍退，故以粉红色示之。紫脸，紫色传统上是吉祥之色，故含褒义，用来表现忠正刚毅而又静穆之人。水白脸，白色近苍天之色，如天有不测风云，故用来表现奸诈多疑、居心叵测的阴谋家和野心家。绿脸，绿喻绿林，故大多用来表现绿林豪强或性情暴躁而粗莽之人。其他如黄脸、蓝脸、金银脸等，均各有寓意，不一一表述。

戏曲的脸谱艺术，是程式化特征的一个极好说明。它在人物塑造上无疑具有艺术形象鲜明、典型性格突出的效果，长期以来为戏曲观众所喜闻乐见，培养出一种人物一登台，即先辨好坏的审美心理，与传统文化的道德情操是十分契合的。

3.赏心乐事谁家院：代表剧种与曲目

宋元以降戏曲形成以来直至近代，剧种繁多，曲目更是不计其数，即就精品而言，也难以一一尽举，只能依据时代顺序，选择一些较有代表性的戏曲作简要介绍，至于剧种，也只取近现代较为大众所熟悉的略述一二。

《窦娥冤》 关汉卿的代表作。全名为《感天动地窦娥冤》。剧情梗概是：穷书生窦天章的女儿窦娥，从小抵债给蔡家作童养媳，丈夫早死，窦娥与婆婆相依为命。流氓泼皮张驴儿父子强迫与她婆媳成亲，窦娥坚决不从。张驴儿买来毒药，本想毒死蔡婆然后强逼窦娥成亲，不料反而毒死了自己的父亲。张驴儿却以此要挟窦娥顺从，遭到拒绝。张驴儿告到官府，楚州知州竟将窦娥酷刑逼供，屈打成招，然后判处死刑。行刑之日，窦娥在刑场发下三桩誓愿：血飞白练、六月飞雪、大旱三年，以鸣冤屈。最后窦娥之冤终于感天动地，三个誓愿一一实现，而昏官与流氓也都得到严惩。

《窦娥冤》是一出悲剧，第三折是这出悲剧的高潮。在这一折中，窦娥呼天抢地的呼喊控诉十分感人，曲词感情如火如潮，音调节奏如泣如诉，催人泪下，艺术感染力极为强烈。明清之际戏曲家孟称舜评曰："词调快爽，神情悲悼。"（《酹江集》）关汉卿以其非凡的戏剧语言塑造了窦娥这一悲剧形象，在我国戏曲史上具有重要的影响。王国维曾指出《窦娥冤》即列之于世界大悲剧中，亦无愧色。

《西厢记》　故事来自唐元稹小说《莺莺传》（一名《会真记》）。金代出现董解元《西厢记诸宫调》，俗称《董西厢》。《董西厢》把莺莺受张生引诱失身而终遭遗弃的悲剧故事改为莺莺与张生互相爱慕，争取理想婚姻而共同向封建家长作斗争，终于取得圆满结局的喜剧。元代戏剧家王实甫在《董西厢》的基础上做了重大的再创造。

王实甫的《西厢记》成功地塑造了莺莺、张生、红娘这三个人物。莺莺作为相府小姐，见到风流倜傥的张生，钟情难舍。出于自幼的教养和身份，她自然地表现出少女特有的矜持，但又时而思慕难忍，时而故作正经，是一个性格内涵十分丰富的女性形象。张生对爱情的追求不屈不挠，尽管障碍重重，他毫不退缩，煞是一个"志诚种"。他虽自信与豁达，却又书生气十足，是一个充满喜剧色彩的人物。红娘则堪称《西厢记》中的戏魂。她同情莺莺、张生的爱情，不满老夫人的背信弃义。身为婢女不免遭老夫人重责，但仍不遗余力地为莺莺和张生出谋划策，传书递简，甚至勇敢地为莺莺与张生的结合而辩护。她性格活泼开朗、聪明伶俐又敢作敢为。红娘形象深为民间所喜爱，所以《拷红》一折至今盛演不衰。

《西厢记》杂剧问世后，很快地产生了全国影响。到了明代，"自王公贵人，逮闺秀里孺，世无不知有听说《西厢记》者"（王骥德《新校注古本西厢记自序》）。七百年来，《西厢记》长唱不衰，明清两代的剧本不下百种，各种地方戏中也有《西厢记》的改编演出。

《牡丹亭》　明代汤显祖代表作。剧本通过对杜丽娘、柳梦梅之间的生死离合爱情故事的描写，愤怒地揭露了封建礼教对青年男女的束缚。南安知府杜宝之独生女杜丽娘，在花园梦见柳梦梅，因梦生情，在高筑的院墙、禁锢的闺房内郁郁而亡。作者通过浪漫主义手法，让她的灵魂比生前更加勇敢、更加大胆、更加泼辣地去追求爱情，并且最终获得爱情。《牡丹亭》的主旨是写"情"与"理"的矛盾，要以人的"至情"去战胜虚伪的"理"；作者所要歌颂的，是那种"生者可以死，死者可以生"的生生死死的热烈爱情。《牡丹亭》问世之后，立即产生了强烈反响，它"家传户诵，几令《西厢》减价"（沈德符《顾曲杂言》）。

《长生殿》与昆曲　在清初戏曲舞台上，出现了洪昇和孔尚任两位曲坛巨星，他们分别以《长生殿》和《桃花扇》轰动了曲坛。这里介绍洪昇的《长生殿》。

《长生殿》以唐明皇李隆基与杨贵妃的爱情故事为主线，一方面通过李、杨爱情的描写，来歌颂坚贞不渝的"至情"；另一方面又联系李、杨爱情的发展，展示了安史之乱前后广阔的社会背景，揭露了封建政治的腐朽，寄托了自己的政治理想和爱国感情。《长生殿》的艺术成就，首先表现在结构上，洪昇巧妙地把李、杨爱情悲剧和安史之乱有机地结合起来。虽说剧情分两条线索发展，但作者却能组织得有条不紊，浑然一体。其次，《长生殿》曲词清丽流畅，富有诗意。其既有古典诗词典雅绮丽的韵味，又有平民语言通俗泼辣的风格。《弹词》一折写老伶工李龟年对于家国的破亡以及自己的穷途流落的感叹十分动人，整个一折的文字都很优美，以至当时就传唱不息，有"家家收拾起，户户不提防"的说法流行。不仅《弹词》一折，其他如《定情》《密誓》《惊变》《闻铃》等折的曲词，也一直为后人所称道，至今成为昆曲的保留剧目。

《长生殿》《桃花扇》是昆曲发展到高峰的标志，两曲在北京轰动一时，连清宫内廷戏班也排演这两出大戏。《桃花扇》问世后，王公荐绅，莫不借抄，时有纸贵之誉；在长安演出，殆无虚日。南方则昆曲更热，扬州盐商上演《桃花扇》竟花16万两银子办戏装；演《长生殿》更甚，有的花40万两银子办服装道具。昆曲因而在南北方都家传户诵，盛况空前，达到高峰。

《群英会》与京剧　用京剧的表演形式首先将《三国演义》这部巨著搬上舞台去表现的，当推著名表演艺术家、"同光十三绝"之一的卢胜奎。他以《三国演义》为蓝本，编写了大套本戏全部《三国志》（共36本），后来逐渐以单本或单折演出，即后世所谓折子戏。在这些单折演出本中，最为精彩生动的篇章，则首推《群英会》。这个戏的情节是这样的：孙、曹两军对峙于赤壁，曹操令蒋干过江劝降，周瑜故意借蒋干之手盗取伪造书信，行反间计使曹操杀死水军将领蔡瑁、张允。诸葛亮以草船借箭，周瑜以苦肉计责打黄盖，黄盖诈降曹操。庞统又献连环计，使曹军战船自行钉锁，继而以火攻歼灭之，大获全胜。

作为一个优秀的剧目，在京剧历史上，几乎每一个班社都演出此剧。最令人叫绝的当推光绪年间的三庆班和1955年创建的北京京剧团两组人马。北京京剧团与中国京剧院一起于1957年参演了京剧电影《群英会》。其中扮演鲁肃的谭富英，扮演诸葛亮的马连良，扮演周瑜的叶盛兰，扮演曹操的袁世海，扮演黄盖的裘盛戎，扮演蒋干的萧长华等都是现代京剧界的一代风流。

《红楼梦》与越剧　《红楼梦》的故事在清代以来的戏曲舞台上续有演出，20世纪50年代，越剧将《红楼梦》真正搬上舞台和银幕。越剧《红楼梦》以贾宝玉和林黛玉的恋爱故事为中心，表现一对追求自由幸福的青年男女在封建制度的摧残、压迫下的悲惨命运及其所进行的反抗和斗争，揭露了封建贵族家庭的腐朽本质。全剧共有"黛玉进府""识金锁""读《西厢》""不肖种种""答宝玉""闭门羹""葬花、试玉""凤姐献策""傻丫头泄密""黛玉焚稿""金玉良缘""哭灵、出走"共12场。

越剧在艺术上委婉细腻、优美抒情，具有巨大的魅力，越剧《红楼梦》更是哀婉动人。王文娟扮演的林黛玉，完美地塑造了一个芳心傲骨、愤世嫉俗的少女形象。她那脍炙人口的"黛玉葬花"和"黛玉焚稿"唱腔给观众留下了深刻的印象。徐玉兰扮演的贾宝玉，充分地发挥了她唱腔上高亢洒脱、奔放流畅、刚柔交融、声情并茂的特长，成功地塑造了一个不合俗流、与世抗争的生动感人的贾宝玉形象。此外，越剧《红楼梦》曲词优美，唱腔柔润，也是它成功的一大要素。因此上演以来，不仅走红江南地方，甚至风靡北京等北方城市。

（本篇是陈荣杰、任家瑜主编大学教材《中国文化导论》中的一章，该章由笔者执笔。内容与本书颇契合，故收于书末）